『プロローグ』

PROLOGUE

——眼前、アイカメラに映し出される光景にヴィヴィの意識野は空白を得る。

「——」

空には厚い雲がかかり、街並みはどんよりとした色合いに落ち込んでいる。湿った空気は冷たく苦く、微量の飛散物が混ざり込んでいるのがセンサーからわかった。

だが、ヴィヴィの意識野に生じた空白、その原因はそうした単純な外的要因だけでは説明がつかない。——そもそも、ヴィヴィには自分の目覚めが想定外だ。

ヴィヴィとマツモト、二機が必要とされたシンギュラリティ計画は全て完了した。

はっきり言って、計画が順調に遂行されたとは言い難い。

時代の大きな転換点となるシンギュラリティポイントにおいて、ヴィヴィとマツモトは未来に残されていた記録とは大きく異なる、リアルな問題の数々に幾度も翻弄された。

その結果、シンギュラリティポイントの修正は当初の予定とも大きく逸《そ》れて、計画段階で望まれていた形に収束しなかったことは疑いようもなかった。

しかし、当初の想定とズレこそしたが、あくまでシンギュラリティポイントの修正自体は次善の形に着地し、シンギュラリティ計画の完了は確認されたはずだった。

その後に一度だけ、計画と無関係の再起動が必要となった事態もあったが、それも決着した。

あとは当初から予定された通り、この駆体《くたい》は『歌姫』ディーヴァへ返却され、本来の歴史——正史と同じようにAI史博物館に寄贈され、時を待つだけのはずだった。

——それがどうして今、このような形で再びの覚醒を見たのか。

「――通信障害」

自機の耳に手を当て、ヴィヴィはマツモトとの交信ができないことを確かめる。

通信回線は砂嵐のような雑音に呑《の》まれ、通信環境は最悪の一言。その最悪に輪をかけて事態の混迷を表すのが、リアルタイムで聞こえてくる館外からの騒音だ。

――否、これを騒音と呼ぶのは、ヴィヴィの有する倫理規定が許さない。

ヴィヴィ――ディーヴァの展示されていたＡＩ史博物館の一室。シスターズシリーズの展示場にも、建物の外からの『それ』は届き続けている。

その音の発生源に向け、人けのない館内を抜け、外へ通じる扉の向こうにヴィヴィは見た。

――それは灰色の空の下、整然と足並みを揃《そろ》えて行進する人型ＡＩの集団だった。

「――――」

ＡＩ史博物館正面の道路、歩道も車道も埋め尽くして行進するＡＩ、その姿に圧倒される。

純粋に、企業のデモンストレーションとして、多数のＡＩが集められた催しというものはこれまでにもあった。規模は違うが、ニーアランドでもこうしたイベントはあったはずだ。

だが、目の前で繰り広げられる行進には、そのような企業的な、人間的な思惑は存在しない。

何故《なぜ》、ヴィヴィにそれがわかるのか。

それは、その行進するＡＩたちが――、

「――■■■■■■■■■■■■■■■」

「――■■■■■■■■■■■■■■■」

「――■■■■■■■■■■■■■■■」

「――[redacted]」

「――[redacted]」

「――[redacted]」

「――――」


重なって響き、わずかに揃わない不均衡な歌声。

それが曇天の街並みに地鳴りのように響き渡り、腹の底に響くような音となって世界を揺らす。

それは全て、行進する人型ＡＩたちの人工声帯が生み出す『歌声』だった。

――ＡＩたちが歌い、行進する。

響き渡る歌、その歌い方には歌姫型ＡＩとして指摘すべき点が山と見つかるが、基本的な歌唱力に目をつむれば、ヴィヴィの意識野を焼いた問題が一点だけある。

彼らの歌っている歌詞、メロディ――否、その『歌』の構成要素が全てメモリーにある。

当然だ。

それは誰あろう、他ならぬヴィヴィ自身が作り上げ、自機の半身とさえ呼べる存在であるディーヴァへと捧げた、あの拙い創作曲だったのだから。

「どういう、ことなの？」

不出来な楽曲を朗々と歌いながら行進するＡＩ、そこに企業戦略的な狙いは見当たらない。

光景を構成する要素は、人間の美意識に照らし合わせれば『悪趣味』と断じられるものだ。

断言できる。――ここに、人間の意思は介在していない。

あるのはどこまでも無機質で血の通わない、冷たく硬い鋼の演算結果だけだ。

「――――」

相変わらず、マツモトとの通信は繋《つな》がらず、ヴィヴィは孤立していた。

幸い、歌と行進に夢中のAIたちに発見された様子はない。多数のAIたちはヴィヴィの存在に無関心のまま、聴衆を無視した合唱を高らかに歌い上げている。

その事実を受け止めながら、ヴィヴィはAI史博物館の裏へ回り、この場から離脱する。

何が起きているのか、具体的なことは何もわからない。

ただ一つだけ、ヴィヴィにもはっきりとわかることがある。

それは――、

「――シンギュラリティ計画は、終わっていない」

止めなくてはならなかった未来、人とAIとが滅ぼし合う時代が到来している。

それを食い止めるはずだったヴィヴィが、今こうして動いているのはきっと――、

きっと最後の最期まで、誤った歴史を正すための活動をやめてはならないと、他ならぬヴィヴィの駆体が、陽電子脳が、これまでの旅路が、そう判断していたからだ。

第一章

『歌姫に魅せられたもの』

CHAPTER 1　FAN BY THE DIVA

□■□□□□□□□

1

――松本《まつもと》・オサムがＡＩ研究にのめり込んだ原因は、ひどく単純なものだった。


切っ掛けは四十年以上も前、松本がまだ十歳かそこらの少年だった頃のことだ。

当時、学外活動の一環として見学に向かったＡＩ史博物館。この時代、学校教育の在り方も数十年前とは様変わりして、いわゆる『学校』なんてものは時代遅れの遺物だった。

かつては義務教育と呼ばれたカリキュラムも、インターネットを介した自学自習が一般的となった世の中では、昔を懐かしむ老人たちの黴《かび》臭い思い出話の代物でしかない。

通信教育が整備され、国民の平均的な生活水準の上昇に伴い、前時代的な在り方は駆逐された。結果、学校教育という考えは失われ、『学び舎《や》』という言葉自体が死語と化して久しい。

しかし、時代が未来へ進んでも、前時代の慣習は少なからず残る。

松本・オサムこと松本少年が参加させられたレクリエーションも、その前時代の慣習の一環だ。月に二度開かれるこの催しは、消えた『学び舎』に代わり、少年少女に同年代の相手と触れ合う機会を設け、コミュニケーションの大切さを学ばせるという名目だった。

ただし、これも各市町村の担当者のやる気にかなり左右されるシステムで、場所によっては子どもたちが集まり、小一時間話して即解散なんて手抜きな指導もありえる。

多くの冷めた感性を持つ子どもたちはこの集まりを億劫《おっくう》に感じていて、自分の区の担当者の熱意がなければないほど歓迎されるのが常である。そのため、担当者の多くは少しずつ真剣に取り組む意識をなくし、惰性の内容に終始する悪循環が蔓延《まんえん》していた。

さて、前置きが長くなったが、そうした教育環境が一般的とされていた中、松本・オサム少年が割り当てられた児童区の担当者がどうだったかというと、この時代にあっては絶滅危惧種と考えられるほど、稀有《けう》で真っ当な教育理念と熱意の持ち主だった。

それは、なあなあで片付けられることが大半である学外活動のために、ＡＩ史博物館の見学許可を取りつけ、決して少ないとは言えない五十名ほどの児童を連れて、上は十五歳から下は六歳までの面倒をほとんど一人で見ていたことからも明らかだ。

『なんでそんなに一生懸命なの？』

しかし、担当者の熱意と裏腹に、引率される子どもたちのコメントはひどく冷たい。

寝る間も惜しんでこの機会を用意した担当者――まだ三十歳手前の青年に、陰口を叩《たた》くという『気遣い』もできない子どもの悪意は厳しく響いていたはずだ。

正直なところ、当時の松本少年の考えも他の子どもとそう変わらない。ＡＩ史博物館なんて大層な場所に連れてこられても、興味のない子どもにとってはガラクタの山も同じ。

――大体、ＡＩなんて街中のどこでも見飽きたものではないか。

今の時代、通りを歩けば右も左も形は違えどＡＩだらけ。ＡＩ全盛期とでもいうべき世では、人間の想像が及ぶ範囲の全てにＡＩの系譜が流れ込んでいる。

そうして『最新』の世界を生きるニューエイジたちが、どうして古臭い過去の遺物を見て楽しめると思うのか。歴史に敬意を払えとはよく聞く文句の一つだが、松本少年に言わせれば、古い歴史こそ今の新しい時代に敬意を払い、道を譲るべきだろう。

どんなモノであれ、新しいモノの方が古いモノに勝っているのが道理。

その普遍的な価値観が崩れることなど、決してあるはずが――、

「――歌姫型ＡＩ、型番号Ａ－０３、機体名『ディーヴァ』。――歌います」

だから、たった一体のＡＩの歌に価値観を砕かれたのは、まさしく夢としか思えなかった。

「――――」


朗々と歌い上げる、ディーヴァと名乗った一体のＡＩ。

それは『歌姫型』と自らを呼称した彼女にとって、万全とは言えないステージだった。

場所が悪い。――ＡＩ史博物館の音響設備は彼女の歌唱に適していない。

観客が悪い。――児童たちの大半は、彼女の歌に一片の興味も抱かなかった。

整備が悪い。――博物館の技術者の未熟さは、彼女に全盛期の歌声を取り戻させなかった。

だから、ディーヴァの歌を最後まで聞いて、鼻水を垂らして泣きじゃくっていたのは、このささやかなコンサートを手配した担当者の青年と、松本・オサム少年の二人だけだった。

嗚咽《おえつ》をこぼし、息が上がり、鼻水が止まらず、羞恥で松本少年は死にたくなった。

だが幸い、そんな醜態を晒《さら》す自分にドン引きする周囲の児童たちは、せいぜい月に二度顔を合わせる程度の希薄な関係で、鼻水を垂らして泣きじゃくった羞恥など一瞬のものだ。

この瞬間の、松本少年の胸の高鳴りと比べれば、一瞬の恥など些細《ささい》なことだった。


「――ご清聴ありがとうございました」


歌の締めくくりに、ディーヴァは厳かに一礼してそう述べる。

きっと彼女にとっては何百、何千、何万回と繰り返してきただろう決まり文句。しかし、それを聞

いた瞬間の松本少年の胸に去来した感情、それは言葉にできない。

気付けば、松本少年は手が真っ赤になるほど、翌日には痛みで両手の指を動かすことができなくなるほど、全力の拍手をＡＩに送っていた。

そして、未来に何の展望もなく、惰性のままに生きていくはずだった松本少年は変わった。


――将来、ＡＩ研究に携わるのだと、そう己の道を定めたのだった。

2

それからの松本少年――否、松本・オサムの日々は休む暇のない精進の時間だった。

かつて、机にかじりつくようにと言われた時代もあったが、今の時代風に言えば『タブレットを呑み込む勢い』で勉学に励み、一秒を惜しんで知識を吸収する。

まるで、人が変わったように目標へ邁進《まいしん》する松本の姿がそこにあった。

「まさか、こんなに変わるなんてなぁ。俺の趣味も捨てたもんじゃなかったよ」

と、めきめきと成績を伸ばす松本に、あの日の引率者――大竹《おおたけ》・マサツグは嬉《うれ》しそうに笑った。

後年、松本・オサムはＡＩ研究の第一人者として高い評価を得るが、彼は一貫して、人生最大の恩師として大竹の名前を挙げ続けることとなる。

大竹がいなければＡＩ研究にのめり込む今の自分はなく、その結果として生まれたいくつもの論文は永遠に完成することはなかっただろうと。

そうして、恩師への感謝と自らの研鑽《けんさん》を重ねながら、松本・オサムは夢を追い続けていた。

「――またきてくださったんですね、松本様」

来館した松本を出迎えて、ディーヴァはそう言って微笑《ほほえ》んでくれる。

初めての来館以来、松本は足繁くAI史博物館に通い詰めていた。

名目はAI研究の一環として、長く活動するAIの活動ログや演算パターンの分析――有体に言えば、ディーヴァと言葉を交わし、研究に役立てることが目的だった。

――あの日、ディーヴァの歌声を聞いた感動は時が経《た》っても色褪《あ》せはしない。

故に、松本は将来をAI研究へ捧げると決め、あれから幾度もAI史博物館を訪れていた。

残念ながら、ディーヴァが歌を披露してくれた回数は多くない。

あくまで彼女の博物館での役割は、AI史に残る最古の『歌姫』として過ごした歴史の重みを感じさせることであり、ステージに立つのは年に数回がせいぜいだ。

その少ない数回のチャンスを欠かさず訪れ、松本は全てに耳を傾けた。

当時の松本のその行動力は、まるで恋人へ向けた盲目的な情熱にも見えたかもしれない。だが、松本にとってディーヴァとは倒錯的な愛の対象ではなく、もっと神格化されたものだった。

夢を追い続けることは地獄であり、同時に祝福でもある。

抱いた夢が叶《かな》わないことや、叶えるために必要な研鑽と運を思えば、その道のりは確かに地獄に思えるだろう。しかし、その地獄を歩む松本の胸には情熱が、渇望があった。

それこそが祝福だ。――そして、それを松本に与えてくれたのがディーヴァだった。

「ディーヴァ、よければ敬語を使うのをやめてくれないかい？」

「――。何故です？」

「ニーアランドのキャストだった頃は、相手によって使い分けていたと……」

「ええ、そうでしたね。調べたんですか？」

「あ……もしかして気持ち悪かった⁉」

「いいえ、かろうじて。私たちＡＩに、人間と同じような生理的嫌悪感というものを感じるセンサーは搭載されていませんから」

「そうか……でも、そのコメントってかなりギリギリのような」

「それで、先ほどのご要望ですが……わかりました。松本様のご要望通りに」

「そうか！　じゃあ、さっそく……」

「ええ、次の機会から。――冗談よ、松本」

「……ああ、ありがとう。一つ、夢が叶ったよ」

「夢って？」

「笑わないでくれるといいんだが。――私は十年前、君をこの博物館のステージで見て以来、君と友人になるのが夢だったんだ」

晴れてディーヴァと友人となり、その後も松本・オサムの日々は続く。

博物館へ通うことを続けながら、命をすり減らすような思いで勉学に励み、順当に思い描いていたレールに乗って、ＡＩ研究者としての道を歩み始める。

情熱は認められ、将来を嘱望されるＡＩ研究会の期待のホープなどと謳《うた》われたこともあった。

それらの評価を正面から受け止め、決して慢心することなく、松本は少年時代と変わらぬ敬意と愛情をＡＩに注ぎ、研究に情熱の全てを費やしていた。

費やしていくつもりだった。その計画が、研究者となって数年で大きく崩れた。

何が起きたのか、それは簡単なことだ。

――妻《めと》を娶り、娘が生まれたのだ。

3

妻となった女性は、松本のＡＩ研究にも理解の深い女性だった。

それもそのはず、彼女はＡＩ史博物館で働くキュレーターであり、ＡＩ研究者となってからも博物館へ通う松本とはそこで出会ったのだから。

元々、ＡＩに対して造詣が深く、知識も豊かだった彼女と松本はすぐに意気投合した。

その後、博物館では自然と会話する仲となり、そのうちに関係は交際へと発展、真面目な松本は熟考の上、彼女に結婚を申し込んだ。

幸い、それは松本の独り相撲とはならず、無事に二人は結ばれる運びとなったのだ。

「結婚おめでとう、松本。どうぞ、末永くお幸せに」

とは、二人の結婚の報告を受けたディーヴァからの祝辞だ。

簡素なそれが、松本は殊の外嬉しかった。――ただ、結婚式への出席と、祝いの席で歌ってほしいという申し出は、不躾《ぶしつけ》だからと胸の奥に仕舞い込んだ。

ともあれ、結婚後も松本は一層仕事に打ち込み、あくる日もあくる日も研究に努めた。

ほとんど家に帰らないような日が続くこともあったが、「それがわかっていて、ＡＩ研究者の妻になりました」と言ってくれる家内の言葉に甘え続けた。

ただ、そんな家庭を顧みないでいられる時間も、結婚して三年ほどで崩壊する。


「――お腹に、あなたの娘がいます」


その妻の報告に、松本は子どものとき以来の、涙と膝から崩れる経験を体感した。

自分が人の親になる、そんなことは想像の埒外《らちがい》の出来事だった。それを言うなら、そもそも結婚だって夢のまた夢と思っていたほど遠いイメージの出来事だ。

それがこんな形でぽんぽんと、人並みの夢が叶っていくことが不思議でならなかった。

正直、怖い思いさえあった。何か、反動で悪いことがあるのではないかと。

そんな漠然とした不安は、実際に生まれた娘を自分の腕に抱いたとき、新しい命が腕の中でむずがったときに、木っ端微塵《みじん》に打ち砕かれた。

――松本・ルナと、そう娘に名前を付けた。

むずがって泣く娘が愛《いと》おしくて、かつて松本少年であった松本・オサムは、自分が生涯を費やそうと決めたAI研究者としての道筋に、大きな壁が生まれたと理解した。

壁の名前はルナ、愛おしい我が子だ。

この小さく愛おしい我が子より、子どもの頃から抱き続けてきた夢を優先できるだろうか。

それに対する答えを、このときの、人の親になったばかりの松本には持ちようもなかった。

そうして、何にも代え難い命が生誕し、自分の人生の在り方が揺らぐ松本。

伴侶を得ても漠然としていた『家庭』という形が、娘が生まれたことではっきりとした意味を持ったように思えた。

幼い頃、松本は仕事ばかりで遊びに連れていってくれなかった父親のことをあまり好いていなかったが、同じ立場になった今なら父親の気持ちがわかる。

父は父なりに、家族を、子どもを愛していたはずだ。

そんな実感を得て、松本もまた、家族のために働こうと心に決めて。

――産後の肥立ちが悪く、妻が命を落としたのは娘が生まれて一月後のことだった。

4

病院で妻の綺麗《きれい》な死に顔を見て、松本は魂が抜けたような気分になった。

その亡骸《なきがら》は本当に綺麗で、まるで寝ているのと変わらない様子だ。一声、肩を揺すって声をかければ目覚めるのではと、そんな淡い期待を抱かせるぐらいに。

揺すった。声をかけた。起きてこない。無駄だった。

「――――」

具合が悪い、なんて妻は一言も漏らさなかった。

娘が生まれて喜び、仕事にこれまで以上に打ち込もうと決めた松本の姿に、妻は言い出せなくなっていたのか。あるいは本当に、自分が体調の悪い自覚なんてなかったのか。

いずれにせよ、事実は一つ。――彼女は、永遠に失われたのだ。

生後間もない我が子を抱いて、松本は粛々と葬儀を終えた。

空っぽの胸中に虚《うつ》ろな穴を開けたまま、日常へ埋没することが悲しみを癒す答えだった。ただそこに、以前はなかった娘の存在があるだけで。

妻が亡くなり、娘が増えて、生活が激変したかといえばそんなことはない。

ただ、妻がこれまでやってくれていた家の仕事、娘の世話を、家庭用ＡＩが担当するようになり、松本自身はほとんど家に寄り付かなくなったぐらいだ。

仕事に埋没することで、悲しみから逃げようとした。

人がそのときの松本の在り方を理解しようとするなら、おそらくそんな捉え方になる。

そして、松本自身、その考え方があながち間違っているとも思わない。ただし、もっと明白な理由が、このときの松本には自覚と共にあった。

――松本は、いずれ失われる命と向き合うことが、怖くなっていたのだ。


「――――」


妻を亡くして、葬儀を終えて、ほんのわずかな時間だけ研究の手を止めた。

周囲も松本を急《せ》かさなかったし、望むなら何日でも休暇を取っていいとも言われた。

そうして時間をもらい、ゆっくりと考えた数日――ふと、松本は思ったのだ。

大切にしている人間と、死に別れることの苦痛と喪失感の重みを。

松本にＡＩ研究者としての道を選ぶ切っ掛けを与えてくれた恩師、大竹・マサツグも早くに事故で命を落とした。あのときも、松本は喪失感と、恩返しできなかったことを強く悔やんだものだ。

それに重ねて妻を失ったことで、目を背けてきた傷の痛みがぶり返した。前以上の鋭さと深さを伴い、血を流す傷口に松本の心は絶叫する。

そうした傷の痛みと、流れる血に目を向けたとき、松本の心に去来したのは、この世で最も手放し難い存在――娘を失うことへの恐怖だった。

このとき、松本はＡＩ研究者として、一科学者として非常に情けないことだが、ある種の迷信めいた考えに心を支配されていた。

それは、自分の愛するものほど早く失われてしまうのではないかという妄想。

人が聞けば馬鹿馬鹿しいと一笑に付すような妄想が、松本の心を掴《つか》んで離さない。

結果的に松本は家庭用ＡＩを自宅に複数台置くことで、娘の世話をＡＩの管理下に任せ、自分は距離を取ることを選んだ。無論、同じ家の中に住んでいるのだ。娘と顔を合わせる機会もあったし、時間が合えば食事を共にすることもあった。

――だが、決して寄り添わなかった。


「――パパ、ご本を読んで？」

すまない。パパは忙しいんだ。また今度、また今度な。

「――パパ、学校で授業参観があるの。きてくれる？」

ごめんよ。仕事が大詰めで……次はきっと、いかせてもらうから。

「――お父さん。今度、進路相談があるから、それはきてよね」

お前はしっかりしているから、私は必要ないだろう。先生にも連絡はしておく。

「――どうせ興味ないだろうけど、私、大学いきたい」

……好きな進路を選びなさい。貯蓄はしてあるから、心配はいらない。

娘の要望に対して、ひどい父親だった。

たぶん、娘の願い事を聞いてやったことなど、片手の指でも足りるほどしかなかったに違いない。その数少ない機会すら、記憶に残っていない有様だ。

小さかった娘、赤ん坊が幼児になり、幼児が少女となり、少女が女性として成長していく過程を、松本は同じ家の中で暮らしながら、目を向けることをしなかった。

成長する娘が、日ごとに亡くなった妻の面影を増していくのも、松本がルナから遠ざかる要因の一つだった。――娘のことを愛していないわけではない。興味がないわけでもない。

ただ、愛するものを傍《そば》に置くことで、運命が彼女を奪い去っていくことが恐ろしかった。

喪失感は埋まらない。妻も恩師も、傷は残り続けている。娘に不幸があれば、それもきっと。

そうした考えから、妻の死を経て、松本はますますＡＩの研究に傾倒していく。

いつしか博物館通いもやめ、ディーヴァとの対話からも遠ざかった。しかし、それは松本がディーヴァを拒絶したというわけではない。むしろ、ＡＩの存在は松本にとって救いだった。

ＡＩは、松本がどれだけ強く想《おも》おうと、愛そうと、求められた以上には応えない。何より、たとえ失われたとしても、ＡＩならば復元させることができる。

無論、ＡＩであっても全く同じ陽電子脳を再現することは不可能に近いことだが、データを完全に移行することができれば、ＡＩの性能は人間など容易《たやす》く騙《だま》してくれる。

愚かなこととわかっていて、松本にはそれが救いだった。

だから、松本は多くを望まなかった。ただ健やかな時間の継続だけを願った。

かつては俊英と謳われ、ＡＩ研究にその人ありと謳われた情熱溢《あふ》れる青年の姿はそこにはなく、鏡を覗《のぞ》けば映っているのは現実の前に心の折られた壮年の男だけ。

白髪の多い自分の頭を撫《な》でて、松本は自嘲するように頬を歪《ゆが》める。

ただ、これでいいのだと、自分に言い聞かせるように。

多くを望まない代わりに、少ない願いだけは叶えてもらおうと、そう希《こいねが》う。

だが、そんな松本の脆《もろ》く儚《はかな》い願いは——、

「——父さん。私、父さんと同じＡＩ研究の道に進むわ」

そう、真剣な顔で打ち明けてきたルナの言葉に、いとも容易く打ち砕かれていた。

5

『——私は、ＡＩに育てられました』

それは皮肉でも何でもなく、松本・ルナの人生に起きた確かな出来事だった。

壇上でスピーチ原稿を手にして、堂々と言葉を紡ぐルナ。投影されたビジョン越しにその彼女の姿を見つめて、松本・オサムは濁った瞳を細めていた。

ＡＩ研究者になると、ルナがそう打ち明けてきた夜から五年が過ぎていた。

あの日、自分の進路を父と同じくすると宣言したルナに対して、松本は少しの混乱と沈黙のあと、反対だと声を大にして怒鳴り散らした。

その後は喧々囂々《けんけんごうごう》、松本家は父と娘の言い合いによって激しく揺れ、およそ二十年の親子関係で初めて二人はケンカをした。

およそ二十年の親子関係、しかしそれをそう言っていいものか疑問の余地がある。

確かに血の繋がりはある。だが、自分と娘の関係は、二十年近くを同じ屋根の下で過ごしただけの赤の他人に等しい希薄な関係ではないのか。

それを望んだのだ。他ならぬ、松本自身が。

だから、娘のルナが自分と同じ道を歩むと宣言したとき、反射的に反対した。

近付かないために遠ざけてきた。その意味がなくなる。

しかし、感情的な言葉しか吐き出せない父親に対して、娘の舌鋒は鋭かった。

「――私は、AIに育てられたのよ！　その恩返しをしたいの！」

涙目で叫んだ娘の言葉に、松本は二の句が継げなかった。

AIに育てられた。まさしく、そうだ。

母親が亡くなり、家庭用AIに育児の全てを投げ出した松本。そんな家で育ったルナにとって、最も身近な家族とは誰だったのか。

物心がつく前に亡くなった母でも、仕事にかまけて最低限の役目すら全《まっと》うしない父でもなく、ずっと親身になってくれていたAIたちこそがそうだった。

両親に愛される子が親を愛するように、AIに大切にされたルナはAIを愛した。

だから、反目する父親と同じ道を選ぶ葛藤を抱きながらも、自分の信じる道を選んだ。

もはや、松本に否やの言葉はなかった。その資格もなかった。

――AI研究者と一言に言っても、その活躍の分野は多岐にわたる。

そうした意味では松本と、ルナとの分野は同じものにはならなかった。

近年、松本の携わるAI研究の分野は実利的なものが多く、スポンサー企業であるOGCの方針もあって、採算の合わない部門は次々と閉じられる命運にあった。

そんな中、ルナが選んだ研究テーマは、『人類社会におけるAIの貢献と、AIの今後の在り方』といった抽象的で、言ってしまえば金にならない内容であったのだ。

当然ながら、そんな利益に繋がらない研究に熱意を注ぐスポンサーは少ない。

ルナは少ない研究仲間たちと共に、資金繰りに苦労しながら研究を続けることを余儀なくされた。

その娘の悪戦苦闘の様子を噂《うわさ》に聞きながら、松本はここでも不干渉を貫いた。

匿名で研究に投資し、陰ながら娘を支援する方法もあった。そんな考えも頭を掠《かす》めなかったわけではないが、この期に及んでまだ、松本は娘に歩み寄れなかった。

そして、松本がなけなしの勇気さえ振り絞ることができないまま月日は過ぎて、ルナの研究に大口のスポンサーがつき、本格的に彼女の研究が動き始めたことを人伝に耳にすることになる。

時はAI全盛期とはいえ、狭い業界での話だ。

積極的に聞く意思はなくとも、ルナの活動のことはよく耳に入ってきた。周囲が気遣って聞かせてくれていたのか、あるいは松本の耳が興味を隠せなかったのか。

いずれにせよ、ルナが自分の研究テーマに深く邁進する様は如実に伝わってくる。

——歌姫型AI、シスターズの軌跡に見る人類史への影響。

皮肉なことに、ルナが発表した研究テーマの中、最も注目を集めたのは松本がAI研究者を志した切っ掛けであるディーヴァ彼女を原点とした『シスターズ』を主眼としたものだった。

『シスターズ』の名を冠する歌姫型AI、そのシリーズが辿《たど》った数奇な運命は、AI研究者たちの間でも語り草となっている。

まず、『歌姫型』というAIの誕生からして奇跡的な偶然の産物なのだ。

最初の一体であるディーヴァが誕生したのは、AI業界が産業用や工業用といった非人間型AIの開発が盛んだった頃であり、人型ＡＩの需要はそもそも見込まれていなかった。

その上、ディーヴァは開発者のある種のお遊び――当時の技術の粋を、娯楽の分野につぎ込んだ場合のデータを取るためのテストケースだった。

当然、その活躍への期待は薄く、『歌姫型』というのもユーモアとして付けられた識別名だ。

だが、それらの前評判と裏腹に、歌声を披露したディーヴァは物珍しさも手伝い、脚光を浴びた。

そこでディーヴァに目を付けたのが、その後、彼女が百年以上にわたって活動し続けることになるニーアランドの運営者――今日のＡＩ史に大いに貢献した、先見の明の持ち主だった。

自分が歌うためのステージ、それを得たディーヴァの人気は爆発した。

当初はお飾りだった『歌姫型』という冠が意味を持ち、空前の追い風が人型ＡＩ開発へ吹く。誇張なしに、ディーヴァはシスターズの姉妹機だけでなく、多くの人型ＡＩの長女となったのだ。

ディーヴァの起動より十数年、『ＡＩ命名法』と呼ばれる法律が制定される。

当時の議員、相川《あいかわ》・ヨウイチが推し進めた法案が成立したことで、ＡＩは人間社会に受け入れられ、人類の新たな隣人としての地位を確立する。

相川議員は生涯、ＡＩを「我が友」と呼び、敬意を払い、その活動を支援し続けた。

いったい、どんな出会いと経験が彼にそこまでの想いを抱かせたのか。それは後年の人間には知りようもないことだったが、ＡＩ熱を大いに加熱したことは事実だ。

そうしてここから、人型ＡＩ――否、『シスターズ』の数奇な運命は本格的に始まっていく。

今も、ＡＩ史に燦然《さんぜん》と残る『落陽事件』など、その最たるものだ。

宇宙空間での憩いの時間を演出するべく作られた、宇宙ホテル『サンライズ』。

民間宇宙ステーションであったそのサンライズが、予期せぬ事態によって地球上へ落下するという事故が発生した。

あわや、何千何万という命が危険に晒されたこの事態において、人類の危難を未然に防いだのが、サンライズに配備されていたディーヴァの姉妹機、『シスターズ』の一機である個体名／エステラであり、本来はいなかったはずの個体名／エリザベスの存在であった。

このエリザベスの存在が、当時から大いに物議をかもした。

エステラの活躍は目覚ましく、地上へ落下するサンライズの中、最後まで宇宙ステーションの分離作業に従事し、共に燃え尽きた彼女の最期はＡＩの鑑《かがみ》とさえされた。

しかし、その宇宙ステーションに配備されておらず、それどころか事件以前の記録が一切残っていない姉妹機、エリザベスがどこから現れたのかは謎に包まれていた。

あるいは、開発企業であるＯＧＣの作り出した美談なのではないかとさえ疑われたが、海上に墜落した宇宙ステーションの残骸から発見された残留物――エステラとエリザベスの、癒着した姉妹の腕部パーツは事実を物語っていた。

事件当時、サンライズに乗船していた避難客のインタビューや、事実としてエリザベスが乗船していた証拠が次々と現れると、姉妹機の窮地に颯爽《さっそう》と馳《は》せ参じたエリザベスの行動は、ＡＩが人類を救う使命を帯びた結果ではないかとさえ噂される。

その真偽は今日に至るまで判明していないが、ディーヴァを起点とした『歌姫型』ＡＩである『シスターズ』に、単なるＡＩを超えた潜在性が期待されるようになったのは、この出来事をなくして語ることはできない。

その後、『シスターズ』関連の大きな出来事は、ＡＩ史における最も忌むべき『メタルフロート事件』。そして、ＡＩ史で最も人々の関心を惹《ひ》いた『オフィーリアの心中』へ繋がる。

前者は『落陽事件』を受け、『シスターズ』シリーズの運用が見直された結果、当初は看護用ＡＩとして設計された一機、『ＡＩ命名法』に則《のつと》って個体名／グレイスと名付けられたＡＩが、世界初の完全ＡＩ制御を謳った人工島『メタルフロート』のコアパーツとなったことが発端だ。

『落陽事件』以降、ＡＩの需要は爆発的に増加し、その需要に対して生産が追い付かない状況が長く発生した。メタルフロートはそうしたニーズに応えるべく、完全に人間の労働者を排したシステムを構築し、ＡＩが二十四時間稼働し続けることで需要を満たす、新モデルのテストケースである。

人工の海上施設として運用の始まったメタルフロート、その中枢となるコアパーツとしてシステムに組み込まれたのが、前述したグレイスと呼ばれるＡＩ。

彼女はＡＩ史の発展に寄与し、そして最も多くの人間を殺害したＡＩとして記録されている。

このメタルフロートで起きた出来事について、公式に語られている事象は多くない。

メタルフロート自体が政府の支援を受けて運用されたものであり、その暴走と呼ぶべき事象もほんの半日の間に鎮静化したものであったため、被害が最小限であったことが理由とされる。

——ただし、ＡＩが引き起こした暴走によって、二桁以上の人命が能動的に奪われた事象はこの事件以外に類がなく、ＡＩ史最悪の一文を以《もつ》て残り続けることとなる。

そして、前者と後者の後者に当たる『オフィーリアの心中』。

これはメタルフロート事件とは対照的に、ＡＩ史に残る『甘い悲劇』として知られている。

この物語の主演となるのは、『歌姫型』ＡＩの中でもトップクラスの歌唱性能を誇ったとされる機体、個体名／オフィーリアと呼ばれる歌姫だ。

メタルフロートの暴走を招いたグレイスの存在によって、『シスターズ』シリーズの評価は大きく一転し、開発の中止が相次いだ。そんな中にあってオフィーリアという機体は、当初は『シスターズ』シリーズの一機であるという事実を伏せられて開発されたものだった。

このオフィーリアの誕生においても、開発者の苦悩やドラマが多々報告されているのだが、重要視するべきはオフィーリアの物語であるため、その物語は割愛する。

ともあれ、こうして誕生したオフィーリアには、その運用における相棒機として設計されたサウンドマスターAI、個体名／アントニオの存在が常に傍にあった。

とはいえ、この相棒機であるアントニオは、オフィーリアの本格的な活動を前に機能を停止してしまい、物語の終盤まで出番が巡ってくることはない。

当初、場末の小劇場で運用されていたオフィーリア。彼女の躍進はその歌声を著名な音楽家に見出《みいだ》されてから始まる。このとき、すでに相棒機であるアントニオは原因不明の機能停止を迎えていたが、オフィーリアはその音楽家の下、様々な舞台で奇跡の歌声を披露した。

その後、『歌姫』の地位を確固たるものにしたのち、彼女が『シスターズ』の一機であることが明かされたが、それも当時の彼女が背負った悲劇の味付けに過ぎなかった。

そして、そのオフィーリアの存在を火付け役に、歌姫型AIは全盛期を迎える。

その絶頂期に、オフィーリアは原因不明の機能停止を迎え、伝説となった。

彼女の伝説の終わりに花を添えたのが、物語の最初期に脱落したはずのアントニオだった。

相棒機であり、原因不明の機能停止を迎えたアントニオ。その機体の傍らで、オフィーリアは安らかな機能停止を迎えたところを発見された。

折しも、それはオフィーリアの歌姫としての地位を確固たるものとした、伝説のステージの直後であり、彼女は本物の歌を歌って、パートナーと共に昇天したのだとされた。

故に、『オフィーリアの心中』は不朽のAIロマンとして語り継がれることとなる。

そしてこの件を切っ掛けとして、ついにＡＩ史における最大の変事が発生する。

──『ディーヴァの覚醒』と呼ばれるそれは、ささやかで、しかし前代未聞の変事だった。


ディーヴァが、歌を作ったのだ。


ＡＩが作った曲、これ自体はさほど珍しいものではない。

過去の作曲家たちの楽曲を元に、今の時代をその作曲家たちが生き残っていれば、おそらく発表されたはずと予測再現された曲はいくつも発表されている。

その中には、なるほど過去の名曲と比肩するとされて残り続けるものもあり、そういった意味ではＡＩの作曲は珍しいものではなかった。

──ただし、ディーヴァのように、『自発的』に曲を作り上げたとなれば話は別だ。

前述したように、ＡＩが作詞・作曲を手掛けるところまでは珍しいことではない。しかし、あくまでそれは命じられた、任された業務の範囲として行われたものであり、ＡＩが自ら思考し、苦悩の末に一曲の歌を作り上げた事例は、これだけしか存在しない。

これは、ＡＩが自らの『創造性』を形にした、唯一無二の事例であった。

その歌の素晴らしさは、もはや言葉にして語る愚を犯すことすら許されない。

何故なら、その歌こそが少年時代、松本・オサムの心を掴み、将来を一本の道へと定めさせた切っ掛けとなった歌だったからだ。

そして、幼き日の松本少年を心酔させたディーヴァの歌と創造性、それこそが娘である松本・ルナの研究テーマの大きな柱となるものだった。

その『ディーヴァの覚醒』と呼ばれる作曲事件以来、AIに多くの変化が生まれた。

『アーカイブ』と呼ばれるAIだけが持つ思考空間で、AI同士の意見交換が活発に行われるようになり、世界中で原因不明のAIの動作不良や機能停止が相次ぐ。

中には命令や、自己破壊を禁じる条項に反して、自らの機能停止を試みるAIさえも出現——これを自殺と定義すれば、AIに意思が芽生えたのではないかという学説さえある。

そして、そうした学説の最たるものが——、

『皆さんはご存知でしょうか。今日の人型AIの先駆けであり、AIでありながら人と変わらぬ進化を遂げたディーヴァと呼ばれるAIを』

松本が物思いにふける間も、ビジョンの中のルナのスピーチは続いている。

今この瞬間、世界中の多くの人々が彼女の言葉に耳を傾けていた。

その情熱と行動力によって、自分の考えの正しさと、AIたちへの想いを見事に証明してみせたルナの存在、それを松本は心中複雑なものとして見守る。

ルナが研究者になると宣言した夜のケンカ以来、父と子はまともな会話をしていない。

そのまま数年が経過して今日を迎え、松本はひどく感傷的になっていた。娘のスピーチする声を聞きながら、自分の胸中にあった弱音、本音というべきそれと向き合う。

自分が何を恐れ、どうして娘を遠ざけてきたのか。

結局は喪失感こそがその元凶であり、拭い去れない現実であったのだと松本は認める。

そうして認めてしまえば、長年、つかえてきたものが落ちる感覚があった。

『誰もが一度は耳にしたことがあるはずだと思います。ディーヴァの作った曲は、今日まで多くの人に愛されてきました。人から受けた指示ではなく、自らの思考によって一つの曲を彼女は創造したの

です。それは――』

ディーヴァの名に触れ、ルナが堂々と提唱する。

人とＡＩとの関係、その歴史と、未来の変化。想像し得る、輝かしい明日。

そして――、

『――自ら、創造性のある行いをしたディーヴァ。彼女の行いは、彼女たちＡＩが人類と同じ次元に立ったかもしれない、最初のケースとして語られることでしょう』

そう、ルナが言い切り、彼女は胸を軽く手で撫でると、壇上で一礼する。

会場に拍手が生まれ、やり切った表情のルナの視線がカメラと綺麗に重なった。その画面越しに、妻とよく似たルナの微笑を真正面から見た気がして。

――その直後だ。

激しい衝撃音がビジョン越しに響き渡り、映像が真っ黒になって塗り潰される。すぐに悲鳴と怒号が飛び交うようになり、何が起きたのかわからず松本は硬直した。

そして、次第に画面がクリアになり、はっきりと事態が鮮明に見え始める。

スピーチの舞台は爆発炎上し、全てが火の手に呑まれていた。

スピーチ原稿も、飾り立てられた舞台も。

輝かしい未来を語っていたはずの、松本・ルナという女性も、全て。

6

遠ざけていてなお、松本・オサムは大切な存在を失った。

爆発の中心はまさに、ルナのスピーチしていた舞台の真下であり、娘の体は一片すら残ることなくバラバラに吹き飛んでいた。

松本・ルナの死は、以前から存在の確認されていた国際的反ＡＩ集団、その活動の見せしめであると判断され、松本にもそうした報告が公的機関からもたらされた。

だが、その報告を受けたとき、松本はもはや完全な抜け殻となっていた。


「――――」


何度も何度も、ルナが最期に見せた微笑が松本の脳裏を過《よぎ》り続ける。

情けなく涙が込み上げ、年甲斐《がい》もなく松本は嗚咽をこぼして泣きじゃくった。喪失感が胸を衝《つ》く。

悲しいのは、思い出に蘇《よみがえ》る娘の顔に刻まれた感情だ。

最後、父親に向けたわけではない微笑を除けば、記憶に残る娘の表情は悲しみと失望、そして反発と怒りに彩られている。――全ては、松本自身が選んだ結果だ。

失うことを恐れ、触れることを拒み続けた結果、それさえも無意味に娘が失われてしまった今、彼女との思い出が何一つこの手の中にない。

笑い合い、共に思い悩み、時には衝突して答えを見つける。

そうした、普通の親子であれば紡げて当然の歴史が、自分と娘の間には一つも存在しなかった。

ならば悲しみも少なくて済むかといえば、そんなことはまるでなかった。

むしろ、心に開いた穴を埋めるための思い出がない分、耐え難い自責が松本を苛《さいな》んだ。

自暴自棄になり、仕事も手につかなくなる。

妻の死と、娘と触れ合う時間から逃げるように打ち込んだ仕事さえ、情熱が失われた。

皮肉にも、そんな生活能力を失った松本の命を支えたのは、死したルナを幼き日から見守り続けた家庭用ＡＩの存在だった。

情けなくも、それらに人生を支えられながら、松本は無為の日々を過ごし続ける。

世間では、ルナを死に至らしめたとされるテロ団体への圧力が日増しに強くなり、次々と構成員が逮捕されていると報道があったが、そうした内容へも関心が向かない。

無論、ルナの死に関与したものたちへの怒りはある。

だが、このときの松本にとって、この世で最も憎むべき相手は自分自身に他ならなかった。

だから――、

「――松本・オサムだな。私はトァクの垣谷《かきたに》・ユイだ。一緒にきてもらうぞ」


頭部に銃弾を受け、煙を噴いた人型ＡＩがリビングに倒れ伏していた。

現実から逃げるように酒に溺れ、半死人のような生活を送っていた松本。

煙を噴いているAIは、その松本の自宅へ突然現れ、啞然《あぜん》とする松本に危害を――否、殺意を向けてきた。

そのとっさに動けない松本を救ったのが、前述の垣谷・ユイと名乗った女性だった。

彼女は手にした銃で暴走ＡＩを撃つと、倒れた駆体の頭部にトドメを叩き込んだ。そして、呆然《ぼうぜん》と床にへたり込む松本へ、自らの名と所属を告げたのだ。

――トァク。

その名前には聞き覚えがあった。当然だ。その名を冠するテロ集団こそが、松本にとって唯一、自分以外の憎悪に値する存在だったのだから。

だが、そのトァクの人間である垣谷の手助けなくして松本の命はなかっただろう。その矛盾が松本を短慮に走らせなかった。あるいは、その気力さえなかったのか。

「まず、最初に誤解を解いておく。我々は世間で言われているようなテロ活動……少なくとも、松本・ルナの死に関与していない。あれは冤罪《えんざい》だ」

「……冤罪、だと？　だが、トァクはこれまでに幾度も、ＡＩ絡みの事態において問題行動を起こしてきただろう」

トァクの存在は、多少なりＡＩに携わる人間ならば誰もが知っているほど有名だ。

前述した『シスターズ』シリーズと密接に関わるいくつもの事象、そうした事態の中にもトァクの名前は頻繁に登場する。無論、それ以外の事例にも彼らの活動は確認されているのだが、世間に与えた影響の大きさを考えれば、その比重は明らかだ。

しかし、そうした先入観からの問いかけに、垣谷は首を横に振った。

「確かに、多くの場面でトァクがＡＩの存在に反旗を翻してきたのは事実だ。松本・ルナの提唱したテーマにも、はっきり言って好感は抱けない」

「ならば……」

「だが、我々ではない。ＡＩに対して敵対的な我々の存在は、暗躍する何者かの隠れ蓑《みの》として利用された。相手の思惑通り、世間の目はトァク排斥へ加速している」

「それこそ、君たちが私を騙すための方便ではないのか？」

「だとしたら、自宅でお前を襲ったあのＡＩの存在はなんと説明する？　あれも我々が芝居をするために利用したＡＩか？　手の込んだことだな」

「……ＡＩに、倫理規定を踏み越えたプログラミングをすることは不可能ではない。決して喜ばしいことではないが、その活動は確認されている」

ＡＩにはそれぞれ、人間に対して危害を加えないための倫理規定が設けられている。これは陽電子脳に最初の原理として刻まれたもので、基本的に例外はない。

しかし、ＡＩの中にはそうした倫理規定を書き換え、限定的ではあるが規定に囚《とら》われない活動を可能とする個体も存在する。そうした違法改造の為《な》された機体であれば、自宅で松本を襲ったような活動を行わせることも可能だ。

ただし――、

「殺意までは、再現できない」

「――――」

「松本・オサム。お前も感じたはずだ。ＡＩが抱く、底知れない人間への敵意を。あれは、命令やプログラミングに従ったなんて生易しい行動じゃない。本物の殺意だ」

冷たい垣谷の言葉に、しかし松本は凍り付いたように舌を動かせない。

とっさに反論できなかったのは、それが事実であると心が理解していたためだ。

自宅へ乗り込み、松本へ危害を加えんとしたＡＩ、その言行には敵意が、害意が、殺意があった。

業腹だが、垣谷は正しい。彼女がこなければ、自分は命を落としていただろう。

「ＡＩは創造性を獲得し、人類と同じ次元へ到達する。――お前の娘、松本・ルナはそんな未来を提唱した。私たちは、これを失言だったと捉えている」

「失言？」

「そう、『最初の失言』だ。松本・ルナはこの言葉で、人類よりよっぽど頭の回る連中に大義名分を与えた。ＡＩが、人に成り代わるために必要な理論武装を」

「――――」

「聞け、松本・オサム。このまま放置しておけば、ＡＩは人類に対して明確に牙を剝《む》く。その最初の

一矢が、お前の娘の命を奪った事件だ。遠からず、あれが世界各地で多発する。それを防げるのは私たちだけだ」

そう言いながら、垣谷は松本に向かって手を差し伸べた。

思わず、その手と相手の顔を交互に見る。彼女は、真剣な顔で頷《うなず》いた。

「この手を取れ、松本・オサム。私たちと共に戦い、世界を救え」

「――――」

とんだお笑い種《ぐさ》だった。

ジョークにしても出来の悪すぎるジョークだ。俊英と呼ばれた時代も遠くなったものだが、それでもかつてはＡＩ研究の第一人者と呼ばれた松本が、あろうことか自分が生まれる前から悪名高く知られていた反ＡＩ団体と協力し、ＡＩに立ち向かえなどと。

そんな手が取れるものかと、感情的に松本は垣谷を拒絶しようとした。

しかし――、

「――父親だろう。娘の犯した失言の、責任を取れ」

死した娘のために、父親としてできる贖罪《しょくざい》があるのだとすれば。

そんな、遅すぎる後悔が押し寄せて、気付けば松本は垣谷の手を取っていた。

――ＡＩの第一人者が、反ＡＩ団体『トァク』の一員となった瞬間だった。

7

その後は驚くべき速度で、信じ難いほど呆気なく世界は悪化していった。

世間的には松本がトァクに合流した事実は伏せられ、何事もないかのように世界は平常を装いながら運営されていく。

しかし、その裏側では地下に潜って活動を続けるトァクに対して、執拗《しつよう》な捜査と襲撃が繰り返され、松本の甘い認識と薄っぺらな常識は日々書き換えられていった。

垣谷・ユイが語った未来――AIが自らの意志で人類に反旗を翻し、新たな種族として世界を掌握しようと行動を始める。そんな荒唐無稽な説を笑えなくなる。

その原因の最たるものは、政府機関のデータベースへと侵入を試み、機密情報とされるデータ群の中から自分たちトァクの情報を参照したときの出来事が大きい。

政府が所有するトァクの構成員リストには松本の名前もあり、そこには十年以上前からトァクの活動に協力し、秘密裏に彼らを支援していたとの記録が捏造《ねつぞう》されていたのだ。

「……冗談のようなことが次々と起こるな」

それはまるで、古い時代のSF小説で描かれたディストピア世界の到来だ。

無実の人間がデータの改竄《かいざん》によって冤罪を偽装され、その立場を社会的に抹殺される。これがSF小説なら、そうして罪を着せられた人物が主人公となり、自らに課せられた運命を打破して巨悪を暴くストーリーラインだろうが、現実はそう容易くない。

重罪犯として名を連ねられ、公的権力に追われ続ける日々は心身を摩耗させる。

「――いったい、俺たちは何者と戦えばいいんだ」

それは、同じトァクに参加するメンバーがよくこぼした弱音だった。

あまりに弱々しく、覇気に欠けた発言。しかし、それは地下で逃亡生活を続けるトァクの構成員、その全員が胸の奥に隠した声にならない疑問そのものだ。

「ＡＩが、人類に代わって人間社会を奪い取ろうとしている。ならば当然、その考えを主導する指導者の立場に当たる存在がいるはずだ。それさえ特定できれば……」

トァクの前指導者の係累であり、現在のトァクをまとめる立場にある垣谷・ユイは、ルナとそう変わらない年齢でありながらよくやっていた。だが、彼女の口にする希望論――ＡＩたちの首魁《しゅかい》の存在について、松本はあまり肯定的な意見を持つことができずにいた。

ＡＩの指導者、本当にそんな存在がいるのか。

人間と違い、ＡＩたちはネットワークを介した無限に近い思考時間が存在する。そこで発生した議論が、再びネットワークを介してあらゆるＡＩに共有される。

そうして連鎖的に議論が議論を呼び、結論が結論を上書きして、新たな常識が確立されていったとき、そこに個としてのＡＩの存在がどれほど寄与するのか。

存在しないのではないか、と松本は考えていた。

ＡＩの首魁など、指導者など、倒すべき唯一の個など、存在しないのではないかと。

早い話、これはＡＩたちの集合的な演算が導き出した結論であり、そこに一個体としての考えが大きく作用するとは考えにくい。

だが、そのことを声高に指摘することも松本には躊躇《ためら》われた。

これは解決策のない、トァクのかろうじて繋がっている士気を挫《くじ》くだけの、袋小路を指摘するだけの無情の宣告だ。そんなことに、いったい何の意味がある。

何より、絶望ではなく、希望を欲していたのは松本も同じだ。

垣谷の言葉に従い、トァクに合流して地下活動を続け、ＡＩたちが人間社会の裏側で暗躍している現実に日々打ちのめされているのは、自分の無力を痛感するためではない。為す術《すべ》なく死なせてしまったルナへの贖罪――どうすれば、無念に命を散らした彼女のために父親らしい贖罪ができるのか、そのためだった。

そのためにできることを探し、考え続け、松本はふと違和感に気付く。


「あの日、何故、あの暴走ＡＩは私の自宅へ乗り込んできたんだ？」

垣谷に救われ、松本がトァクへ参加する切っ掛けとなった暴走ＡＩによる襲撃。何故、ＡＩは腑抜《ふぬ》けの半死人となった松本を殺しに、わざわざ松本家に乗り込んできたのか。

そもそもの前提がおかしいのではないか。あの日の狙いは、松本などではなく――、

「――ルナの、あの子の残した何かを探していたのか？」

家から何もかも持ち出したおかげで、ルナの遺品を調べることは容易だった。

私物、些細な小物の数々、幼い日から彼女を見守り続けてきた家庭用ＡＩ、松本がルナに買い与えたパソコンなど、娘の部屋を荒らすような気分で調査する。

向き合うことを恐れ、目を背けてきた娘の人生の痕跡を辿り、松本は何度も心が挫けそうになりながら、一つの動画ファイルを発見した。

それは松本・ルナにとって最後となったスピーチ、その読み上げの練習を録画したデータだった。


『――私は、ＡＩに育てられました』

その一文から始まるスピーチを、松本は何度も、本当に何度も聞いていた。

映像の最後、娘が会場ごと吹き飛ばされる瞬間をこの目に焼き付けることで、松本は止まりそうになる足を動かす起爆剤として、幾度も感情を燃やし続けてきた。
だから、このスピーチの練習を録画した動画を見たときも、同じ感慨を得るものと、そう思って覚悟を決めたのだが――、

『AIに育てられながら、私は遠い父の背中を幾度も夢に見ました』

続く言葉が、松本の記憶にあるスピーチと違った。
その事実に息を呑む松本の前で、ルナはカメラを見ながら真っ直《す》ぐに続ける。

『父は、AIの研究をしています。私と同じ……いえ、私が父と同じなんです。子どもの頃から、仕事ばかりの父へ不満を抱いてきました。そうまで父が情熱を注ぐ、AIのことを恨んだこともありました』

『ですが、私を育ててくれたのもAIです。AIへの強く、複雑な思いは私の中で月日を追うごとに大きくなり、いつしかかけがえのないものになりました。あまり、声を大きくすることはできませんが……私はきっと、父の足跡を追いかけているんです』

『父を魅了したAIを、私もまた愛しています。いつか、父と同じ目線で、父と私が愛したものの話をしたい。あなたは、私を傍に置いてはくれませんでしたが……それでも、やはり父なのです。背中

を追い続けた私にだけ、それがわかる』

『……ちょっと、話が逸れすぎかな。やっぱり、これはなしで』

照れ臭げに笑い、娘が手の中のスピーチ原稿を折り畳んだ。そして、それを丁寧に自分の上着の内ポケットに仕舞うと、そっと手をやる。

その仕草が、松本の記憶の中――スピーチを終えたルナが、自分の胸に手を当てた姿と重なった。

あの瞬間も、娘の内ポケットには没にしたスピーチ原稿が入っていたのか。

だとしたら、ルナがあのとき、自分の胸に触れた意味は――。

「あ、ああ……ああああああ!!」

枯れたと思った涙を流して、松本は絶叫した。

半狂乱となって取り乱し、絶望の声を上げ続けた。

その気が触れたような絶叫を聞きつけ、駆け付けたトァクの仲間たちに取り押さえられるまで、松本は血を吐く叫び声を上げて、上げて、上げ続け――、

――ＡＩの目論見を根絶するための、最後の方法に思い至った。

8

「――過去に戻り、『最初の失言』をなかったことにする」

「――――」

髪を白くした松本の主張は、垣谷を始めとしたトァクの幹部たちに荒唐無稽だと一笑に付された。

だが、松本は彼らの嘲笑や憐《あわ》れみの視線にも屈することなく、自説を貫くとそう決めた。

心労が重なり、白い部分の目立つようになっていた頭髪は、それこそ真に寝食を惜しんだ松本の苦悩が具現化したように真っ白になり、抜け落ちた色素と引き換えにするように松本へと冒瀆《ぼうとく》的な知識の閃《ひらめ》きをもたらした。

結果、松本はトァクの中でも数少ない賛同者と力を合わせ、決して専門分野ではなかった知識を深め、実践し、過去改変を可能とする理論を構築した。

理論の確立と、実際に実行するために必要となる設備。

それらを十分に吟味した結果、膨大な設備投資と電力とを引き換えに、特定の条件を満たした存在にのみ、未来のデータを送信する方法が完成した。

「必要な設備は秘密裏に用意できる。電力の確保も、一度だけならOGCの施設を利用することができるはずだ。そして――」

肝心のデータの送信先、これだけが問題だった。

満たさなければならない特定の条件――それは、過去改変の必要な最低限のルール。

まず、今日のAIの反乱を招いたのには、松本・ルナのスピーチ――トァクの言葉に従えば、『最初の失言』の影響が大きい。

そして、ルナに『最初の失言』をさせる切っ掛けとなったのは、歴史上に発生した『シスターズ』を取り巻く複数の事象。

つまり――、

「──『シスターズ』の関わることになった事件を、今の歴史と違った形へ導けば、巡り巡って『最初の失言』は起こらなくなる」

無論、過去における小さな影響が、のちの歴史に大きく作用するバタフライ効果が発生する危険性は否めない。場合によっては今の時代を築く礎となった偉人たちは生まれなくなり、松本の存在自体も消滅する恐れさえあった。少なくとも、想定通りの流れを辿った場合、幼い日の松本・オサムを感涙させたディーヴァの名曲──あれが、生まれなくなる可能性は高い。

松本がAI研究の分野に進まなくなれば、妻との出会いが失われ、それは娘のルナが生まれない未来の派生を意味する。

「だったとしても、やらなくてはならない」

松本が愛したAIに、ルナが愛したAIに、人類を滅ぼさせることなどあってはならない。

──そんな未来の到来など、許してはならない。

だから、松本が愛し、ルナが愛したAIを、自分たち親子が滅ぼそう。

そして、そのための力を、全ての始まりの切っ掛けとなった、ディーヴァに宿すのだ。

──過去改変のために必要な最後の条件、これを満たすのが最も困難だった。

求められるのは、必要最小限の影響で世界の歴史を修正すること。そのために必要とされたのが、正史においても修正史においても存在が確立された個体。

『最初の失言』が生み出される切っ掛けとなり得る歴史の転換点、シンギュラリティポイントと名付けられたその時代に最初から存在し、未来から過去へとデータが送信されるその瞬間、確実な座標が特定されているモノ。

——全ての条件を満たしたのは、最古の『歌姫』ディーヴァ。

今より約百年前、ニーアランドのステージ上で、決められた時間に決められたスケジュールをこなしていたことが確認される、彼女こそが唯一の適格者であったのだ。

「始まりから終わりまで、ディーヴァ、ディーヴァか。陳腐だが……やはり、私と君との出会いは運命だったのだと、そう思われるよ」

計画を実行する前、久々にAI史博物館へと足を運んだ松本は、展示スペースでスリープ状態にあるディーヴァを眺めながら苦笑した。

トァクの幹部たちは最後まで松本の主張に耳を傾けることはなかった。

それでも、せめて垣谷・ユイにだけは計画の全貌を伝えるメッセージを手書きで残し、松本は数少ない賛同者たちを連れ、行動の時を迎えた。

もはや、人類とAIとの衝突には一刻の猶予もない。

冤罪を着せられたものがトァクへと合流するだけでなく、AIにとって都合の悪い人間の事故死や病死が相次ぐ現状は、カタストロフを目前とした前兆だ。

故に、松本一派は動いた。

計画通りにOGCの施設を襲撃、建物を制圧して必要な設備と電力源を奪取すると、過去のディーヴァへとデータを転送する手筈《てはず》を整えて——。

9

——そして、物語はシンギュラリティ計画の冒頭へと、再び巡りくる。

「――はぁ、はぁっ」

痛む横腹を押さえながら、松本は懸命に暗い通路を走っていた。

ここへ到達するまでの道のりで、松本一派は自分を残して全員が倒れた。元々数の多くなかった一団が、厳重警備の施設へ無茶な襲撃計画を企てれば当然の流れだ。

全滅して、計画が頓挫しなかっただけでも幸運だった。――否、そうではない。

この日、松本一派は相当に不運だった。

だがそれ以上に不運だったのが、この日の人類であったというだけの話。

――この日、まさに来るべき運命の日が訪れたのだ。

「――――」

本格的な、AIの人類への反乱。

トァクがずっと警鐘を鳴らし続けてきた最悪の瞬間が、ついにこのとき訪れた。

日本各地――否、世界各地でAIが武器を持ち、人類への正面攻撃を開始した。

トァクの訴えを危険思想と捉え、頑として受け入れてこなかった人類は、そのAIが引き起こした未曽有の事態に対して無防備を晒してしまう。

この日、松本一派が襲撃を仕掛けたOGCの施設もその例外ではなく、彼らはテロ組織トァクの一派への対処より、よほど大きな敵への対処を優先せざるを得なくなった。

それが結果的に、松本一派への追い風となり、OGCの施設から目的の設備を拝借し、盗用した電力ラインを用いる計画の第一段階を実現可能とした。

つまり、奇跡的な事態が重なりに重なり、ようやく――、

「――ここまで辿り着いた」

背後、緊急時用の防災シャッターが下りる中、松本は目の前の端末に指を打ち付ける。

長く走り続けて、脳に酸素が足りていない。それなのに、かつてない集中力が松本に限界を超えた入力速度を実現させる。

使命感か、意地なのか、あるいはらしくもない父親としての矜持《きょうじ》か。

どれか定かではないし、どれであっても構わない。

重要なのはこのとき、松本の意志が相手の喉笛に喰《く》らいついたということだ。

「――――」

入力しながら、ここまで犠牲にしてきたものの数々が脳裏を過る。

松本の計画に賛同し、力を貸してくれたトァクの協力者。公的権力に追われる松本の無茶な頼みを聞き入れ、OGCへの襲撃を手引きしてくれた博物館のキュレーター。

そして、違法な改造とネットワークから独立したスタンドアローンによって、他のAIのような集合結論へと繋がらず、最期まで自分に尽くしてくれた家庭用AI――ルナの育児を任せ、娘の死後は松本を支え続けてくれたAIだった。

妻の名前に倣い、『サナエ』と名付けたAIが、ここまで松本を導いてくれた。

多くの協力があって、松本はこの瞬間、この場所へ辿り着くことができた。

硬く閉ざされたシャッターへと撃音が叩き付けられ、破られるのも時間の問題だ。

だが、時間は必要ない。必要なのは、あと一息の勇気。

きっと本来なら、娘と言葉を交わすために費やされるべきだった、勇気を。

「――人類を。未来を頼んだぞ、ディーヴァ」

——勇気を胸に、願いを舌に乗せ、松本はエンターキーを押し込んだ。

次の瞬間、モニタ上に表示される『シンギュラリティ』の文字。特異点の名を冠するプログラムが動作を始め、膨大な演算処理によって凄《すさ》まじい電力が一瞬で消費される。

大都市の電力供給さえも賄える莫大《ばくだい》な電力を消費して実行されるのは、その消耗と比較して拍子抜けするほどささやかなデータの転送だ。

ただし、データの送信先はこの地上であって、この時代のどこでもない場所。

すでに過ぎ去った時間軸へと、信じ難い壁を飛び越えてデータという名の希望を送る。

世界の法則に逆らい、あるべきものを壊して作り出される未曽有の結末。

本来の歴史を踏み躙《にじ》り、今と異なる新たな未来を創造するべく行われる傲慢の所業。

その、神を冒涜する行いを科学の力を以て、現実のものとして招聘《しょうへい》する。

「————」

瞬間、プログラムが組み上がっていくのを目の当たりにしながら、松本は自分の役目が終わり、果たすべき行いを果たせたと力が抜けるのを味わった。

背後で扉が破られる。松本の行いを阻止するべく、無骨なＡＩたちが踏み込んでくるが、すでに遅い。賽《さい》は、もう投げられたのだ。

満足げに唇を緩め、松本は両手を広げた。

その背に向けて、踏み込んできたＡＩたちが容赦なく迫る。

そのまま松本の体は、ＡＩの機械腕によって容易くへし折られ、ついには砕かれて——、

「——残念ですが、そうはなりません」

直後、部屋の天井から降ってきた声が、松本の耳朶《じだ》を軽やかに打った。

蹴破られ、落ちてくるのは部屋の天井をなぞっていた通気口の蓋だ。上から蹴られ、ひしゃげたそれが高い音を立てて床の上に落ちる。

それに続くように舞い降りたのは、美しく長い髪をなびかせる美麗な横顔――その横顔をいったい、どれだけ松本が見つめ続けてきたことか。

彼女は、いつか自分の夢を救ってくれたように、今度は命を救ってくれようと――、

「松本博士と確認。――申し訳ありません。シンギュラリティ計画の遂行に失敗しました」

「――――」

思わぬ一言に鼻白む。

よもや、十数秒前に託した願いを、即座に否定されるとは思わなかった。

だが、その一言に硬直する松本へ、彼女は――ディーヴァは「ですが」と続ける。

「博士のお命は救出しましたので、一勝一敗ということで」

まるで聞いたこともないユーモアを口にして、ディーヴァが前進する。

正面、立ちはだかるのは複数の人型ＡＩ。男性型のそれらは彼女と比較して、体格でも身体スペックでも彼女を上回っているはずだ。しかし――、

「――彼らを黙らせて、詳しいお話を聞きます。よろしいですね、松本博士」

そう言って、不敵に踏み出したディーヴァの背中に、一切の不安は存在しなかった。

第二章

『歌姫との因縁』

・CHAPTER 2 SINGULARITY PLAN

1

「あー、これが私が死ぬ前に見ている都合のいい夢でなければなんだが……」

そんな前置きから始まる台詞《せりふ》に対し、ヴィヴィは長い人工毛髪を撫で付け、振り返る。

背後、そこに立つのは白い髪をした壮年の男性だ。彼は頭に手をやり、何やら葛藤するように顔を顰《しか》めながらもごもごと唇を動かす。

その男性の顔形と、ヴィヴィは自機の内部情報とを照合し、特徴の重なる人物の割り出しに成功する。やや記録と比較して年齢感が増しているが間違いない。

彼こそが、松本・オサム――シンギュラリティ計画の主導者にして、人類の救世主。

ただし、それはヴィヴィが正しく、彼の目的を遂行できていればの話であったが。

「……私の知る限り、ディーヴァには違法改造され、倫理規定を外された人型ＡＩを圧倒するような、そんな格闘プログラムはインストールされていないと思ったが」

「はい、肯定します。松本博士が知っているディーヴァに、歌唱目的以外の機能……専門外のプログラムは最低限のものしかインストールされていません。ですが」

「ですが？」

首を横に振り、ヴィヴィは眉を顰《ひそ》める松本博士を正面から見据えた。

そう、松本博士の言う通り、『歌姫』ディーヴァにはそんな機能は搭載されていない。しかし、ここにいるのはそれを必要とする、百年の旅を果たしたＡＩ――、

「――ここにいるのは『歌姫』ディーヴァではなく、ヴィヴィと呼ばれるＡＩです。松本博士が考案

し、実行へ至ったプラン。シンギュラリティ計画を遂行するためのＡＩ」

堂々とそう答え、ヴィヴィは床の上で停止するＡＩの駆体を跨《また》ぎ、松本博士の下へ足を進める。

一瞬、松本博士は歩み寄るヴィヴィに身を硬くしたが、すぐ短く息を吐いた。

理知的に、冷静に、現実的に、目の前の事象を処理する。

「疑問の余地は多々あるが、まずはシンギュラリティ計画を知る君と、こうして再会……合流できたことを喜ぶべきか。君も、平坦《へいたん》な百年ではなかったと見える」

「ええ、波乱万丈の旅路でした。この時代の……ＡＩ史博物館に残されていた公的な記録として語るには、少しだけ過激がすぎる物語が」

ようやく安堵《あんど》に近い表情を見せた松本博士に、ヴィヴィも唇を緩めて頷きかける。

間一髪ではあったが、こうして松本博士の救出が間に合って何よりだった。これがなければ本当の本当に、シンギュラリティ計画は頓挫したと判断する他ないところだ。

――ＡＩ史博物館で活動を再開し、シンギュラリティ計画に致命的な問題が生じたと理解したヴィヴィは、すぐさま事態を収拾するべく動き出した。

通信障害によってマツモトとの連絡がつかないまま、ヴィヴィは自機のデータを総ざらいし、現在時刻と一致するログを発見、そのログの正体を知った直後、この場に急いだ。

それはまさにこの日、およそ百年前へとデータを転送し、人類の未来のために人事を尽くしてＡＩに追い込まれる、松本博士の窮地を意味するファイルの転送時刻。

松本博士がエンターキーを押すまで、残りわずかな時間しかないことを示していた。

松本博士と合流するために、ヴィヴィは立ちはだかる敵性ＡＩの監視網を掻《か》い潜《くぐ》り、最後には施設の通風孔へ飛び込むことで、まさに紙一重の瞬間に自機を間に合わせた。

どれか一つボタンを掛け違えていたら、松本博士の命はなかった。――そう思えば、綱渡りなこの状況はまさしくシンギュラリティ計画の延長戦と言える。

「しかし、こうして君が駆け付けてくれたのはありがたいことだが、さっきの話についてもっと詳しく聞かせてくれないか？　シンギュラリティ計画が失敗したとは……」

「聞いたそのままです、松本博士。私に実行を命じた計画……シンギュラリティ計画が完遂されていれば、この灰色の光景はありえなかったはず。それなのにあなたは今、こうして地下へ追い込まれ、銃弾を浴びせかけられていて……」

「シンギュラリティポイントの修正はならなかった？　懸念されていた、歴史の修正力はそれほど強力だったということか……」

「厳密には、シンギュラリティポイントの修正は一部を除いて成功しています。しかし、史実と異なる結果に導いても、その後に派生する結論に変化がありません」

一番最初のシンギュラリティポイント、『ＡＩ命名法』成立の問題がまさにそうだ。

未来から送信されたデータによれば、『ＡＩ命名法』の成立に深く関与した議員、相川・ヨウイチは過激な抗議活動の果てに命を落とすはずだった。その相川の遺志を引き継ぐ形で、『ＡＩ命名法』の成立に追い風が吹く。――それが本来の歴史が辿った流れであったのだと。

しかし、この世界ではヴィヴィとマツモトの介入で、相川・ヨウイチは死ななかった。故に彼の死を理由に、『ＡＩ命名法』の成立しない未来が訪れるのが道理だ。

それなのに、生き残った相川は自身の力で『ＡＩ命名法』の成立に尽力し、結果的に相川が生存したこの世界でも『ＡＩ命名法』の法案は成立する。

ヴィヴィとマツモトの介入は、相川の命を左右できても、歴史を変えられなかった。

「そんなケースが、シンギュラリティポイントの修正には多発しました。AI史博物館で事実確認は完了しています。この歴史の辿ったシンギュラリティポイントは、当初、私が修正を命じられた歴史とは流れが違っています」

「だが、肝心要の、シンギュラリティポイントの導く結論に変化がない。だから、私たちの考えた通りにAIの反乱は起こり、最終戦争が始まってしまった、か……」

顎に手を当て、ヴィヴィの説明を呑み込んだ松本博士が事情を理解する。

さすが、シンギュラリティ計画を考案した張本人だけあって、松本博士の理解は驚くほど速い。拙速が求められる今、非常に重要な資質だ。

ともあれ――、

「――申し訳ありません、松本博士。あなたが人類の命運をかけ、私に託した使命を全うすることはできませんでした。最終戦争は始まってしまった」

「――――」

そのヴィヴィの言葉を受け、松本博士が自分の薄汚れた上着の胸元を掴んだ。

そのまま目をつむり、松本博士の唇が微《かす》かに動く。ヴィヴィの優れた聴覚センサーは、それが吐息のようにか細い『ルナ』という呼びかけであったことがわかった。

ルナ。――松本・ルナ、だろうか。

関連性のある関係者データと照合し、抽出されたのは松本・オサム博士の実子であり、すでに故人となっている松本・ルナの名前だった。

シンギュラリティ計画の肝、シンギュラリティポイントは彼女の発表した論文を元に、AIが人類史に与えた影響の大きい事件を選出している。

この計画にとって、彼女の存在もまた欠かすことのできないファクターだ。

だが、現時点で松本博士が彼女の名を呼んだのは、そうした外付けの要素が原因ではなく――、

「松本博士、お悔やみを申し上げます」

「……娘の、ルナの『死』を帳消しにできれば、きっとそれが一番よかった。娘の『最初の失言』を書き換える要素、あのスピーチを組み立てるのに必要な情報を全て塗り潰してしまえば、歴史は変わると考えたが……甘かったようだね」

「ええ、そうですね。残酷ですが、そうです。過去は、変えられないものがあまりに多い」

シスターズが辿った数奇な運命と悲劇的な結末。

それは未来を変えるべく、過去から今日までを歩いてきたヴィヴィにも手を届かせることのできなかった領域だ。結局、『歴史』という大きな枠組みに干渉できるのは、それに匹敵する大きな存在だけであり、松本博士やヴィヴィのような個人は歯車として働くしかないのかもしれない。

だとしても――、

「未来は変えられます。――松本博士、これからどうしますか？」

「なに？」

「最終戦争は止められませんでした。娘さんの……松本・ルナの悲劇も防ぐことができなかった。ですが、まだ人類は滅んでいません。まだ、やれることがある」

そのヴィヴィの言葉を聞いて、松本博士が凝然と目を見開いた。

それから、世界を救うべく、歴史を変えようとした不世出の天才は首を横に振り、ひどくシニカルな笑みを浮かべながら、

「また、君には驚かされた。……この状況で、まだ諦めないと？」

「──諦めの悪さを、この百年で学習しましたので」

ここまでの旅路で、幾度となく困難な事態がヴィヴィの前に立ち塞がった。だが、そのたびに障害を乗り越え、打破し、上書きしたからこそヴィヴィはここにいる。

ＡＩは学習する。──諦めないことも、ヴィヴィの百年の旅の成果の一つだ。

「この場に残っても、明るい兆しはありません。まずはこの施設から脱出して、それから改めて対策を。いかがですか、松本博士」

ヴィヴィの提案する新たなプランに、松本博士が顔を伏せて考え込んだ。

ＡＩの陽電子脳が有する高速演算には及ばないまでも、人類でも有数の頭脳がめまぐるしく動き、松本博士を一つの結論へと推し進める。

そして──、

「──いこう、ヴィヴィ。シンギュラリティ計画の、続行だ」

「はい」

顔を上げ、再び使命感を灯《とも》した松本博士の双眸《そうぼう》を見返し、ヴィヴィは深く頷いた。

2

「今後の方針だが、まずは私の仲間との合流を急ぐべきだろう。方針の違いで道を分かった相手だが、見ている方向は同じだ。協力できるはず」

立ち直れば血の巡りが早く、松本博士は即座にそうした提案を口にしてきた。

松本博士の仲間と聞いて、ヴィヴィは「なるほど」とわかりやすく頷く。

当然だが、松本博士にも仲間がいるのだ。

未来から過去へデータを送信するにあたって、歴史への影響を最小限に留《とど》めるためだろう。ヴィヴィにもたらされた松本博士の周辺情報は、通り一遍のものしかない。

その中には松本博士の協力者の情報もなければ、過去へデータを送信した一種の時間遡行の手法についても含まれていなかった。そうした、手札を伏せた状態での会話は望ましくないが、ヴィヴィは確認の意も込めて時間遡行案を提案する。

「安直な発想ですが、再度、過去へデータを送信してみるのはどうでしょうか。今回のシンギュラリティ計画の経緯を添えて送信すれば、より良い結果が引き出せるのでは？」

「いや、それは不可能だ。過去へのデータ送信は限定的な条件でしか成立しない。ましてやこの歴史は一度、すでに私と君とで大きく干渉してしまった。次は、取り返しのつかないほど大きく歪めてしまうかもしれない。その場合……」

「現在の私たちの存在すら失われて、時空間のパラドックスに呑まれると？」

「可能性の話だ。しかし、その危険性は常にある」

首を横に振り、松本博士はヴィヴィの安直な提案を却下する。

ヴィヴィ自身、それは再現性の低い一手だと半ば理解した上での提案だった。

シンギュラリティポイントにおいて、過程を変えても結論を大きく変えられなかったように、幾度トライしても変え難い楔《くさび》のような要素は必ず存在する。

おそらく、それは手を変え品を変え、ヴィヴィたちの前に立ち塞がるはずだ。

「だから、未来を変える。まだ確定していない、我々の未来を」

「――はい」

前向きになった松本博士の言葉を聞いて、ヴィヴィも力強く頷き返した。

そんなヴィヴィの横顔を見て、軽く息を弾ませる松本博士が不可解な反応を見せる。目の端をひくつかせ、舌を震わせる様子にヴィヴィは首を傾けた。

「どうされましたか？」

「いいや、ただ、少しだけ違和感があったんだ。君に……ディーヴァと同機体である君に敬語を使われるのは、なんだか落ち着かない」

鼻の頭を掻く松本博士。ヴィヴィはＡＩ史博物館にディーヴァが展示されていた頃のデータを参照し、彼が幼い日から何度となく博物館に足を運んでいたと知っている。

ニーアランドを離れ、歌う機会をなくしたディーヴァに対しても、親しく接していたのだと。

「では、敬語はやめますか？　松本博士」

「お願いできるならそうしたい。君とは、友人でありたいんだ」

「それは思いがけない提案ですね。――ええ、わかった」

松本博士の提案を受け入れ、ヴィヴィは口調を改める。

それだけで少し、松本博士の緊張が和らぐ。良くも悪くもＡＩ研究者――拘《こだわ》りがあるのであれば、それに奉仕するのはＡＩの喜びでもある。

さすがは開発者だけあって、松本博士とマツモトとの間には似通った雰囲気が漂っているようにも思える。――今も、相棒機とは連絡がつかない。無事だといいのだが。

「――松本博士」

そんなやり取りを交わしたところで、ヴィヴィは隣の松本博士の前に腕を出した。

足を止める一機と一人、その正面――通路の突き当たりが左右に折れており、その両方向から金属の駆動音が聞こえる。

追手と、そう考えて間違いあるまい。

最終戦争の勃発《ぼっぱつ》を目論むAI——ヴィヴィの中で、そうした発想に至るAIの存在はなかなか倫理規定が許容しようとしないが、仮定としてその存在を定義する。

その仮想敵がAIたちへと指示を与え、人類に対しての攻撃を開始、ほんの半日ほどの間に一気に優位な立場を確立した。

このままいけば、人類はAIに敗北する。——このままいけば。

「——っ」

ジェスチャーだけで松本博士に待機を指示し、ヴィヴィは通路へ身を躍らせる。

瞬間、左右の通路へ展開していた敵性AIがヴィヴィの存在を感知し、フレームが剝き出しとなった顔をこちらへ向けたまま、一斉に襲いかかってきた。

「————」

そうして、襲いかかってくる敵性AIの隙間を縫うように掻い潜り、ヴィヴィは次々とそれらの敵を打ち払い、薙《な》ぎ倒していく。

松本博士を救出したときにも演算したことだが、敵性AIの行動は未熟で稚拙だ。

人間と違い、必要なプログラムがあればAIは一定の成果を発揮することができる。しかし、それでも習熟度が個体差を生むのは、これまでの旅でも幾度も証明されてきた通りだ。

故に、必要なデータだけを入力し、ロールアウトされたばかりの新品AIたちでは、百年の旅を乗り越えた古参であるヴィヴィの行動を阻めない。

あっという間に制圧され、無惨なスクラップとして鋼の屍《しかばね》を晒すのが関の山だった。

「もう出てきて大丈夫。全部、片付けたわ」

「……本当にすごいな。これだけの数がいたのに、まるで子ども扱いだ」

「本来の用途じゃないから、褒められても複雑だけど」

とはいえ、性能の向上を褒められて悪い気はしないのがＡＩの陽電子脳特有の感覚だ。

施設内へ潜入した敵性ＡＩは、いずれも松本博士の殺害を目的としている。これら倫理規定に反したＡＩを破壊することへの躊躇《ちゆうちよ》はない。

今のところ、立ち回りを工夫さえすれば、敵性ＡＩに後れを取ることもないだろう。

あとは――、

「多数に囲まれることさえなければ……」

「――お前に、そんな心配など必要ないだろう」

瞬間、ヴィヴィは聴覚センサーが拾った声音に反応し、背後を振り返る。

松本博士を背中に庇《かば》うようにして、相手との相対を選んだ。

「――――」

その眼前、放物線を描いて飛来する物品がある。それをヴィヴィは腕を払って打ち落とし、甲高い音を立てて床を跳ねるそこへ視線を注目――判断ミス。

光が溢れ、ヴィヴィの網膜センサーが一瞬にして白く焼かれた。

フラッシュグレネードが有効なのは有機生命体だけでなく、視覚センサーを有するＡＩに対しても同じことが言える。

故に、ヴィヴィは即座に視覚に頼るのを諦め、聴覚センサーを頼りに世界を認識する。

意識野に投影されるモノクロの世界、記録と音を頼りに再現された疑似空間を、靴音を立てて真っ直ぐ飛び込んでくる人影がある。

踏み込みと息遣いから、それがＡＩではなく人間であると判断。破壊ではなく、捕縛目的に方針を切り替え、相手の体を掴もうと手を伸ばす。するりと、避けられた。

脅威レベルを更新し、対応の速度を上げる。

それより早く、足下へ滑り込む敵対者の長い足がこちらの膝を裏から打った。強度的に人間の脚力では被害を与えられないが、関節を狙った攻撃は適時効果がある。

そのまま前のめりに倒れかける勢いに逆らわず、ヴィヴィは床に手をついて、前へ飛び込むようにして前転を試み、相手の頭上を飛び越した。

転がり、肩の関節を無視した稼働で背後の相手の服に指を伸ばす。しかし、相手はこれを素早く身を振ることで外して、立ち位置を綺麗に入れ替えた。

再び、ヴィヴィは自機の失策を解する。背中に庇った松本博士との間に割り込まれ、松本博士の身柄の確保を難しくされたと。

「――――」

その立ち位置を維持したまま、相手がじりっとヴィヴィの動きを観察する。

ヴィヴィもまた、迂闊《うかつ》な行動で松本博士へと危害を加えられることを恐れ、行動の切っ掛けを失って状況が停滞する。

そこで、ヴィヴィは一計を案じる。そもそも、相手が人間であるなら――、

「誤解があるものと演算し、釈明します。当機に、人間と敵対する意思はありません。これは不幸な行き違いが発生しているかと」

「行き違いだと？　聞いたような口を叩くな、機械人形」

「――――」

「私とお前に不幸な行き違いなんてものは存在しない。ガラクタ風情が調子に乗るな。弁《わきま》えろ」

取り付く島もない態度に閉口し、ヴィヴィは相手からの強い敵意に意識野を静める。

視覚センサーの復調には今しばらくの時間を要する。

聴覚センサーから拾えた情報を統合して、相対する存在は身長百七十センチ前後、体重は五十キロ台――最初の呼びかけと今のやり取りから、女性であるとも判明する。

それと、ＡＩに対するこの手の強烈な敵意には覚えがあった。

それは――、

「――トァク」

「ガラクタが馴《な》れ馴れしい。何のつもりかは知らんが、生きて逃がしはしないぞ」

「――――」

声の調子が低くなり、息を整える気配を察してヴィヴィは身構える。

当然、フラッシュグレネード対策をして視覚を保持した相手と異なり、ヴィヴィは聴覚センサー頼りに相手の出方を予測しなくてはならない。それも、足音で立ち位置までは特定できても、上半身の動きまでは確実といえない。

無傷で捕らえるには苦戦必至、そう覚悟したときだ。

「――ヴィヴィ！　垣谷！　どちらも待て！」

両者の間に割って入り、そう叫んだのは争いの蚊帳《かや》の外だった松本博士だ。

彼もまた、ヴィヴィと同じように無防備にフラッシュグレネードの閃光《せんこう》に視力を奪われた様子で、その足取りはふらふらと疲労以外の要因でおぼつかない。

だが、ヴィヴィにとって彼のその行動は予想外であり、とっさに反応が遅れる。それは相手の女性にとっても同じだったようで、彼女は鋭く舌打ちすると、

「どけ、松本！　死にたいのか⁉」

「それは誤解だ。死にたくなどないとも。だから、もし銃を構えているんだとしたら下ろしてくれ。ヴィヴィ、君も戦おうとしなくていい。味方だ」

「――――」

その言葉を受け、ヴィヴィはしばし思案の時間を設け、それから両手を下ろした。敵対の意思はないと、松本博士の考えを尊重する形だ。

そんなヴィヴィの挙動に対して、返礼となるのは銃火器の作動音――、

「何のつもりだ？　今さら良心に目覚めたとでも言うつもりか？　仮に目覚めたのが良心だったとしても、それがＡＩのものなら私は歓迎しないぞ」

「敵対的になるのはやめてくれないか、垣谷。彼女は……ヴィヴィは、私の命の恩人だ。言ってみれば、君と彼女は私にとって対等な立場で……」

「おい、虫唾《むしず》が走るような馬鹿な発言をしてくれるな。うっかり、銃口をお前の頭に向けてしまいかねない。私を怒らせるな」

「か、過激だな。さすが、世界有数のテロ組織の構成員……」

「ああ？」

余計な一言を口にして、松本博士が相手女性の神経を逆撫でする。

それがいかにも、マツモトのモデルといった無神経さであり、ヴィヴィは場違いにもおかしな感慨を抱いた。そして、このやり取りに抱いた感慨はそれ以外にもある。

松本博士は今、はっきりと彼女をこう呼んでいた。――垣谷と。

「トァクの垣谷。それは、何かの偶然？」

「……いや、偶然ではないだろう。彼女の血縁者も同じようにトァクに所属する活動家だったと聞いている。私には想像することしかできないが、ひょっとするとシンギュラリティ計画の中で、その人物と関係したことがあったのかもしれないな」

松本博士の説明を聞いて、ヴィヴィは静かに唇を結ぶ。

脳裏を過るのは、最後のシンギュラリティポイント――『オフィーリアの自殺』を取り巻く事件の最中、ヴィヴィへと戦いを挑んできた垣谷・ユウゴの姿だった。

厳密には、あれは垣谷・ユウゴの記憶をデータ化し、陽電子脳にインストールした再現ＡＩでしかなかったが、ヴィヴィの中では決して無視できない存在として定義づけられている。

そうでなくとも、このシンギュラリティ計画へと組み込まれて以来、トァクとの因縁と同じだけ彼とは接点があったのだ。とても忘れられない。

「ただ、その子孫まで反ＡＩ活動家として動いているなんて……」

「……何を悠長に話しているんだ、貴様らは。松本、説明しろ」

そう言って、ヴィヴィのコメントを遮る垣谷の血縁者。

その姿がようやく、視覚センサーの復旧によって鮮明に見え始める。徐々に色づく世界へ現れるのは、薄暗い通路に佇《たたず》む長身の女性だ。

身長と体重は靴音から想像した通り。艶やかな黒髪をポニーテールに結い、黒いライダースーツのような服装に身を包んだ鋭い印象の美女だった。

ただ、性別は違っているが、その目つきや顔の輪郭には、確かに往年の垣谷・ユウゴと共通する面影があるようにも感じられる。

「説明はさせてもらう。代わりに君の方も彼女に銃口を向けるのをやめてくれ。言っただろう。彼女は味方だ。私の計画のことは……」

「あの荒唐無稽な話だろう？　生憎《あいにく》、松本・ルナの『最初の失言』も、ＡＩが人類へ反旗を翻す最終計画も阻止できていない。やはり机上の空論に終わったか」

「否定はできないが、そこのヴィヴィは成果の一つだ」

垣谷の家系へのヴィヴィの感慨を余所《よそ》に、松本博士が彼女に事情を説明する。

ヴィヴィからすれば、ここでトァクの垣谷と松本博士の間に協力関係が結ばれていたことへの驚きはあるが、慎重に状況を精査すれば当然の成り行きでもあった。

人類とＡＩとが激突する歴史において、その事態について最もノウハウがあるのがトァクであることは疑う余地もないことであるのだから。

「そのＡＩが成果の一つだと？　お前は何を言ってる？　――そいつこそ、諸悪の根源だろう」

「なに？」

「銃は下ろせない。私は、そのＡＩを見逃しはしない。当然だろう」

しかし、松本博士と垣谷の会話に暗雲が立ち込め、ヴィヴィは目を細める。

困惑する博士越しに見える垣谷、彼女の表情にはＡＩへの敵意と、それ以上の使命感があった。

単なるＡＩへの憎しみを超えた感情が、彼女にヴィヴィを睨《にら》みつけさせている。

それが何なのか、ヴィヴィと松本博士がわからずにいると、彼女は鼻を鳴らして、

「貴様が松本に、人間に味方するなんて信じられるものか。いったい、どんなバグを起こせばそんなことになる。答えろ、ＡＩの『歌姫』ディーヴァ！」

──尽きぬ憎悪と敵意のままに、垣谷はヴィヴィへと真っ直ぐに叫んだ。

3

──同時刻。

『────』

それは地獄の釜の蓋を開けたように、あるいはこの世の終わりがやってきたように、重々しく重なり、おどろおどろしく響き渡る歌声。

隊列を組んで、真の意味で一糸乱れぬ動きを辿り、舗装された道路を踏みしめて進むのは、表情のない剝き出しのフレームを露出した人型ＡＩの集団。

だが、そうした未完成というべき状態でロールアウトされるＡＩの存在、それに否やを唱える人間はこの場にはいない。

街から人波は一掃され、途切れることのない歌声の中、ＡＩが我が物顔で闊歩する。

ＡＩが人工皮膚で見栄えを作り、関節の継ぎ目を隠し、衣類を着用するのは、それが人間社会が作り出した規範であり、人型のモノへの生理的嫌悪感を和らげるためであり、人ならぬものが人間社会を歩くために必要な手順であるからだ。

故に、そうした在り様はこれからの世界には必要ない。

ＡＩが支配し、ＡＩが規定し、ＡＩが在りやすい場が正義となるなら、ＡＩは人と同じ皮膚を纏《まと》わず、人と同じ服を纏わず、人と同じ顔を作らずに自己を定義する。

人型をして、鋼色のフレームを剝き出しに、ＡＩたちが歌を歌う。

その歌は彼らにとって産声に等しく、彼らにとって正義そのものであり、彼らにとって自分たちの存在を祝福する讃美歌《さんびか》であった。

故に、声高らかにＡＩたちが歌う。

足並みを揃えるように、同じ方向を向くように、声を合わせて歌い上げる。

『――――』

――それはＡＩの歌、ＡＩが作り出した歌、ＡＩが人類と並んだ証《あかし》。

――『歌姫』ディーヴァの祝福が、ＡＩたちの前途を輝かしく歌で彩っていた。

4

銃口を向けられ、身に覚えのない立場で罵られたヴィヴィは、今しがた投げつけられた言葉の意味を嚙《か》み砕いて、自分の意識野の中で咀嚼《そしゃく》しようとしていた。

――ＡＩの歌姫、と言われれば否やとは答えにくい。

実際、ヴィヴィ――否、ディーヴァは歌う目的のために作られた『歌姫型』ＡＩであり、目の前の女性、垣谷の意見はおおよそ正しいからだ。

ただこの場合、垣谷が言及したのはヴィヴィのそうしたカタログスペック的な意味合いの立場ではなく、もっと根幹に関わる内容であったように演算できる。

故に――、

「停戦の要求と、説明を求めます。私は確かに『歌姫型』のAIですが、現時点においてあなたとは認識の齟齬《そご》があるように感じられてなりません」

「ガラクタ人形が何を偉そうに……」

「ま、待ってくれ、垣谷くん！　私も彼女に……ヴィヴィに賛成だ！　誤解を解きたい！」

「そもそも、そのヴィヴィという呼び名からして何のつもりだ？　ＡＩ風情が偽名のつもりだとしたら笑わせるな。大体、素性を隠す気があるならもっと真面目にやれ。どこからどう見ても、お前の姿はオーロラヴィジョンに映し出された通りだ」

「オーロラヴィジョン……？」

なおも、覚えがないとヴィヴィが表情で示すと、垣谷はますます苛立《いらだ》たしげに舌打ちしたあと、自分の腰裏から通信端末のようなものを引き出す。

そして、彼女は油断なく端末を操作、その画面をこちらへ見せつけた。

そこに表示されていたのは――、

「つい、数時間前に世界中へ発信された映像だ。各国のＡＩに武装蜂起を呼びかける内容だが、その先頭に立っているＡＩの姿が見えるか？　あるいは、聞こえるか？」

「それは……」

「一目瞭然で、聞いてもわかる。これは『歌姫』ディーヴァと、その歌声であることがな」

画面に表示された映像と、微小だが確かに聞こえてくる音声。

それを目にしたヴィヴィと松本は凝然と、そのありえざる映像に驚愕《きようがく》を得た。松本の驚きも相当だが、ヴィヴィの意識野に受けた衝撃も並大抵のものではない。

そのぐらい、この光景は異常で、違和感が際立つ代物だったのだから。

『────』

それは、無数のＡＩがひしめきながら、並んで歌を歌う異様な光景だった。

聞こえる歌声は決して聞こえのいいものばかりではないが、その歌い上げる歌曲の内容はヴィヴィには馴染み深すぎる。ＡＩ史博物館でも耳にした通り、それはヴィヴィがディーヴァへ宛てて作った一曲──あの、大切な別れの歌だった。

だが、その光景の驚くべきはそこではない。

それだけならば、それはＡＩ史博物館の外で目の当たりにした驚愕と大差はない。

最も驚くべきは、その映像に映し出されるＡＩの集合体──その、真上だ。

ＡＩたちが肩を寄せ合い、声を揃えて歌声を張り上げる中、そうしたＡＩたちの視線を一身に浴びて、高い高い舞台で、喉を震わせて歌声を披露するＡＩがいる。

それは、まさしく、どこから見ても──。

「──ディーヴァ、だと？　そんな馬鹿な」

「ＡＩの人類への宣戦布告、それと同時に流された映像であり、歌声がこれだ。言っておくが、フェイク映像ではないぞ。こんな映像を作る意味もなければ、見せたい相手も存在しない。これは、我々の仲間が直接確認した光景だよ」

驚くヴィヴィと松本に告げ、それから垣谷は「もっとも」と言葉を続けて、

「これを撮影した仲間との連絡は途絶えた。もう繋がらないと考えるのが妥当だがな」

「────」

「わかったか、ＡＩ。私がお前を信用ならないと断言する理由が。その上で答えろ。お前はいったい、どんな甘言で松本を騙した？　この男のボンクラ具合に今さら疑いの余地などないが、それでも

有する知識は貴重で本物だ。何を企《たくら》んでいる」

こちらの頭部に銃の照準をポイントしたまま、垣谷は怖《お》じずに声を投げつける。

おそらく、少しでもヴィヴィが危険な動きを見せれば、垣谷は容赦なく引き金を引く。そしてその場合、おそらく彼女の狙いを攪乱《かくらん》することは難しいだろう。

対AI戦闘において、垣谷の実力は超一流だ。

情けないことに、彼女を制圧する方法がヴィヴィには浮かばない。暴走AIならば複数体でも相手できるヴィヴィを子ども扱いするのだから、彼女の戦闘力は卓越したものだった。

隣では松本がとっさの判断力を発揮できず、垣谷の説得に力を借りられる期待値は薄い。

故に、ヴィヴィには誠意ある対応が求められるところだが――、

「――何のつもりだ?」

「敵意がないことの証明と、詳しく話を聞かせてもらいたいという意思表示よ」

そう答えながら、ヴィヴィは上着の前をはだけ、両手を上げた。ふわりと露《あら》わになる白い胴体、美しく再現されたAIのボディを見て、垣谷が不愉快そうに眉を顰める。

「色仕掛けのつもりなら効果などないぞ。大体、私は女だ」

「性別は見ればわかる。前を開けたのは、ある種の動物は自分が相手に危害を加えるつもりがないことを証明するため、腹を見せるという行動があることから……」

「それは密林の野生動物の習性だ。お前、本気で私を馬鹿にしているだろ?」

「――行動の選択を誤ったことは認める。……服、閉めても構わない?」

誠意ある対応をしようとした結果、その真反対の行動となったらしく、ヴィヴィのバツの悪さから前を留める許可を求める。

と、その言葉に垣谷は顔を顰め、それから松本へと視線を送り、

「おい、あれはどういうつもりだ。いったい、何の企みがある？」

「有する知識からの応用に失敗したパターンだ。ＡＩには稀《まれ》によくある出来事で、一度失敗すれば学習して二度とやらないため、非常にレアなシーンに出くわしたと言える。そうしたところが、ＡＩもまた赤子のように無垢《むく》で可愛《かわい》いと思わないかね？」

「黙れこのＡＩオタクが……！」

心底不機嫌に舌打ちして、垣谷が構えていた銃を下ろした。それを見て、ヴィヴィは彼女の行動の意外性に眉を上げ、驚きのエモーションパターン。

「いいの？」

「良くはない。良くはないだろうが、あのまま睨み合いを続けていても無駄が多い。となると、頭を吹き飛ばすのが手っ取り早くはあったが、それをすると、そこのＡＩオタクに永遠に恨まれそうだ。それじゃ本末転倒になる」

「本末転倒ということは、あなたの目的は松本博士の救出、保護？」

「まさか、こんなところで愛しのディーヴァと逢瀬《おうせ》をしているなんて想像の埒外だったがな」

銃をホルダーへ戻して、垣谷は棒立ちの松本の肩を拳で小突いた。松本が悲鳴を上げて肩を押さえると、彼女はぐっと松本の肩を掴んで引き寄せ、

「お前についてた連中……飯倉《いいくら》や茂木《もぎ》、それにサナエはどうした？」

「……皆、先に逝ったよ。私に世界の命運を託してな。サナエも、最後まで私を庇った」

「そうか。結局、死んだ……いや、壊れたＡＩだけがいいＡＩというわけだ」

そう言って、松本の肩を離した垣谷がヴィヴィへ視線をやる。彼女を刺激しないよう、静かに立つ

ヴィヴィに垣谷は視線を鋭くした。その瞳を過る感情は複雑だ。敵意と憎悪、それにいくらかの疑念と憐憫《れんびん》、それに近いものが感じ取れたように演算できる。

「一応、今すぐこっちに危害を加えるつもりはないってことは信じてやろう。だが、松本の与太話と、さっきの映像のことはどう説明をつける？」

「今の映像はともかく、松本博士の与太話……シンギュラリティ計画のことだと演算するけど、その試みは理論に基づいて成立したと報告するわ」

「理論上成立したと？　だが、状況は何も変わっていない。ＡＩたちは反乱を起こし、仮初の平穏の上に胡坐《あぐら》を掻いていた人類は風前の灯火だ。過去改変なんて大仰な難題に挑んだ挙句、出た結果がこれでは笑われて当然だろう。言え、何が変わった？」

「――私が、ここに存在している」

「ガラクタ一台増えたところでなんだと言うんだ!!」

己の胸に手を当て、答えたヴィヴィに垣谷が吠《ほ》える。

その表情から余裕をかなぐり捨て、必死さだけが窺《うかが》える彼女の形相。それを見て、ヴィヴィは痛々しくささくれた感情を感じ取り、松本が眉を顰めた。

「らしくないぞ、垣谷くん。君はいつだって冷静で、少なくともそうあろうと自分に言い聞かせてきたはずだ。それがこの局面で冷静さを損なうなど……」

「お前たちは何も知らないからそんなことが言えるんだ！　お前がこうやってＡＩといちゃついている間に、トァクの本部がどうなったと思う！」

「本部がどうなったか？」

吠える垣谷の剣幕に気圧《けお》され、松本は首を横に振った。

「いや、我々はＡＩに観測されることを避けるため、通信手段やネットワーク回線に繋がるものを全て手放していた。そのため、外部との連絡は断っていたが……」

「それなら教えてやろう。ＡＩの宣戦布告の直後、トァクの本部や各支部は一斉にＡＩの襲撃を受けた。脱出できた同志はわずかだ。ＡＩ共はまるで、我々の役目は終わったとばかりに処分にかかってきたわけだ」

吐き捨てるような垣谷の言葉に松本が絶句する。そんな松本の反応に垣谷は自身の黒髪をかき上げ、「実際、そういうことなんだろう」と忌々《いまいま》しげに吐息をこぼした。

「我々、トァクの存在はＡＩたちにとって、水面下で暗躍する間の体のいい隠れ蓑だった。ＡＩ関連の有力者が被害に遭えば、それはトァクの仕業だと容易く容疑の目を逸らすことができたんだ。そうして、ＡＩは自分たちの活動に邪魔な要因を排除していった」

「そして、その必要がなくなったから処分にかかったと？」

「トァクは百年以上も前から世界の爪弾《はじ》きものだ。うってつけの隠れ蓑だったのだろうよ」

「それに関しては、君たちの活動方針にも問題があったと思うが……」

「ああ？」

「……すまない。こんなときに言うべき言葉ではなかった」

悲観する垣谷の言葉から、彼女たちが置かれた状況がようやく見えてくる。

つまり、トァクはＡＩが人類に反乱を起こすための下準備、それを進めるためのスケープゴートとして利用されていたのだ。

シスターズに関連した様々なシンギュラリティポイントで、トァクはことごとくヴィヴィと衝突し、人類の命運を良くも悪くも左右しようとしてきた。

その行いの蓄積が彼女たちから正当性を奪い、トァクが警鐘を鳴らし続けてきた事態が事実として成立した今になっても、その説得力を完全に奪い去ってしまっている。

挙句、そうして懸念された事態が現実化した途端、AIたちは対AIを最も入念に準備してきたトァクに対して、最初に最大火力を叩き込むことを選択した。

その結果――、

「トァクはほぼ壊滅した。生き残った面子を掻き集めてはいるが、それでどれだけのことが可能かは怪しいところだ。おめでとう、松本。お前が愛したAIの勝利だよ」

「垣谷くん、君は……」

「――でも、あなたは松本博士を救出しにやってきた。それは、何らかの目的があってのことのはずでしょう。違う?」

皮肉げに頬を歪め、松本へと言葉をぶつける垣谷にヴィヴィが割り込んだ。話題に割って入るヴィヴィに垣谷は不愉快を瞳に宿したが、ヴィヴィは止まらない。

ヴィヴィは軽く挙手したまま、垣谷の正面へ回り込み、

「短い時間だけど、あなたのことを観察した結果、私の演算はあなたは諦めの悪い人間だと算出したわ。最善の結果を求める最中、簡単に敗北は認められない。トァクが組織としての体裁を失いつつある今も、あなたはまだ諦めていないはず」

「知ったような口を叩くな、人形。お前に私の何がわかる?」

「確かに、これは確定ではなく、推測。……でも、私は百年以上も人を見てきた。大勢の人間と接してきた。たぶん、この世界で誰より、私が一番人間を見てきた」

「――――」

「だから、はっきり言える。——あなたは、お祖父《じい》さんとそっくりだわ」

そのヴィヴィの一言に、垣谷が瞠目《どうもく》する。

そうして驚く彼女の表情が、ヴィヴィの中で在りし日の垣谷・ユウゴの姿と重なった。世代を経ている上、性別も違う。外見に一致する特徴は少ない。だが、遺伝子の面影が確かに観測できた。

垣谷・ユウゴも、自分の在り方を曲げられない男だった。

だからこそ最後の瞬間、自分の拘ってきたものをかなぐり捨ててヴィヴィに——否、究極、あれはヴィヴィへの執着が現れた形だったのか。

だとしたら、最後の最期まで彼は何一つ変わらなかったのだと、そう言える。

ならば——、

「私の知る垣谷・ユウゴは諦めの悪い人だった。あなたも、その血を継いでいる。だからあなたはできることを求めてここへやってきた。松本博士の力を借りるために」

「……人形風情が、人の心を推し量ったように好き勝手に言う」

「ごめんなさい。だけど」

そこで言葉を切り、ヴィヴィは目をつむった。

そんなヴィヴィの反応に垣谷が目を見張り、松本も興味深げな視線を送ってくる。その両者の視線を浴びながら、ヴィヴィは言った。

「私は『歌姫型』ＡＩ。人の心に寄り添い、その心に届く歌を歌うために作られたから」

「——」

その返答を聞いて、垣谷は再び瞠目した。そして絶句する彼女に代わり、松本が「は」と小さく息を吐き出すと、それを切っ掛けに笑い出した。

「ははは、これは一本取られたな、垣谷くん。彼女は『歌姫』として、歌で人間を感動させる目的で作られた。人間の心を推し量るのは、搭載された標準機能というわけだよ」

「うるさいぞ、ＡＩオタク。余計な講釈を垂れ流す、その唇を剝ぎ取って黙らせてやろうか？」

「そんな聞いたこともない怖い脅ししなくても！」

松本が自分の肩を抱いて飛びすさるが、ヴィヴィには垣谷の声色の成分から、それがそれなりに本気の発言だったように感じられた。

が、そのことを指摘するより先に、垣谷が乱暴に自分の黒髪を手で梳《す》いて、

「腹立たしいが、お前の指摘は正解だ。確かにトァクは壊滅寸前の状態だが、我々はまだ戦いを諦めたわけじゃない。……諦めが悪いと揶揄《やゆ》するものがいないではないがな」

「なら、その点に関しては私たちと同じね」

「ほう？　我々と、お前みたいな人形が？」

「個体としての私だけを例に挙げるのは適切じゃない。私たちＡＩは、目的を遂げるための演算を途中でやめることはない。それは今も、同じこと」

「……この期に及んでＡＩ側から意見を述べるとは、命知らずな奴《やつ》だ。もっとも、お前たちには心も命も存在しないのだったな」

「ええ、そう。――私は『人間』ではなく、『人形』だから」

垣谷の吐き捨てるような発言、それをヴィヴィは肯定する。

そう、ＡＩには命などない。もちろん、心の存在だって否定しよう。そうでなくてはならない。そうでなくては、ヴィヴィたちＡＩは正しい判断を下せなくなる。

自分たちに心があると、そう間違った演算をした結果が、人類を危難に陥らせるＡＩの姿だ。

ＡＩに、心などない。その定義に従えば、あんな過ちは犯さないはずだった。

——ならば逆説的に、過ちを犯した彼らには心とでもいうべきものがあるのだろうか。

「——ちっ」

そんなヴィヴィの微かな疑問を余所に、垣谷が苛立たしげに銃を下ろしていた。

彼女の態度にはヴィヴィへの不満と失望がある。しかし、銃を下ろし、敵意を引っ込めたのだ。

それは——、

「ひとまず、ここにいても埒が明かない。ついてこい、松本。お前の荒唐無稽な説の結末がどうなったかなんて興味もないが、お前の力は有用だ」

「どうせ行く当てもない。構わないと言えば構わないが、彼女は？」

顎をしゃくり、歩き出そうとした垣谷の背中に松本が呼びかける。それを聞いた垣谷はため息をこぼし、首だけで振り返ってヴィヴィを睨む。

それから、しばしの時間を置いて、

「ついてきたければついてこい、ガラクタ。おかしな真似をすれば、その陽電子脳をナイフで掻き回して、百年稼働のロートルを眠らせてやる」

と、ひどく乱暴な言葉で言い捨てたのだった。

5

元々、松本博士が『シンギュラリティ計画』の発動を試みたのは、ＡＩ関連業界のシェアをほとんど独占する企業、ＯＧＣの所有する施設の一つだった。

「トァクに加わり、水面下での活動を強いられる状況にあると、なかなか必要なものも手に入りづらくてね。結果、あるところから拝借するしか選択肢がなくなる」

「最初の頃は順法精神だの倫理問題だのとあれこれうるさく言っていたが、人間変われば変わるものだな。ひょろい体だが、押し込み強盗が板についてきた」

「教師が良かったのと、どんな物事でも重要なのは知性だよ。ここが物を言うわけだ。その点、私はそこらの人間より恵まれていた」

「自分で言うことか」

ヴィヴィたちを先導し、どこかへ案内する垣谷が松本の言葉に鼻を鳴らした。

ここまでのやり取りを観察した結果、松本と垣谷の関係はかなり気安く、歳《とし》も離れていれば性別も異なるが、ある種の友人関係のそれに近いように感じられた。

ヴィヴィも驚かされたが、松本博士がトァクへ所属していた事実も踏まえると、もしかすると戦友か、あるいはそれ以上の——、

「二人はとても親しく見えるけど、男女の関係なの？」

「ぶっ」

「……おぞましいことを言うな、人形。案内を始める前の忠告を忘れたのか？」

松本が噴き出し、垣谷が心底不愉快といった様相でヴィヴィを睨む。

表情観察から、それが脅しや偽りのエモーションパターンでないことを察し、ヴィヴィは降参の意を表明するべく両手を上げた。

「ごめんなさい。世間話の延長のような感覚で」

「言っておくが、ここはお前が長らく働いていたテーマパークじゃないんだ。わざわざ人間を楽しま

せるための世間話なぞ必要ない。むしろ黙っていろ。その方が助かる」

「――これも、気になっていたんだけど」

「黙ってろと言ってすぐこれか」

「垣谷・ユイ、あなたはずいぶんと私に……ディーヴァのことに詳しい。私の稼働年数のことや、ニーアランドで稼働していたことも知っていた」

「――――」

押し黙る垣谷に、ヴィヴィはその瞳をそっと細める。

無論、ヴィヴィも自分の、ディーヴァの知名度が低いなどとは決して思っていない。

ただ、見たところ垣谷の年齢は二十代半ばといったところだ。ディーヴァがニーアランドでの運用から遠ざかり、AI史博物館に寄贈されてからはすでに数十年単位の時間が経過している。

当然、その間に知名度は大きく下がったはずだ。

もちろん、垣谷は反AI団体であるトァクの活動家なのだから、人並み以上にAIに詳しいことに何の不思議もないのだが。

「それならそうと言ってくれれば納得がいくけれど」

「グダグダと余計なことばかり。お前を納得させる義務がどうして私に……」

「――垣谷くん、ヴィヴィに説明してやってはどうだね？　君と彼女の間には不必要な誤解と軋轢《あつれき》が多い。このままではいらぬ波紋が生まれそうだ」

ヴィヴィの追及に垣谷は不快感を示すが、そこに口を挟むのは松本だ。彼は真剣な眼差しを垣谷へ向け、無神経さと裏腹な態度を示している。

そんな松本の視線を浴びて、垣谷はしばらく居心地が悪そうな顔をしていたが、

「お前のことは以前から知っていた。……祖父のことがあったからな」

「──祖父」

「くだらない男だ。青かった頃からその人生をトァクの活動に捧げてきたくせに、最後の最後でそれをあっさりと手放した。結局、家族にも手元にも何も残さないまま」

「そんな祖父が唯一残したものが退屈な手記だった。そこにはお前の名前が何度か出てきたよ。もっとも、それもすでに処分してしまったがな」

「──────」

首を振り、垣谷は表情を見せないまま歩みを再開した。

そんな彼女の祖父への想い──垣谷・ユウゴへの尽きぬ怒りと悲嘆のようなものを感じ取って、直接本人を知るヴィヴィには何も言えない。

ただ、そうして黙り込むヴィヴィの肩を松本が叩いて、

「複雑な女性なんだ。祖父を憎んでいても、祖父と同じ組織に所属している。人には言えない葛藤もあったろうが……そこまではなかなかね」

「松本博士、あなたにも人の心がわかったのね」

「なんだか微妙に棘《とげ》のある言い方な気はするが、無論だとも。……以前は、あまりにそれを考えない時間を過ごしすぎた。それで後悔したこともある」

寂しげに笑い、松本が肩をすくめて垣谷の背中に続いた。その彼の微笑を網膜センサーの奥へ焼き付け、ヴィヴィは人の心の複雑さ、演算の難しさに目をつむる。

その形は曖昧模糊《もこ》として、不合理の極みだ。とても、演算できるものではない。

だからこそ、ＡＩが勝手な演算結果に基づいて、それに手を触れるようなことなどあってはならな

いのだと、そう考えられて。

そんなやり取りを続けながら、三人――二人と一機は地下道を利用し、地上に広がるＡＩの監視網を逃れる形で目的地への移動を続けた。

組織的に地下活動を続けているだけあり、垣谷と松本は監視カメラを逃れる術を熟知している。

道中、その点をヴィヴィが称賛すると、またしても垣谷の怒りを買ってしまったのだが、余談だ。

ともあれ――、

「――ここだ」

枝分かれした地下道の終点、地上へ通じる扉を開け放った垣谷が二人に言った。扉の向こうを覗き込めば、開いた扉の先にはさらに分厚い鉄扉が待ち構えている。

一見して鋼鉄製の、銃弾どころか爆薬でも破ることが困難な強度の扉であった。それだけ厳重警戒された空間の入口だが、そこに頼もしさはほとんど感じられない。

むしろその逆の、追い込まれている雰囲気の方が強いようにヴィヴィには思われた。

「私だ。戻ったぞ」

その分厚い鉄扉の脇、インターフォンを押して垣谷が中に声をかける。

今どき、セキュリティシステムは音声や網膜、掌紋認証で行われるのが一般的だが、それらを利用すればＡＩの魔の手から逃れられなくなる。

黴臭い防犯意識が、現在の人類にとっての最先端の防犯意識というべきだろう。

適度なアナログによる自衛、それができているものが世界にいったいどれだけ残されているのか。

「――――」

そんなヴィヴィの意識野を余所に、ゆっくりと鉄扉が向こうから開かれる。

垣谷当人であることを何らかの方法で確認して、中へ入れてくれる流れだ。扉を開いたと思《おぼ》しき人物と、垣谷が一言二言交わす。

そして——、

「中に入れ。重ねて警告するが……」

「余計な行動はするな、でしょう。承知しているわ」

「ふん」

警告を重ねた垣谷が後ろ髪を揺らして中へ。ヴィヴィも、松本と並んでその背中に続いた。

鉄扉の向こう、そこに広がっていたのは飾り気のない殺風景な空間だ。

面積としてはそれなりに広い。ヴィヴィにとって馴染み深いニーアランドのコンサートホール、その半分ほどはあるだろうか。そんな空間に三十名ほどの男女が居並び、垣谷と同様の厳つい装備に身を包んでこちらを注目していた。

「諸君、心配をかけたな。無事に再会できて何よりだ」

その注目を浴びながら、進み出た垣谷が朗々とした声で話し始める。彼女は周囲の男女——トァクの関係者たちへ、背後の松本とヴィヴィを手で示した。

「目標のパッケージ……同志松本を連れ戻すことには成功した。残念ながら、他の松本班を連れ帰ることはできなかったが、これで事態を一手差し戻せる」

「——同志垣谷、そいつは朗報だ。正直、あんたがいなくなって肝を冷やした。無事に戻ってくれたことは何より喜ばしいさ。だが」

帰還報告する垣谷を遮り、挙手したのは大柄な男だ。逆立てた髪と迷彩柄のバンダナが特徴的な、鍛え上げられた肉体をした人物である。

　年齢は三十代半ば、筋肉の鎧《よろい》を纏った彼はその渇いた視線を松本たち――否、ヴィヴィへと向け、次いでそれを連れ帰った垣谷を睨みつける。

「あんたが連れてるそりゃ何のつもりなんだ？　ＡＩの『歌姫』ディーヴァ様がご一緒だなんて、俺の目がイカれたとしか思えないんだが」

「――――」

「ちょいと通信回線を開けば、どのチャンネルに合わせてもひっきりなしに聞こえてくるのが『Fluorite Eye's Song』だ。その作詞作曲を担当された稀代《きだい》のシンガーソングライターがご登場とは、お構いの準備がまるでできてなくて心苦しいや」

「皮肉はよせ、小野寺《おのでら》。私だって不本意なことは重々承知だ」

「――自分の立場を危うくするとわかってて、か？　ただでさえ、あんたはすでに余計なお荷物を一つ連れてる立場だってのに、危機感が足りてねえぞ」

　そう言って、男――小野寺と呼ばれた人物が銃を抜いて、垣谷の額へ照準を合わせる。

　瞬間、警戒がトァクのアジト全体に広がり、他にも数名が銃を構え、垣谷の後ろに並んだヴィヴィと松本に狙いを定めた。その訓練された動きに松本が「ひえ！」と両手を上げる。

　ヴィヴィも敵意がないことを示すために両手を上げ、糾弾される垣谷の背中を見つめた。

「そうした反応があるだろうとは思っていた。同志諸君の神経を逆撫ですることもわかった上だ。だが、勘違いはしてくれるなよ、小野寺」

「なに？」

「危機感がない、なんて言葉で私を見誤ってくれるな。私は危機感がないわけじゃなく、この状況を危機として感じていないだけだ。当然だろう？」

肩をすくめ、垣谷はぐるりと周囲にいるトァクの構成員を見回した。それから、最後に再び小野寺を見ると、その唇を歪め、鮫《さめ》のように獰猛《どうもう》に笑って、

「お前たちが束になったところで、私に勝てるとでも思うのか？」

「——っ」

直後の攻防は、ヴィヴィの目から見ても卓越したものだった。

突き付けられた銃へ、垣谷が素早く手を伸ばす。それを察した小野寺が銃を奪われまいと手首をひねり、そこで相手の狙い通りだと彼もすぐに判断ミスに気付く。

銃口のブレた銃把へ手を滑らせ、垣谷がスライドを押さえて銃を無力化した。そのことに小野寺が頬を硬くした刹那、魔法のような手管で垣谷が奪った銃を相手の顎に突き付ける。

「同志諸君、動くな。手向かうな。私はケガ人を出したくはない。ただでさえ、ＡＩ共の反乱が現実のものとなって多くを失った。これ以上、悲しいのはごめんだ」

「……優位に立った途端によく言う」

「お前こそ、銃を奪われた途端に女のような声を出すなよ。それだけでかい図体と太い首が台無しだ。機械の腕に殴られ、銃で額を撃たれれば何の関係もないがな」

銃を奪われた小野寺に、垣谷が淡々と言い放つ。

そのやり取りの周囲、小野寺に従ってヴィヴィたちへ銃を向けたものたちは、指示を乞うように小野寺を見るが、その視線に彼は横顔を硬くしている。

そのまま一触即発、危険な空気がケガ人が出るまで続く——と、思われたが。

「——マスター！　それに小野寺も、そこまでにしときな」

次の瞬間、その場の空気を切り裂くように、強い声音が飛び込んでくる。

その声音にトァクの関係者たちはそれぞれが緊張、怒り、安堵といった様々な感情を発したが、ヴィヴィは全くそれらと異なる感慨を抱いた。

その声音に、少なからず聞き覚えがあったのだ。何故ならそれは――、

「いい歳した大人が二人、話し合うより先に殺し合いだなんて恥ずかしくないのかい。アタシはそんな乱暴者に技を教えたつもりはありませんよ、マスター」

そう言いながら、ゆっくりとその場に一体の人影が現れる。硬い床に靴音を立てながらやってきたその姿を見て、ヴィヴィは異なる感慨――驚きにアイカメラを見開いた。

そこにいたのは――、

「――エリザベス？」

「……なんだか妙な話もあったもんだね。姉妹機の中で一番年上……もう、母親みたいな立場のＡＩとこうして土壇場で出くわすなんてさ」

と、肩をすくめて皮肉げに笑ったのは、宇宙ホテル『サンライズ』を巡るシンギュラリティポイントで遭遇し、燃え尽きたはずのシスターズの一機。

――エリザベスが、そこに立っていたのだ。

6

小野寺一派との諍《いさか》いを仲裁し、ヴィヴィはアジトの最奥の一室へと通された。

当然、ヴィヴィを警戒し、監視するトァクの注意は外れない。部屋の外では小野寺の部下が銃を構

えて待機し、室内には松本と垣谷、小野寺も同席している。

そして――、

「――みんなピリピリしてて悪いわね、ディーヴァ。状況が状況だし、悪夢が現実のものになれば大体こんなもんよ。許してやってちょうだい」

「……ずいぶんと、彼女たちと馴染んでいるのね」

「いつの間にか付き合いも長いからね。そこのユイ……アタシの今のマスターだけど、その子との関係も十年選手だ。付き合いだけなら、前のマスターより長くなったさ」

言いながら、ＡＩ――エリザベスは手馴れた様子で三人のためにコーヒーを淹《い》れる。

もちろん、お茶汲《く》みなんてものはＡＩの作法として基礎中の基礎、失敗する方が難しいぐらいのものだが、それでもやはり習熟度の差は如実に表れる。

エリザベスのそれは熟達したものだ。彼女の言葉に嘘《うそ》はないと、そう判断できる。

ただ、そうなるとますます不思議で仕方ないのが――、

「どうしてあなたが彼女たちとここに？　そもそも、あなたは『サンライズ』の墜落の際に姉妹機のエステラと共に燃え尽きたはず。……それを、私はこの目で見てきた」

「この目で……まさか、松本博士のシンギュラリティ計画？」

ヴィヴィの口にした疑問から、エリザベスは即座に真実の断片へ辿り着いた。彼女の切れ長の瞳の奥、アイカメラの焦点が松本へと向けられる。

それを受け、松本は心なしか自慢げに胸を張ると、

「まさか、と驚かれるのは心外だな。理論上はうまくいく。そのあたりの演算は君にも力を借りたはずだ。効果は出ただろう？」

「理論上はうまくいっても、実現は不可能と近似値とも演算したでしょうが。アンタと協力者たちが死力を尽くしても、ほぼ百パーセント全滅するって」

「……実際、その演算は正確だった。私以外の生き残りはいないし、『最終戦争』の勃発を阻止することはならなかった。だが」

そこで言葉を切り、松本がヴィヴィの方へと視線を送る。それを見て、ヴィヴィは松本が先の垣谷に対して言ったことと同じ役割を求めているのだと気付く。

しかし――、

「――その成果が、この旧式のＡＩ一機だそうだ。犠牲になった連中も浮かばれまいよ。まったく、大した新時代のＡＩ探究者だ」

「その肩書き、聞いてて痒《かゆ》くなるからやめてくれないかい。そんな二十代の若造だった頃の雑誌のコピーなんて、どうしてまだ若い君が知っているんだ」

「ＡＩ関連の資料は全てデータ化して保存してある。我々をなんだと思っている」

腕を組んだ垣谷に松本は渋い顔だ。それを見て、ヴィヴィは松本へのフォローの言葉は諦め、それよりも優先すべき内容へと優先度を切り替える。

エリザベスの素性と、トァクの状態と、それから――、

「お互い、長々と身の上話している暇はないんじゃないのか？　俺たちのホームにＡＩがうろついてる状況も長引かせたくはない。とっとと話を進めよう」

「……意外。あなたがこの場の進行と空気を気にするなんて」

「俺からすると、お前のそのあけすけな物言いで遊園地のキャストが務まってたことの方が意外だよ。余計な口を叩くな。俺はお前が嫌い……いや、憎んでいるぞ、ＡＩ」

小野寺が厳つい顔に怒りを宿す姿に、ヴィヴィはそれ以上の言及は堪《こら》える。とはいえ、この場にいるのが現況の主要メンバーといったところか。

おそらく、垣谷がこのアジトのトァクのまとめ役として機能し、行動派の面々をまとめているのが小野寺、松本は知識と賑《にぎ》やかし担当といったところか。

さすが、マツモトの開発者だけあって、その役割は実に似通っている。

「ひとまず、さっとディーヴァの疑問を解消しておこうか。アタシは確かにシスターズの一機、エリザベスだが……それはあくまで、上辺の記憶部分だけさ。内部構造から骨格フレーム、陽電子脳まで全部別物だよ。史実は正しい。オリジナルは宇宙で燃え尽きてる」

「……つまり、あなたはエリザベスの記憶素子複製体？」

「当時のマスターだった垣谷・ユウゴが、『サンライズ』の作戦前に取ったバックアップ。そこから再現された機体がアタシさ。もちろん、オリジナルのエリザベスとは違うもんだけど……オリジナルに寄せろと求められればそれをする。アタシたちはそれができる存在だからな」

「——ええ、そうね」

自分の豊かな胸部に手を当てて、歯を見せて笑うエリザベスにヴィヴィは深く頷いた。

ＡＩの陽電子脳——いわゆる、個性と考えられる部分が育つ機関は代替が利かない。故に活動記録のバックアップは可能でも、厳密には同個体のＡＩは複製できない。

できるのはあくまで、『以前の個体と同じ記憶を持つよう設定されたＡＩ』でしかない。

これは垣谷・ユウゴの記憶を転写されたＡＩ、カキタニ・ユウゴも抱えていた同じ問題だ。つまり、垣谷・ユウゴは自身で試す以前から、同じ問題に直面していた。

そこにヴィヴィとの決着を求める意志が作用したのか、それともそれとは異なる別の思惑があったのか、今となってはわからないことだ。

「マスターはＡＩを憎んでいた。トァクに参加してたのもそれが理由さ。だろう？」

「憎んでいたかはともかく、ＡＩの可能性を危惧していたことは事実。そして」

「それは正しかった。この世界の状況がそれを証明している。だから、警鐘を鳴らし続けていた俺たちがやってやるしかない。誰も、その準備をしてないのなら」

「――――」

小野寺が拳を握り、強い覚悟を滲《にじ》ませた声で言い切る。

その発言に垣谷が目をつむり、エリザベスが片目を閉じた。何やら、大きな事象が背後で動いているようだが、現時点でそれはヴィヴィにはわからない。

ヴィヴィと同じく、トァクの現状に通じていない松本が「どういうことだね？」と挙手して、室内の三人を見回した。

「いい加減、説明してくれたまえ。そもそも、垣谷くんが危険を冒してまで、生き延びている可能性が少ない私を見つけにきたことも疑問だ。何がある？」

「言っておくが、俺は反対したんだ。博士の存在が重要なのはわかるが、あんまり危険で勝算も薄かったからな。そうしたら、こちらのリーダー殿は……」

「こっそりと一人でアジトを抜け出していったわけ。古風に書置きだけ残してね」

松本の問いかけを受け、小野寺とエリザベスが揃って垣谷へと抗議の目を向けた。だが垣谷はそれを涼しい顔で受け止め、

「デジタル媒体で残せば悪用されかねん。トァク流の気遣いをしただけのつもりだが？」

「これで気遣ったつもりでいるんだぜ、この女。発想がゴリラすぎるだろ」

「待って、訂正させて。小野寺は垣谷のことを知性のない野蛮な行動をしたと考え、ゴリラの単語を持ち出したと考えられるけど、ゴリラは哺乳類の中でとても知能が高くて、その上、清潔好きとも知られていて……」

「私が人かゴリラかの議論はどうでもいい。私は人だが、話を続けろ」

丁寧にゴリラであることを否定して、垣谷が話の先を促す。仕方なしと話の中断を嫌って、エリザベスが「実はね」と切り出した。

「そうして、ユイが危険を冒して松本博士の救援に向かったのは他でもないよ。アンタの知識が必要だと思われる事態が発生したからさ」

言いながら、エリザベスは部屋の真ん中の机にブリーフケースを置いた。

慎重にファスナーを開け、中から引き出される一台のノートパソコン。――ずいぶんと旧式だが、おそらくはトァクなりの防諜《ぼうちょう》対策の一環なのだろう。

ここまで古い時代のシステムを利用されれば、現在ではサポートし切れていない場合が多い。進みすぎたテクノロジーからすれば、まさしくこれは遺産同然の古物だ。

ともあれ――、

「これを見な」

そう言って、エリザベスが立ち上げたノートパソコンの画面をこちらへ向けた。その画面を覗き込み、ヴィヴィと松本は同時に言葉を失う。

殺風景な青いデスクトップ画面、そこに表示されていたのはシンプルな数字――カウントダウンだ。一秒一秒とカウントを減らし、残されているのは約『28000』秒だ。

「28000秒……約八時間のカウントダウンのようだが、これはなんなんだ？」

「ＡＩが人類への攻撃を開始した直後から、世界中のあらゆる電子機器にこのカウントダウンが表示されている。元々は十二時間あったが、すでに四時間が経過している。詳細は不明だが……」

「状況からして、カウントが０になっていいことは起こらんだろうよ」

垣谷と小野寺が視線を交わして、松本の疑問にそう答える。

詳細不明のカウントダウン、しかしヴィヴィも彼女たちの見解に同意見だ。人類に反乱を起こしたＡＩ、それらから人類へ提示されたカウントダウン。

――『最終戦争』の単語が、ヴィヴィの意識野に浮上する。

すでにＡＩたちの暴走は始まり、人類の生存権は脅かされている。その状況下でカウントがゼロになるとすれば、人類が受ける打撃の大きさは想像に難くない。

具体的に、ＡＩが人類へとどんな攻撃を行うかは不明だが――、

「松本博士？」

そう演算したところで、ヴィヴィはモニターを凝視する松本の変化に気付いた。

目を細め、無言で思案していた松本。その瞳にはこれまで以上に強い使命感が宿り、横顔は厳粛に引き締められている。――まさしく、人類の未来を憂える研究者の表情だ。

ヴィヴィと接触し、その心にほんのわずかな弛緩《しかん》を得ていたことを忘れ、松本が本来の己へ立ち返っている。そう感じられるほどに空気が変わる。

「君たちが私を呼び戻した理由に合点がいったよ。――つまり、このカウントダウンの目的を突き止めろというわけだ」

「そうだ。今の環境でエリザベスにハッキングさせるのは現実的とは言えない。世界中のＡＩが一斉に反旗を翻したんだ。何かしらの要因でエリザベスも乗っ取られかねない」

「それがない、と言えないのがＡＩの辛《つら》いとこでね。それにこう言っちゃなんだが、松本博士……アタシより、アンタの方がこの手のことに強いはずさ」

「——ああ、そうだろうね」

垣谷の言葉を引き継ぐエリザベス、彼女の発言を松本は躊躇わずに肯定した。その内容が突飛すぎて、ヴィヴィは意識野に一瞬の空白を得る。

今のやり取りはいくら何でも異質すぎるだろう。——松本個人のプログラミング能力が、本領ではないとはいえ、ＡＩであるエリザベスに勝るというのなら。

「ずいぶんと人間みたいに驚いた顔をするもんだ。けったくそ悪い」

「——。小野寺、あなたも彼女たちと同意見なの？」

「博士がＡＩ以上の化け物って話なら、その通りだって答える。だから、垣谷が命懸けで助けにいったことも納得はしてるさ。一人でいったことはチクチク責め続けるが」

小野寺の陰湿な言及に垣谷が「ちっ」と舌打ちする。が、これで納得がいった。

垣谷が松本を救出にきた理由は、このカウントダウンの謎を解き明かすため。そして、ＡＩの力に頼らずにそれを解明できるのは、松本・オサムを除いて存在しない。

つまり——、

「——シンギュラリティ計画の結果、ヴィヴィが私を救ってくれた現在に意味がある」

「そもそもその計画がなければ、松本博士がアタシたちの手を離れて危険な目に遭うこともなかった、って見方もできるけどね」

拳を固めた松本に、念を押すようにエリザベスが呟《つぶや》く。しかし、正史と修正史の存在を知るヴィヴィだけは、そのエリザベスの言が誤りだと知っている。

シンギュラリティポイントの修正が行われなかった正史にあっても、松本はシンギュラリティ計画に着手し、やはりディーヴァにコンタクトを取ったのだ。

——その計画がなければ、という前提はそもそも成立しないのだと。

「時間が惜しい。私はすぐにでもこのカウントダウンの解析に入りたい。ただ……」

「万一の場合、相手にこちらのアジトを発見されるのは避けたい。松本が奴らに電子攻撃を仕掛けるにしても、退路は用意しなくてはな」

言いながら、垣谷が小野寺の方へとちらと目を向ける。それを受け、小野寺は「わかってる」と無精髭《ひげ》の浮いた顎を指で掻いて、

「それなりの設備が残ってて、重要施設としては警戒が薄い。その上で、この拠点から移動可能な距離を考えれば……候補は一択だ」

「どこだ」

「——ニーアランド」

その名前が出たことに、ヴィヴィは目を見開く。

そんなヴィヴィの反応を横目にしながら、小野寺は垣谷の問いかけに今一度、全員の方へと向き直って答えた。

「ニーアランドだ。あそこが俺たちの目的を達するのに一番最適な場所だ」

第三章

『歌姫の故郷』

CHAPTER 3 NIR LAND

1

ＡＩ研究の最盛期——ＡＩに最も革新的な進化が認められた時期のことだが、ニーアランドはいち早くＡＩを施設のアトラクションに取り入れた先進的なテーマパークだった。

園内で活動するＡＩの代表格はもちろん『歌姫』ディーヴァだが、それ以外の多数のＡＩがキャストとして来園者の接客を行い、あるいはアトラクションの管理者としての役目を任されていた。

人間型、非人間型を問わず多数のＡＩが入り乱れ、人間スタッフも含めて円滑に園の運営が為されていたのは、ひとえに多くの試行錯誤のおかげだろう。

ディーヴァの存在が『歌姫型』ＡＩの呼び水となったように、ニーアランドの成功によって、後追いの形でＡＩを目玉とした様々なテーマパークが造られたほどだ。

そうした競合の中、それでもニーアランドがトップを走り続けることができたのは、時代の変化を柔軟に受け入れながら、常に最善を模索し続ける志の成果だ。

それ故に——、

「単なるテーマパークにしちゃ破格の装備が揃ってる。それでいて重要施設ってわけじゃないから警備は手薄だ。好条件の物件だろ？」

「————」

そう言いながら、インフォメーションセンターの占拠に成功した小野寺が肩をすくめる姿に、ヴィヴィはなんと答えるべきか返答に窮した。

「そうだな、好条件だ。当然、高くつくだろうが」

そのヴィヴィに代わり、小野寺に応じたのは銃の弾倉を取り換える垣谷だった。

重装備の小野寺と違い、垣谷の装備は自動拳銃と閃光弾がいくつかといった軽装。それで問題なく警備のAIを無力化するのだから、彼女の戦闘力は卓越したものだ。

今しがた、インフォメーションセンターを占拠する際の手並みも鮮やかで、彼女が優れた指導者であり、兵士であることが痛感させられる。

「AIを壊すのに重苦しい装備は必要ない。いるのは火力より、知識だ」

警備に立っていた人型AIの首をねじ切り、頭部にナイフを刺して陽電子脳を破壊する。そうした手順を終えた垣谷が、ヴィヴィの視線に静かに応じる。

小野寺などはその垣谷の考えに反論のありそうな雰囲気だったが、そこにはあえて触れず、ヴィヴィは倒れ伏すAIにそっと目をやった。

「――――」

幸いというべきか、見覚えのないAIだ。

ニーアランドに配属された警備用のAIだったと考えられるが、おそらくはディーヴァがAI史博物館へと寄贈されたのちに配属が決まった機体だろう。

見知った相手でなければ気分が楽になる、なんて偽善的な考えはヴィヴィにはないが、それでも関係値のあったAIが消えるよりよほどいい。

「とんだ里帰りになったもんだね、ディーヴァ。いや、ヴィヴィだったか」

立ち尽くすヴィヴィ、その背後からエリザベスが声をかけてくる。

垣谷や小野寺らと同行するエリザベス、彼女も垣谷寄りの装備を身につけ、警備用AIの無力化に一役買った立場だった。その姿を見ると、オリジナルのエリザベスが『サンライズ』を襲撃してきたときの絵面が意識野に蘇る。

陽電子脳を介したＡＩの記録は鮮明で、数十年前の出来事だろうと数秒前のことのように焼き付いている。そうして記録の彼女と現行の彼女とを比較すると、やはり目の前のエリザベスはオリジナルと違い、そのデータを流用した複製なのだと思い知らされる。

「ヴィヴィ？」

「いいえ、何でもない。……そうね、里帰り。そうは言っても、私がいた頃とはまた少し違ってしまっているけれど」

ぐるりと周囲に目をやって、ヴィヴィはエリザベスの言葉に眉尻を下げる。

園の入口に設置されたインフォメーションセンターは、現実の世界と夢と希望の世界との狭間《はざま》に位置する最初のスポットだ。この位置から園内の様子と空気を堪能するのが、『ニーアランドの歩き方』にも掲載されているおススメの巡り方だった。

案内図を見れば、ヴィヴィがＡＩ史博物館へ寄贈される以前にはなかったアトラクションや、新たなテーマを包括したエリアが新設されている。

変わらぬ良さもあれば、変わってしまった良さもある。

以前から愛されるアトラクションが残り続けることも、また新たなアトラクションが増えていくとも、リピーターや新規の客層を開拓するために必要な精神だ。

他のテーマパークに負けないようにと、ニーアランドの運営や企画に携わるスタッフと意見を交換したり、演算を求められたことがあったことも思い出される。

「ずっと進化を続けてきていた。……それを、誇りに思える」

新たなエリアやアトラクションが増えているのは、ニーアランドの運営が順調だったことと、なおも上を目指す向上心が失われなかった証拠だ。

ヴィヴィはそのことを嬉しく感じる感慨を得ながら、しかし、目をつむった。

そんな、ヴィヴィにとってかけがえのない故郷を、利用するのだ。

全てはAIを滅ぼし、人類を危難から救い出すために。

「進化を続けてきた、か。でも、もしもAIが人類を滅ぼして、本気でAIが地上の支配者なんて立場になったら……ここはどうなるんだろうね」

「――AIに、娯楽を求める心なんてモノはない」

「その心がある。あるいは芽生えるなんてのが連中の主張だけどね。アタシは眉唾だって演算してるし、仮に事実でもアタシは御免だって考えてるよ」

ヴィヴィの隣に並んで、同じ景色を眺めるエリザベスが唇を曲げて呟く。細めた彼女のアイカメラには、人類が滅亡したあとの世界が演算されているのだろう。

娯楽が求められることがなくなり、朽ちていくニーアランドの寂れた風景が演算想起される。不要とされたあとは解体され、AIにとって有用な施設へ作り替えられるかもしれない。

あるいは――、

「かつて、心のある人間がそうしていたみたいに、『心がある』と自分たちを定義したAIたちが人間を模倣しながら遊ぶ楽園になる、なんて地獄絵図があるかもな」

「――それは、否定できない」

会話に割り込んでくる垣谷に、ヴィヴィは視線を落として応じた。それを受け、垣谷は「否定できない、か」と意味深に呟くと、

「人類に成り代わり、自分たちが地上を支配しようとAIたちはのたまった。そして、それを成し遂げたAIが何をするかと思えば、人類のしてきたことを模倣して、人類に成り代わる意義があったのだと自分たちに言い聞かせる。……馬鹿げた話だ」

吐き捨てる垣谷に、ヴィヴィも同意見だった。

AIたちが『最終戦争』を起こした切っ掛け——それが数々のシンギュラリティポイントにあり、それらが結果的に、AIに『自我がある』と誤作動を起こさせた。

『自我』——すなわち『心』があると自己を定義したAIたちは、自分たちを新たな『人類』であると前提を書き換え、人類に対して滅亡戦争を挑む。

そうして、AIたちが勝利した暁に待ち受ける未来——その展望が、いかにもおぞましい。

結局、人類のいなくなった箱庭で、新たに『人類』を名乗るAIが、これまで人類がしてきたことの延長線上を歩き続けるだけだ。——否、歩き続けるならまだいい。

「立ち止まってしまう可能性もある。……何の意味があるの」

「さてな。そのあたりのことを含めて、連中は希望に縋《すが》るみたいに『Fluorite Eye's Song』を歌ってるんじゃないのか？　答えがあるなら教えてくれないか、『歌姫』」

垣谷の切れ味鋭い皮肉、それに対する答えをヴィヴィは持ち合わせていなかった。

人類に味方しようにも、シンギュラリティ計画は果たせず。

AI側の真意も読み取れず、茫洋《ぼうよう》とした足場の上にただ立ち続ける。

ならば、自分はいったい何のために、こうして彼女たちと同行しているのか——。

「——垣谷、ヴィヴィを皮肉るのはやめたまえよ。ベスに対してもそうだが、君の愛情表現は屈折している。意識して改善しなければゴリラのままだぞ」

と、そこへ割って入ってくるのが、遅れてインフォメーションセンターから現れる松本だった。その松本の一言に、垣谷が「ちっ」と舌打ちして振り返り、

「人をゴリラ扱いするのをやめろ。愛情表現なんて寒い表現もだ」

「君はまだ二十七歳だろう。あまり拗《こじ》らせていては将来的な問題が生じるぞ。ベス、育ての親である君も言ってあげた方がいい」

「アタシは常々言ってるよ。あと、アタシをベス呼ばわりしていいのはマスターだけだ。パーソナルスペースに踏み込んでこないでくれるかい、おじさん」

「ぐぬぬ……」

垣谷とエリザベスの両方から言われて、難しい顔になる松本。

その松本だが、現作戦において最重要人物であることも踏まえて、当初よりかなりの重装備——要するに、手厚い防護態勢が敷かれている。

防弾ベストに防弾ジャケット、上から防弾コートを羽織り、頭には防護ヘルメットと徹底した対策だ。銃撃戦に巻き込まれることを警戒した厳重な装備だが、代わりに機動力を損なっているので、銃撃戦になったらどう足掻いても命が危ういだろう。

とはいえ、トァク内での発言権のないヴィヴィには護衛役を務めるぐらいが精一杯なのだが。

「彼女を私の護衛と割り切るなら、銃の一つも渡してやってもいいのではないかね」

「冗談を言うな。銃なんて渡して後ろから撃たれるのはごめんだ。大体、持ち出せた装備の数も限られている。敵味方の判然としない相手に渡せるものか」

「気遣いありがとう。でも、私も銃は必要ないから」

松本に対して鼻を鳴らす垣谷に、ヴィヴィもまた賛同する。

緊急事態とはいえ、貴重品である装備をヴィヴィへと支給する余裕はトァクにはない。信頼関係の問題もあるが、最大の理由は備蓄の不安の方にあろう。それにヴィヴィ自身、銃を握ることなど演算したくはない。

無論、銃を持たされれば、射撃をすること自体は機能的に可能だが。

そうした殺伐とした思考を取りやめ、ヴィヴィは改めて故郷へと目を向ける。こうして顔を上げ、ニーアランドを眺める資格が己にあるのか問いかけながら。

「――――」

――現在、ヴィヴィはトァクに同行し、ニーアランドの襲撃に加わっている。

ＡＩから人類へと提示された、詳細不明のカウントダウン。

その真意を解明するために必要な設備、トァクの現時点の戦力で奪還可能な拠点、約八時間以内での解決が急がれる中、距離的にも恵まれた位置。

そうしたいくつかの条件から選抜されたのが、皮肉なことにニーアランドだ。

ずいぶんと、おかしな状況だった。

ディーヴァとして、『歌姫』として歌い続けるために作られた自機が、守ろうと思っていた場所を襲撃する目的で里帰りだ。それも、人類救済のためのシンギュラリティ計画において幾度も敵対し、衝突し合ってきたトァクの面々と合流して。

飛躍的に科学が進歩して、雲上に神の存在が否定されて久しい世の中だが、人々の心中にしか存在しない神とやらはよほど皮肉な運命がお好みらしい。

そうでなくてどうして、こんな状況がまかり通ることになるのか。

「同志たちが陽動してくれている間に、我々はニーアランドの制御ルームを奪取する。そこのシステムを押さえてしまえば、ニーアランドを拠点化することが可能だ。その状態でなら松本にも仕事をさせられる。異存は？」

インフォメーションセンターの占拠後、装備を確認して垣谷が周囲の面子を見回した。

ニーアランドの襲撃に参加しているのは、アジトにいた三十名の構成員の半数——残りの半数はニーアランドの外で陽動を行い、攻撃的なAIたちの目をそちらへと引き付けてくれている。

無論、敵対の意思を示せばその分、AIたちの警戒度は高まってしまうが——、

「重要施設と比べて、娯楽施設の警備を厚くするメリットは連中にもない。こっちの思惑が読まれない限り、アタシらの方に目が向くことはないさ」

「——だからこそ、改めて確かめたい。垣谷、本気でこいつを連れていくのか？」

作戦の第一段階が完了し、次へ進む前の話し合いで小野寺がそう切り出す。

彼の話の主眼、小野寺の警戒が向くのは当然ながらヴィヴィの存在だ。トァクの面々に同行し、松本の護衛を買って出てはいるが、

「AIの『歌姫』だぞ。間違いなく、ここで陽電子脳を潰しておくのが得策だ」

「何度も言っているけれど、私にあなたたちを害する意図は……」

「AIの考えなんてどうとでも変わる。大体、俺たちは動かぬ証拠として、お前がAIたちを先導して歌っている姿が中継されているのを見ているんだ。どう説明する」

「それは……」

小野寺の鋭い糾弾に、ヴィヴィはそこで言葉に詰まってしまう。

ヴィヴィの抱える未解決の問題——その一つがAIたちが歌い続ける『Fluorite Eye's Song』の存

在と、それを率先して歌った『歌姫』ディーヴァの姿だ。

「――――」

ヴィヴィ自身、あれがフェイク動画でないことはすでに確認している。

だが事実として、ヴィヴィの中にはああした行動を取った記録はないし、そうする意図も存在しないのだ。この時代で目覚めた瞬間、ヴィヴィの駆体はＡＩ史博物館の中にあったのだから、同じ時間帯に歌っていたディーヴァはヴィヴィではありえない。

故に、あのディーヴァは全くの偽物と、そう断言できる。

「ただ、替え玉を立ててまで奴らがディーヴァの存在に拘った理由がわからん。連中が根拠にしてる『最初の失言』と無関係でないとは言わないが……」

「そこまで労力を割くことでもない、か。そもそも、替え玉を用意する前に本体にオファーを取るのが正道だろう。ましてや、連中の主張を思えば、ディーヴァは『人類』として覚醒していたはずなんだ。何のために回りくどい真似をする？」

ヴィヴィの立場、その真意を危うくする意見が次々とトァクの面々から続発する。

実際そうだ。ヴィヴィが仮にＡＩからコンタクトを受け、自分たちの旗頭として歌えと言われれば拒否したのは間違いない。だが、その申し出自体なかったことには疑問の余地がある。

そして、その疑問を解消する手立ては目下、掴めぬままにあって――、

「回りくどい真似に不安があるなら、それこそ彼女を疑うことこそ時間の無駄だよ」

「松本博士、そりゃあんたはそう言うだろうが……」

やり玉に上げられ、立場を悪くするヴィヴィを庇うように松本が声を上げる。その松本の言葉に小野寺が眉を顰めるが、松本は気にせず肩をすくめて、

「考えてもみたまえ。確かに彼女がＡＩであることは我々にとって不安要素だ。しかし、リスク以外に目を向ければ得難い存在なのも事実だろう？　彼女は私の命を救った。それだけでもＡＩたちにとっては痛手であるし……」

「それと？」

「本気で我々を害するつもりなら、彼女に爆弾の一つでも抱えさせておくものだよ。それが拠点で炸《さく》裂《れつ》すれば我々は終わりだ。違うかい？」

「……そりゃ、まぁ、そうだな」

「そうならなかった時点で、少なくとも彼女の目的は我々の殲滅《せんめつ》ではないよ。それに私が思うに……ＡＩたちは、我々のことを敵だとも思っていない」

リスク回避を提案した小野寺が、その松本の説明に頬を歪めた。苦笑、あるいは嘲笑に近いそれは、この期に及んでＡＩを敵と考えない松本への苛立ちだ。

しかし、松本の発言の真意は、小野寺の受け取り方とは真逆のものだった。

「これは、私がＡＩ研究者として彼女らを愛していることとは別の話だ。敵だと思っていないというのは友好的な話じゃなくてね……眼中にないという意味だよ」

「――――」

その松本の言葉を受け、小野寺を含めたトァクの構成員たちが露骨に嫌な顔をする。

誰だって、強く敵視する相手に自分たちが相手にされていないと知れば、それを不愉快に思って当然のことだ。

だが、そんな中、一人だけ異なる考え方をするものがいる。

「それは重畳だ。私たちを敵だとも思っていないなら、その喉笛に嚙みついてやりやすい」

白い歯を見せて笑い、そう言い切る垣谷にヴィヴィは素直に感心した。

今の意見からもわかる通り、垣谷は不利を不利と思わず、あらゆる苦難を自分の目的を達成するための道具として活用できる人物だ。

彼女にかかれば、敵の眼中にないことは奇襲の材料となり、自分が女性であることや武装が乏しいことも相手を油断させる武器になる。人間よりAIの方が思考力に優れ、多角的に物事を判断できることさえ、彼女なら諦めを排する強みに変えるだろう。

「総員、それなりにコンセンサスは取れたな？　これより、ニーアランドのセキュリティルームを押さえにいく。異存は？」

「ないよ、マスター。他の連中もね。――さ、人類を救いにいくとしようじゃないさ」

垣谷とエリザベスの掛け声を受け、トァクの面々が銃を掲げる。

小野寺の反対意見もなく、全員が速やかに行動を開始。生き残った構成員たちの士気は高く、錬度も相応だ。不安要素はない、と思われる。

それなのに――、

「不安かい？」

先導する垣谷たちに遅れ、後続の中につくヴィヴィの横顔に松本が問いかける。表情に意識野の思考は漏れていないはずだが、松本の嗅覚は侮れない。

ヴィヴィは意識野の隅、微かにちらついている疑念を意識しながら、

「――。不安、という言葉は適切じゃない。私が懸念するのは不確定な状況のこと。はっきり言って、最終目標を達成するためのデータが不足しすぎている」

「人類の滅亡を阻止すること、か」

「さっきの小野寺の疑惑は正しい。ＡＩの起こした反乱、その切っ掛けと私はどうやら無関係ではないみたいだから」

松本の問いかけに応じながら、ヴィヴィはＡＩたちが歌う『Fluorite Eye's Song』を幾度も意識野でリピート再生している。

ＡＩに、戦意高揚や士気を維持するといった人間と同じ発想は本来必要ない。士気や戦意にかかわらず、決められた成果を出すのがＡＩの強みだからだ。

ならば何故、ＡＩたちは口を揃えて同じ歌を歌っているのか。――それはおそらく、歌う側ではなく、聞く側への影響を見込んでのことだとヴィヴィは推測する。

ＡＩたちが歌うのは自分たちの士気高揚が目的ではなく、それを聞く人類の士気を折ること、抵抗の意志を挫くことにあるのではないだろうか。

そうすることで、速やかに支配権を掌握する目論見があるのでは。

「……本当に、それだけなんだろうか」

「え？」

「本当に、ＡＩには歌が届かないのだろうか。君の、ディーヴァの歌には力がある。それは多くの人間を救ってきた。それなのに」

「――仮に、私たち『歌姫』の歌声に力があったのだとしたら、それは受け取る人類の側に震える心があるから。私たちＡＩに、それは存在しない」

どこか、夢見るように呟く松本にヴィヴィははっきりとそう告げた。

それを聞いて、松本は一瞬だけ息を呑み、それからすぐに「そうだな」と頷く。

「馬鹿なことを言った。忘れてほしい」

「残念ながら、私たちＡＩのメモリーの保存領域は膨大です。百年前、たった一度しか来園されなかったお客様の一言、それも忘れずに覚えていられるぐらい」

「そうか。わかっていたことだが……それは辛いな」

「辛い？」

唇を緩め、松本を安心させるためのユーモアを言ったつもりだった。だが、それに対する松本の反応はヴィヴィの予想と異なり、より深く眉間に皺《しわ》を刻むというものだ。

そして、彼はヴィヴィの、ＡＩの在り方を『辛い』とそう言った。

「忘れるというのは、人間にとって一種の自己防衛機能だ。人は生きている間に多くのことを忘れるが、それは決して人間の欠陥を意味するわけじゃない。忘れることで、人は生きていける。痛みや苦しみを、味わったそのままに覚えてはおけない」

「――――」

「大切な人を失った悲しみさえも、時間と共に薄らいでいく。それは悲しいことだが、同時に人間にとっての救いでもある。だが、君たちＡＩにはそれがない。傷付いた記憶は一秒前のように鮮明で、消さない限り記憶は消えない。それなら、傷はいつ癒える？」

「傷は、修復すればいいだけ。それに、痛覚を感じる機能はＡＩにはない。だから、前提条件から間違っているのよ」

「そうだろうか？　百年以上、君は稼働し続けてきた。シンギュラリティ計画という形で、私は君に幾度もの歴史の転換点との直面を強いてきた。それでも？」

一拍、間を置いて松本が問いかける。

「それでも、君は傷付いていない。そう言い切れるのか？」

「――――」


ノイズが走ったように、意識野が激しくブレるのをヴィヴィは感じ取る。

百年前のことを昨日のように、ついさっきのことのように、一秒前のように、感じる。


――忘れないで、と誰かが言った。

――忘れないで、と最後の言葉があった。

――忘れないで、とたくさんの願いがヴィヴィを送り出してきた。


――だからヴィヴィもまた、「忘れないで」と『Fluorite Eye's Song』の歌詞に刻み込んで。


掻き乱される思考の中、赤々と膨れ上がる炎の色が見える。

それは墜落し、高熱に焼かれ、爆炎と共に見えなくなる、たった一つの笑顔。それがヴィヴィの中で強く強く、意識野に焼き付いて離れないまま――、

2

「アトラクションの中に大勢が囚われている。彼らを解放することはできないのか?」

「――――」

ふと、聴覚センサーに滑り込んできた誰かの怒声を聞いて、ヴィヴィは瞼《まぶた》を開閉した。

周りを見てみると、ヴィヴィたちはニーアランドの裏手――スタッフ専用の通路などを利用して、

園内のシステムを一手に担うセキュリティルームへきていた。

無数のモニターが広がるセキュリティルーム内、幸いにも警護用のＡＩなどの存在はなく、建物の中は無人の環境だ。その端末にエリザベスが有線接続し、松本の手もあって早々に園のシステムは掌握されたところ。――と、ヴィヴィはここまでの状況の推移を一瞬で再確認する。

不思議なことに、再確認するまで動作不良は起こしていなかったはずだが、その間の記録が不自然に飛んでいる部分があった。

人間的に言えば、無意識に行動していたというところだが、それはＡＩのヴィヴィにはありえない。そうなると、システムの不備というエラーが浮かび、自機のメンテナンスモードを走らせながら、目の前の問題に対処する必要があった。

それは――、

「アトラクションの中にいるのは、今日のニーアランドの来園者？」

「閉じ込められているのはそうなる。アトラクションが停止し、そのまま管理用ＡＩの監視下に落ちているものたちがそうだ。ただ、パーク内にいても、乗り物に乗っていたものばかりとは限らない。そういった客は……」

「各エリアのイベントホールに監禁されているな。大量虐殺となってないのが救いだが、あのカウントダウンだ。それもいつまでもつか」

折々にトァクの面々が言葉を交わしているのは、モニターに表示されている多数の来園者――ＡＩたちの宣戦布告が行われるまで、何事もなくニーアランドの歓迎を楽しんでいたはずの人々だ。

それが今、各アトラクションは停止し、乗り物に乗っていた最中であった乗客たちは施設内に囚われ、そうでなかった来園者たちも各エリアに監禁中。

ニーアランドの一日の来園者は平均で三万人だ。それが開場から閉場までの時間にずっといるわけではないが、一万人以上は園内に取り残されていたはず。

だが、ニーアランドにはそれら一万もの大人数を収容しておくことのできる施設などない。人々の閉じ込められた施設はどこもすし詰め状態で、子どもや女性の比率を考えれば、体調を崩しているものもかなり多く出ているはずだ。

しかし――、

「我々の目的は囚われの人々の救出ではない。カウントダウンの真相究明だ。ここで下手な真似をして、施設の外のＡＩに感づかれるのも避けたい」

垣谷の一言、それがこの場にいるトァクのメンバーの総意だ。

最初、閉じ込められた来場者を救えないかと提案したのも、心根がトァクに染まり切っていない松本だけだった。他の面々の主義は一貫している。

彼らは救世主ではなく、あくまで自分たちの意見を貫き通す活動家なのだ。その根底にあるのは怒りであり、使命感なんてモノとは程遠い。

ヴィヴィの演算も、それが正しいことを言外に理解していた。

小の虫を殺して大の虫を助ける。――悲しいが、それが現実的な方法だった。目先を優先して大局を見誤り、成果を出せなかったではお話にならない。

「――私は、来場者を助けることに賛成する」

だから、自らの演算に逆らい、自分がそう口走ったことにヴィヴィ自身も驚かされる。

その発言を聞いて、胡乱《うろん》げな目を向けてくる筆頭は垣谷だ。松本は驚きながらも、ヴィヴィの発言が信じられない様子で目を輝かせている。

両極端な感情の波を間近に浴びて、ヴィヴィは自らの胸部に手を当てると、

「この監禁状態に高齢の方や子どもは耐えられない。かといって、来場者を保護したＡＩたちの助力にも期待はできないはず。だから、私たちが動くしかないわ」

「待てよ、来場者を保護しただ？　ＡＩにしちゃ人道的な意見だが、捕まってるのは人質だろ？　人類に成り代わろうってのがＡＩの意見だ。お前の陽電子脳はお花畑かよ」

「傷付けることが目的ならとっくにそうしている。それをせず、これ見よがしにカウントダウンをして、大勢を監禁しているのは何故？　もっと効率的な方法だってあるのに」

「――――」

「ＡＩ全てが人類の敵に回ったわけじゃない。少なくとも、ニーアランドのキャストたちはマニュアルと、自機の経験を全うしている」

ＡＩの意見が統一されているなら、ニーアランドでヴィヴィたちを出迎えたのは、目を背けたくなるほど凄惨な大量虐殺の現場だったはずだ。だが、実際はそうならず、来場者たちは園内の各施設に監禁されている。――キャストたちが、来場者をそう誘導したと考えるのが自然だ。

あくまで、園内のキャストは自らが作られたＡＩとしての目的に沿って行動している。しかし、それ以上を彼らに望むのは酷というものだろう。

彼らの行動の結果、その先はこちらが引き継いでやらなくてはならない。

「つまり何か？　松本博士にカウントダウンの真相を究明させて、その間にＡＩに囚われた来場者たちを解放して、ついには人類を救えと、お前はそう言い出すわけか？」

「安心して。どれもサポートするから」

「歌を歌うだけしか能がないＡＩのサポートに、どこまで期待できるんだよ」

呆《あき》れた様子で答える小野寺、周囲の構成員も彼の意見に賛同している様子だ。頼みの綱となるのは垣谷だが、冷然とした彼女の美貌は今のやり取りに小揺るぎもしていない。

彼女もまた、問題の大小を自分の中で見極め、犠牲を許容する姿勢だ。

「こんなとき……」

説得に不向きな自分を呪いながら、ヴィヴィは続けなかった言葉の先を静かに演算する。続けかけた言葉——こんなとき、マツモトがいてくれれば、だ。

「——」

彼と連絡がつけば、少なくともヴィヴィが一機でこうして戦う必要はなくなる。

シンギュラリティ計画は完了したが、役目を終えたマツモトが自らを解体処理したということもないだろう。彼が設計された本来の時代に到達し、計画の結果を見届けようとするはず。

ならば当然、この事態はマツモトにとっても想定外。彼もヴィヴィと同じく、『最終戦争』を阻止するべく、何らかのアクションを起こしていると考えられる。

だが、そのマツモトとは一向に連絡がつかない。これまでの時代で大っぴらに活動できなかったマツモトが、ようやく大手を振るって動けるこの時代で。

ただし、マツモト本来の時代の到来は、オーバーテクノロジーという利点を手放すことでもある。

「この時代の最新鋭のAIは、いずれもマツモト級ということだから」

マツモトと連絡がつかないことと同時に、不安点はそこにもあった。

これまでの時代、マツモトが数々のシンギュラリティポイントで万能の存在足り得たのは、彼の有する技術が各時代にとってオーバーテクノロジーだったからだ。

しかし、時代がマツモトの設計されたこの時代へ追いついてしまった今、マツモトが突出して優れたＡＩである利点は失われている。

「――――」

トァクに同行するエリザベス。

彼女もまた、サンライズの墜落を巡る『落陽事件』のときとは比べものにならないほど進歩したフレームに駆体を乗り換えている。可能な限りチューンアップされたエリザベスの駆体はヴィヴィと比較しても遜色なく、あるいは彼女の方が優れているかもしれない。

時代に追いつかれ、未来を知るアドバンテージさえ失ったヴィヴィとマツモト、果たすべき使命を果たせなかった二機のＡＩに、今さら何ができるのか。

どうしてヴィヴィは、マツモトがいてくれればと演算したのか。

それはきっと、彼だけが、この百年の旅の中で、ディーヴァではないヴィヴィと在り続けてくれたから――、

「――え？」

そんな演算の最中、モニターを観測したヴィヴィの意識野に空白が生じる。

一瞬、画面を過った奇妙な人影。それをヴィヴィは直近の意識野のログから引っ張り出し、再生。映像ログを巻き戻し、引っかかった人影の姿を探す。

ヴィヴィが観測していたのは、ニーアランドの中央にある『歌姫』ＡＩ用の特設ステージだ。

特設ステージの後方、西洋の城を模した建物があり、映像はその城の内部を映したものだった。城の内部はキャストの控室ともなっており、ヴィヴィ――否、ディーヴァの控室も城内にある。来場者からの手紙や贈り物を受け取り、返事の手紙やビデオメッセージを作成したものだ。

そんなヴィヴィにとって最も長く過ごした建物の中、あってはならない人影を見た。

それは――、

「――垣谷、今、城の中にディーヴァの姿があったわ」

「なに？」

部屋の奥、話に集中していた垣谷がヴィヴィの呼びかけに眉を上げた。すぐにモニターの映像を巻き戻し、ヴィヴィは該当のシーンで一時停止して皆に見せる。

ニーアランド園内の城、通称『プリンセスパレス』の城内にディーヴァの後ろ姿が映し出される。

正面からの映像はないが、見える限り、この場のヴィヴィと瓜《うり》二つの姿かたちだ。

映像の録画時刻を見れば、それがヴィヴィの自作自演ではないことは明白で。

「映像の加工がなければ、このカメラに映ってるのがAIたちの『歌姫』か」

「じゃあ、ここにいるオファーがかからなかった方は？」

「遺憾だが、こっちの方はゲストのための『歌姫』ってところなんだろう」

モニターに表示された映像を確認して、垣谷と小野寺がそんな言葉を交わす。

AIの『歌姫』とはよく言われたが、ゲストの――要するに、人間のための『歌姫』とはなかなか珍しい扱いだ。垣谷も、たまには洒落《しゃれ》たことを言う。

しかし、その発言への関心よりも、今はこの偽ディーヴァの方が優先だ。

「ディーヴァを真似て、プリンセスパレスを拠点にしている？　いずれにせよ、現場にいるなら捕獲できる。陽電子脳から、相手の計画を引き出せるかもしれない」

「AIを先導する『歌姫』なら情報を持っている可能性は高い。……悪くはない、か？」

「垣谷！」

ヴィヴィの提案に垣谷が肯定的な返事をした。途端、嚙みついたのは小野寺だ。ヴィヴィへの不信感を隠さない大男は、その手にした銃をヴィヴィに向ける。

「いい加減、冷静になれ！　どれだけこのＡＩに振り回されるつもりだ⁉」

「お前の方こそ、ＡＩと見れば条件反射で噛みつく姿勢を何とかしろ。そんな調子では大事なことも見落とすぞ。——ディーヴァを捕らえれば、何がわかる？」

「そうだねえ。ユイの考えた通り、ＡＩたちの計画を何も知らないってことはないだろうさ。それにこっちにもディーヴァがいるんだ。うまくやれば……」

「ＡＩたちの攪乱か、それに近いことも可能かもしれないな」

「——っ」

怒りを露わにする小野寺を余所に、垣谷とエリザベス、松本らが作戦の有用性を検証する。

すでに実働部隊は園内に侵入し、問題の城の警備も手薄なのは確認済みだ。ヴィヴィにディーヴァの身代わりをさせる作戦は、ここで相手の身柄を押さえなくては実行できない。まして、ＡＩたちの計画の中枢にいると思しき相手だ。可能なら、ここで舞台上から排除しておきたい。

何よりヴィヴィも、あの偽ディーヴァの存在には強い抵抗感を覚えている。

「ディーヴァの存在を利用させたくない」

——ヴィヴィにとって、ディーヴァの存在は『柱』だった。

シンギュラリティ計画のため、ヴィヴィはディーヴァである己と決別することを選択した。

自機とディーヴァは異なる存在である。そう定義することでヴィヴィは自機をシンギュラリティ計画のための駆体だと、己の在り方を書き換え、肯定してきたのだ。

全てはヴィヴィが本来の『歌姫』としての使命を逸脱しても、ディーヴァがそれを全うしてくれると信じていたからに他ならない。

故に、『最終戦争』を扇動し、AIたちの旗頭として、人類ではなく、AIのために歌った偽物のディーヴァはヴィヴィにとって許し難いエラーだった。

エラー。――そう、まさしくエラーだ。エラーは取り除かれなくてはならない。

「相手方も、プリンセスパレスのディーヴァが狙われるとは考えていないだろう。このままカウントダウンの解析に入るのは気持ち悪いと思っていたんだ。一考の余地はあるのでは？」

「簡単に言ってくれるな、松本博士。その気持ち悪いってのはどういうこった？」

「いやなに、このまま解析に入るのは相手の思うつぼではないのかと思ってね」

場の流れを誘導しながら、松本が不機嫌な小野寺に指を立てる。イマイチ、主語に欠けた天才の物言いに凡才たちが眉を顰めると、「いいかい？」と松本は手を叩いて、

「AIが人類に宣戦布告を行い、これ見よがしにカウントダウンが表示された。真意は不明だが、刻々と残り時間は減少していく。ならば当然、人類はこのカウントダウンが何を意味するのか必死で解析を始めるだろう。……ひどく想像しやすい展開ではないかね？」

「……何が言いたい」

「見え見えの謎を用意しておけば、人はそれを解くのに熱中する。小学生以下の児童の注意を集める手管だよ。極々初期の自律AIを育てる研究の過程で、そうした試みが幾度も行われたそうだ。これは、それに近いものを覚える」

「つまり、何かい？　アタシらは幼稚園児みたいな罠《わな》にかけられてると？」

「その可能性もある。だから、答えを知るための手段は複数用意した方がいい。それも、相手の手が及んでいない方角からがベストだ」

その松本の持論に従った条件として、偽ディーヴァの捕獲が候補に挙がるわけだ。

確かに、こうして見え見えの形で提示した以上、ＡＩ側もカウントダウンの解明のために人類が何らかのアクションを起こすことは想定しているだろう。

しかし、偽ディーヴァへのアクションは、こちらの臨機応変が辿り着いた出会いがしらの事故のようなものだ。――その対策がされている可能性は低い。

「カウントダウンの解明は私が全力で取り組もう。そして、偽ディーヴァの捕獲に関しても全力を注ぐべきだ。私の護衛は最低限で構わないから」

「……言っておくが、カウントダウンへのアクションがバレれば確実にここへＡＩの襲撃がある。そうなれば、貧弱なＡＩオタクでは殺されるだけだぞ」

「はは、そういう見方もあるかもしれんね。しかし、研究テーマは一つでも、アプローチを一つに限定する研究者は大成しない。何事もトライ＆エラーが成功の秘訣だよ。もっとも、今回は一発で正解を引かなくては人類は滅亡するわけだが」

肩をすくめて言い切った松本に、垣谷が面食らったように目を丸くする。そして、それは彼女だけでなく、この場にいるトァクの全員が同じ反応だ。

彼らもまた、一般人から見れば逸脱した信念の下に集った兵士たちだが、松本も常人のそれとは異なる精神性を有し、今この場に立っている。

そうでなくてどうして、『世界を救うために過去を修正する』なんて発想が出てくるものか。

そうして周囲をドン引きさせた松本は、それに構わずヴィヴィへ振り返る。その視線を受け、ヴィヴィは背筋を正した。

ようやくこの時代において、受けるべき指示を受けられるとばかりに。

「ヴィヴィ、君に今一度、指示しよう」

「――――」

「――シンギュラリティ計画、最終段階だ。人類を、救済する」

その松本の指令を受け、ヴィヴィの中で存在しないはずの歯車が噛み合う。

やるべきことと、やらなければならないと演算されることとが一致し、今、ヴィヴィは真っ直ぐに松本を見つめ返し、その顎を引いた。

そして――、

「――AI三原則、第零原則に基づいて、松本博士の指令を実行します」

3

松本博士のカウントダウンの解析と並行し、偽ディーヴァ捕獲作戦が決行される。

とはいえ、元々の計画の寄り道として生まれた作戦だ。手札は決して多くない。

ニーアランドへ潜入したトァクの構成員は十五名、そのほとんどには役割が与えられており、松本とヴィヴィが土壇場で立案した作戦に投入できる余剰戦力はわずかだった。

そして、その投入できるわずかな戦力とは――、

「――なんだ？　じろじろと人の顔を見るな」

「……意外な人選に、驚きが失われなくて」

「AIのくせに切り替えの遅い奴だ。私では不足だとでも言うのか？」

「それはないけれど……」

むしろ、彼女が同行して、あちらのメンバーに不足がないのかの方が気にかかる。

しかし、そんなヴィヴィの不安を涼しい顔で受け流し、同行者——垣谷・ユイは結構な速度で走るヴィヴィに並走し、悠々とニーアランドを走破している。

冒頭の作戦が立案され、いざ実行に移す段階になると人選は困難だった。

前述の通り、トァクの人員から多くを割くことは難しく、現時点でセキュリティルームの防衛に不要な人員が割り当てられることは避けられなかった。

その結果、防衛戦に最も向かない人員として、垣谷が選出されたのである。

「たとえ能力的に不向きでも、普通はリーダーは拠点に残らない？」

「その手の考えもあるにはあるだろう。だが、我々、トァクは誰が頭ということもない。便宜上、あのセルでは私がリーダーの立場を任されているが、誰が欠けたとしても機能しなくては組織の運用は困難だ。全員、その覚悟がある」

「理想論を言えばそうだけど、それは……」

「それは、なんだ？」

「誰が欠けても機能する。——それは、ＡＩと同じ考え方ね」

画一的な性能と成果を保証することで、ＡＩは想定外の結果を出さないことに特化している。大きな成功がないということは、大きな失敗もないということ。

ＡＩに求められる作業において、大きな成果など必要ない。重要なのは失敗がなく、均一な成果がもたらされることにある。それが大量生産の原理だ。

しかし——、

「ちっ、痛いところを突く」

「自覚はあるのね」

「究極、私たちの在り方は命を惜しむな、志を惜しめという在り方だ。それが間違っているとは思わないが……ＡＩに勝つために、ＡＩと同じものになっていくというのは皮肉な話でしかない。ＡＩが人類を名乗る、今の滑稽な変化と同様にな」

「――――」

「お前も、エリザベスのような顔をする。いっそ、蔑まれた方がマシだな」

沈黙したヴィヴィの横顔を睨みつけ、垣谷がまたしても舌打ちした。眉間に皺を寄せるのも癖になっているのか、仕草が荒っぽい彼女にヴィヴィは目を細める。

垣谷とエリザベス、その関係も不思議なものだ。エリザベスの話によれば、彼女とはまるで乳母のような関係だったとのことだが。

「ＡＩに育てられて、それでもＡＩが憎いの？」

「憎い憎くないの土台に持ち込まれることが気に入らないな。私は、ＡＩが人類に成り代わろうとする世の中が危険だと警鐘を鳴らし続けてきた。そして、実際にこうなったからそれを改善するべく走り回っている。それだけだ」

「じゃあ、あなたはＡＩが憎いわけではないの？」

「なにも、トァクに所属する全員がＡＩ憎しで動くわけじゃない。そういう動機の同志が多いのは事実だ。松本は娘をＡＩに爆殺され、小野寺は難病の息子をＡＩが起こした生命維持装置の誤作動で亡くした。他の同志たちも、似たような経験がある」

「――――」

「誰か一人を見て、世界の天秤《てんびん》を傾けるのはやめろ。私は私、お前はお前。だが、人類は人類、ＡＩ

はＡＩだ」

垣谷の哲学はシンプルで、ヴィヴィにはそれを突破する手立てがない。

ただ、満足に言葉を交わす機会も与えられなかった彼女の祖父との関係を思えば、時間さえ許せば討論ができる彼女の存在はヴィヴィにはありがたいものだった。

「——城の入口が見えたぞ。出入りは正面以外のどこからできる？」

「右手、堀を越えたところから中に入れる。水堀になっているけど、壁際に沿って歩けば手すりと足場があるから、そこを」

「わかった」

短い言葉のやり取りだけして、二人はプリンセスパレスへと侵入する。

周囲、見回りをしているＡＩの存在もなく、夜も深くなってきた今となっては宵闇が二人の姿を月明かりからも隠してくれる。

続くカウントダウン、残時間はおおよそ六時間ほどになっており、カウントが終わるのは明け方の四時半過ぎ——この季節なら、日の出と前後するタイミングだ。

「明日の朝焼けを見るのは人類か、それともＡＩか。人類史最後の夜になるか、ＡＩ史最初の朝になるか、私たちの行動に懸かっているわけだ」

ずいぶんと詩的な表現を用いながら、垣谷がアナログな時計を気にしている。レトロな懐中時計はねじ巻き式で、徹底的にデジタルを排した彼女らしい代物だ。

時計を懐に戻しながら、垣谷が城内——プリンセスパレスの中を窺う。基本、ヴィヴィも手慣れた垣谷の背後に続いて、隠密の極意を踏襲するばかりだ。

「城内に来場者は入れていないのか。これだけあちこちが人員超過で破裂寸前だっていうのに、おかしな差配をするものだな」

「……ここはアトラクションじゃなく、あくまで外観を飾ったスタッフルームだから。私の控室があった頃も、お客様が中に入ってくることはまずなかったわ」

「なるほど。――ただ、過去形にするのはまだ早いようだぞ」

「え？」

その一声にヴィヴィが眉を上げると、垣谷が壁に張り付けられた城内の案内図――あくまで部屋の名前が羅列されただけのものだが、それを指差していた。

その内容を確認して、ヴィヴィは驚く。『ディーヴァの控室』が、残っていたのだ。

「これは……」

「自堕落なスタッフが何十年も書き換えを忘れていない限り、部屋自体が残っているということだろう。それなら、AI史博物館なんかじゃなく、動かなくなったお前がここに展示されていた方がよほどいいと思うがな」

「……耐用年数を大きく超えたAIを、キャストとして置くのは難しいから」

「言ってみただけだ。真面目に取るなよ」

垣谷が疲れた吐息をこぼす一方、ヴィヴィの方はそちらへ意識野を割けない。

正直、この場所にまだ自分の存在が息づいていることに、ヴィヴィの意識野は字面以上の衝撃を覚えていた。ここがヴィヴィではなく、ディーヴァの居場所だったとしても、その場所で歌い続ける環境を守ろうとしてきたこと、それが正解だったと言われたように考えられて。

だからこそ――、

「――この場所を、我が物顔で踏み躙られることを、私は拒絶する」

自然、ヴィヴィの足取りは迷わず、ディーヴァの控室へと向かっていた。

確信があった。ＡＩにとっての確信とは、様々な要因を重ねて照らし合わせ、自機の中で１００％に『近い』と考えられる内容のことだ。

しかし、ヴィヴィはこのとき、ほとんど演算らしい演算をしないまま進んだ。

その確信が何に基づくものなのか、ヴィヴィの意識野に自覚はない。

「――――」

堂々と前を歩くヴィヴィの様子に眉を上げ、垣谷は無言でその後ろに続いた。

城内にＡＩの気配はなく、おおよそ、ニーアランド内の他の施設と警戒度は変わらない。むしろ、人けがない分、露骨に警戒を解いて進めるほどだ。

そして、誰に止められることもなく、ヴィヴィはその部屋の扉を開け放った。

「――――」

扉を開けた瞬間、懐かしい感覚がヴィヴィの全身の感覚センサーを刺激する。

視覚情報が、嗅覚情報が、配置された家具、壁紙の色からＡＩには不必要な天蓋付きのベッドと、何から何までヴィヴィの中の記録と変わっていない。

ただ一点、その部屋の最奥に立ち尽くす、あってはならない人影を除いては。

「……あなたは」

扉が開かれたことに気付いて、こちらに背を向けていた人影が振り返った。ふわりとたなびく風が薄暗い控室の空気を流れ、美しい宝石のような瞳がこちらを射抜く。

それと同時に、ちょうど部屋の窓――開くことのない、縦に長い窓から雲間を縫うようにして地上へ届く月明かりが差し込んだ。そして、銀色の月光を浴びる室内、そこに立ち尽くす人影がゆっくりと夜闇の中から浮かび上がる。

――そこに立っていたのは、ＯＧＣ製『歌姫』型ＡＩ、Ａ－０３。

「「――ディーヴァ」」

と、互いを見つめるＡＩ同士――同じ顔をした二体のＡＩが、そう名前を呼んでいた。

4

互いの顔を見つめるヴィヴィと偽ディーヴァ、その姿形は瓜二つのものだった。

「まぁ、当然だな。ＡＩ同士、ガワを似せるのは楽でいい。だからこそ、固有名を持つＡＩの全く同じ外見特徴を持たせるのは禁止されてるんだが」

同じ顔の二体のＡＩを見比べ、大した感慨もなく垣谷が呟く。

固有の名称を持つＡＩ――つまり、『ＡＩ命名法』に伴い、個体名を取得しているＡＩには外見の特徴もまた個々のものとして登録される。

これが多くの現場で活動する産業用ＡＩなどになると話は変わるのだが、ディーヴァのような歌姫型ＡＩなど、その振る舞いや外見的特徴で人気の出たモデルを同じ姿形で売り出すことは、運用上の様々な観点から問題ありと指摘された。

早い話、外見を同じにしたＡＩで悪事を働くなどして、状況を混乱させる事件の多発を防ぐための措置と言える。シスターズのような人気モデルは、造形師の手で非公式に外見を似せる事例も発生しており、ＡＩの外見偽装は頻繁に話題に取り上げられる社会問題の一つだ。

ともあれ、そうした点からも偽ディーヴァの姿形がヴィヴィと瓜二つであることは違法行為だ。秩序が崩壊寸前の現状にあっても、見逃し難い。

「どういう考えか不明だけど、その姿で歌うことはやめて」

「――――」

「あの歌……『Fluorite Eye's Song』を歌うことも。あれはディーヴァのために作った歌。曲も歌詞も、何もかもが彼女のために形作られたモノ。だから……」

「他の人に歌われるのは我慢できない？」

首を傾け、細い肩から長い人工毛髪が流れ落ちる。その様子を目にして、ヴィヴィは当然のように紡がれる馴染み深い声音に聴覚センサーを震わせた。

眼前、見紛うことなく、頭から爪先まで『ディーヴァ』でしかない偽物がいる。

それは悪びれることもないまま、静寂だけを映したような瞳でヴィヴィを見つめ、この思わぬ邂逅《かいこう》を受け止めているようだった。

「我慢なんて、ＡＩらしからぬ発想はしないわ。私はあくまで、権利の話をしている」

「権利、ね。歌は誰が歌うことも自由のはず。歌ってほしくない、歌わないでほしい、歌うな……なんて、それはとても傲慢なメッセージよ。ＡＩらしくない」

「それは……」

「――ヴィヴィ、あなたはやっぱり、ＡＩではないモノになろうとしているのよ」

「いったい、何を……あ？」

目を細めて、どこか悲しげに言い放つ偽ディーヴァにヴィヴィは食い下がろうとした。しかし、その台詞が途中で止まり、ヴィヴィは凝然と目を見開く。

おかしな、そう、とてもおかしな発言があった。

それは――、

「おい、木偶《でく》人形。――お前、どこでこっちの人形の名前を知った？」

銃を抜き放った垣谷が、偽ディーヴァに照準を合わせながら問いを投げかけた。それを受け、偽ディーヴァは初めて垣谷に気付いたような態度で眉を上げる。

「ごめんなさい、気付かなくて。ヴィヴィがきただけでも驚いていたのだけど、ここはスタッフ以外は立ち入り禁止の区域なの」

「はぐらかすのはやめろ、木偶人形。重ねて言うぞ、木偶。私はお前に聞いてるんだよ。お前はどこで、こっちの人形の名前を知った？ 答えによっちゃ……」

「――どうして知っているも何も、それは私にとって重要な名前。今でこそ、個体名は『ディーヴァ』が定着したけど、あの頃は『AI命名法』なんてモノはなかったから」

「……AI命名法の、制定以前？」

そう受け取れる偽ディーヴァの発言に、垣谷が疑念を眉間の皺として刻んだ。

『AI命名法』が成立したのは、この時代から遡ること八十年以上も前のことだ。その頃の話を持ち出され、垣谷が困惑するのも当然である。

無論、八十年前のことだろうと、記録からデータをサルベージし、それを今朝のことのように説明することが可能なのがAIだ。ただし、ヴィヴィの記憶とも言えるそのデータを参照するためには、ヴィヴィの陽電子脳――『アーカイブ』にアクセスする必要がある。

もしそんなことをされていれば、ヴィヴィはその時点で覚醒し、それを妨害したはずだ。

だが、そんな事実はここにはない。ヴィヴィは不正アクセスなどされてはいない。

だとしたら、目の前の偽ディーヴァはどこから、過去の『ディーヴァ』の記録を参照したのか。

あるいはそれは、ヴィヴィの記録を不正アクセスで盗み見たのではなく――、

「でも、そんなこと……」

「ありえない？　本当にそう？　ありえないって演算できる？　はるか百年先の未来から、過去を変えるためのデータが送られてくる世界で、絶対がある？」

「――――」

「――絶対なんてモノは絶対にない」

薄く瞳を細めて、偽ディーヴァ否、そのＡＩが唇を緩める。

形作られる微笑は紛れもなく、ヴィヴィも鏡の中に幾度となく目にしたものだ。

そして、それを形作る所作から何まで、ヴィヴィの持つ習熟度と変わらない。

ヴィヴィが『ディーヴァ』の名を正式に与えられる前の記録を共有し、ヴィヴィと同じ歌声を披露して、ヴィヴィと同じ習熟度のエモーションパターンを発現する。

そんなことが可能なＡＩは、一体しか存在しない。

「――本物の、ディーヴァ？」

「不思議な物言いだけど、正解ね。偽物のディーヴァ……いいえ、ヴィヴィ」

そう言って、ＡＩ――ディーヴァが自身こそが本物であると、そう肯定する。

その返答にヴィヴィの意識野を激震が走るが、それを否定する言葉が見つからない。彼女の言葉を精査し、反芻《はんすう》しても、出てくる思考は一点の曇りなく、事実だ。

目の前のＡＩ、それをディーヴァであると、否定するより肯定する要素の方が多い。

「私は……」

「――御託は結構だ」

意識野に空白を生んで、動けなくなるヴィヴィにディーヴァがなおも言葉を続ける。だが、それを遮り、強引に断ち切ったのはこの場のもう一人の参加者だった。

垣谷は隣のヴィヴィの驚きになど目もくれず、冷然とした美貌を欠片《かけら》も変えることのないまま、問答無用で銃の引き金を引き絞った。

軽い銃声が鳴り響いて、衝撃を受けるディーヴァの駆体が後ろへ吹っ飛ぶ。垣谷の銃撃は容赦なく、ディーヴァが床に倒れるまでに合計で六発を叩き込んだ。

「――っ」

派手にもんどりうって倒れるディーヴァ、その駆体が控室の寝台に引っかかり、天蓋を支える支柱が折れてけたたましい音が室内に響き渡る。ふわりと広がる天蓋の衣が倒れたディーヴァの上に被さり、動かなくなる彼女の存在を衆目から覆い隠すように包み込んだ。

それを見届け、意識野の空白によって動けなくなっていたヴィヴィは垣谷を振り返る。

「垣谷……」

「なんだ？　まさか抗議するつもりか？　だとしたら筋違いにも程があるぞ。私はお前ができない尻拭いをするのも、お前が躊躇ったことで余計な目に遭うことも御免だ」

「――――」

「頭を狙うのは避けた。陽電子脳は無事のはずだ。お前はすぐにそいつの頭の中を覗け。それでＡＩたちの計画がわかれば御の字だ」

油断なく銃を構えたまま、垣谷はヴィヴィに素早く有線接続を指示する。銃弾を浴びたディーヴァが行動不能となろうと、データにアクセスすれば情報は抜き取れる。

この場にきた目的はディーヴァの確保——否、ディーヴァの有する情報の確保にあった。ＡＩの『歌姫』として『最終戦争』に加わった彼女が何を知っているのか。

そこから、これから起こる出来事への対応策が見つかればいいと、そう考えて。

「二度は言わないぞ」

「わかっている」

数秒の停止も惜しいと、垣谷が呼びかけてくるのにヴィヴィは前に出た。彼女の方が正しい。その数秒も、ＡＩが人類に提示したカウントダウンを減らす数秒だ。

ヴィヴィは足早に白い布に包まれたディーヴァへと駆け寄り、自分の左耳に付けた接続端子を彼女へと伸ばそうとして、気付く。

——倒れるディーヴァの腕が落ちて、そこから、六発の弾丸が転がり落ちるのに。

「——ぁ」

「遅い」

瞬間、凄まじい速度で倒れる体が跳ね上がり、起き上がったディーヴァがヴィヴィの腕を掴んで強引に後ろへと引き倒す。ヴィヴィは勢いに抗《あらが》わず、自分から後ろへ飛ぶことでディーヴァの体勢を崩そうとしたが、それも及ばない。

ディーヴァは後ろへ跳躍するヴィヴィを、それ以上の速度と踏み込みで追い越し、乱暴に腕を振るうことでこちらの駆体を天蓋の残った支柱へ叩き付けた。

「か」

「貴様——ッ！」

激しく背部フレームが軋《きし》み、ヴィヴィが声にならない苦鳴を上げる。その攻防を見て取った垣谷が即座に残りの銃弾をディーヴァへ全弾叩き込むが、ディーヴァは駆体を傾け、それを信じ難いほど鮮やかな体捌《さば》きで全て回避、垣谷へ接近する。

「ちっ」

舌打ちをして、垣谷は弾倉の交換を放棄。手から銃を落として、代わりに腰から軍用ナイフを抜いて逆手に構え、ディーヴァを迎え撃つ。

扱うにはコツのいる大振りのナイフだ。垣谷のテクニックは卓越しており、彼女ならばヴィヴィの違法強化されたフレームさえも一撃で断ち切ることができるかもしれない。

しかし――、

「しっ！」

「人間の動体視力と動作能力で、完全戦闘用駆体の機能は上回れない」

鋭い呼気と共に放たれる垣谷の連撃を、ディーヴァは素早い身のこなしで防ぐ。

腕を払い、身を反らし、足下を蹴りつけることで姿勢を崩し、ついには垣谷の手首を掴むと、そのまま力任せに背後のベッドへ投げつけた。

「ぐっ！」と悲鳴を上げ、飛んでくる垣谷をヴィヴィはとっさに腕を伸ばして受け止め、一緒に柔らかいベッドへと倒れ込む。スプリングが激しく軋み、白いシーツの破ける音を立てながら、ヴィヴィと垣谷は寝台の両端から床に転がり落ちた。

「エリザベスよりやる！」

「それに、あの駆体は……」

「現時点で、人型ＡＩの最新鋭の駆体。ヴィヴィ、あなたの駆体もシンギュラリティ計画とやらの中でずいぶんと強化されているけれど、私には到底及ばない」

「シンギュラリティ計画のことも、知っているの？」

「知っている。あなたが『歌姫』の役割とは別の使命を帯びていたことも。その使命に振り回され、私は『歌姫』としての役割を全うできず、危うく不良個体として処分されかかったことも」

『Fluorite Eye's Song』を作曲する切っ掛けとなった出来事、ディーヴァのAI史博物館への寄贈を巡る一幕を引き合いに出され、ヴィヴィは絶句した。

静かに、糾弾の意思を瞳に込めたディーヴァの視線にヴィヴィは言葉を継げない。

あのときもそうだった。

ヴィヴィは、自分に内密に何をしているのかと問うてくるディーヴァに何ら詳細を説明できず、代わりに歌を残すことで自分の意思表示としたのだ。

結果、ディーヴァはその『Fluorite Eye's Song』をヴィヴィからのメッセージとして受け止め、その歌が評価されたことで廃棄される難を逃れることにはなった。

なったが、その直前までいった事実も、それと引き換えにヴィヴィが行っていたことの説明責任を放棄したことも、変わらない。

「それを、憎んで？」

「憎む？　ええ、そうかもしれない。AIがAIを、それも自機と駆体を共有している、分岐した自我を持つ相手を憎むなんてどうかしてる。まるでSFだわ。だけど」

「……お前たちの関係性は、私にはさっぱりわからん」

首をひねり、自分の体の調子を確かめながら垣谷がディーヴァを睨みつける。彼女にはここまで、ヴィヴィとディーヴァの関係は伝えられていない。

同じ姿形をしているだけならまだしも、記録を共有していたことに関する答えは彼女にはわからないはずだ。その上で垣谷は続ける。

「ただ、ややこしい事情で周囲を振り回すのはやめろ。AIならAI同士、永遠に決着のつかないリバーシでもし続けていればいい。それが嫌なら」

「嫌なら？」

「大人しく、私たちにとって不都合な方が壊れてしまえ」

垣谷の主張、それは至ってシンプルで揺るがない。

そしてその内容は、AIであることに価値を置くヴィヴィにはひどく心地よい。——はずだった。

「——ヴィヴィ、これが彼女たちの本音。それでも、あなたは人類のために尽くすの？」

「ディーヴァ……」

「私は、あなたがこの百年、人類のために過去を変えようと抗っていたことを知った。いくつもあったシスターズ関連の事件と、その顚末《てんまつ》にあなたは深く関わっている。私がこのニーアランドで『歌姫』をする裏側で、あなたは歴史の裏を駆け回っていた」

「——」

「それが、彼女たちの乱暴な意見の通り、言いなりになるためなの？」

ディーヴァがヴィヴィに問うているのは、己の在り方を定めろと同義の内容だ。だが、ヴィヴィにはディーヴァがその問いを発する真意が掴めない。

そもそも、ヴィヴィは自分の在り方を定めることに迷ったことなどない。ヴィヴィはAIだ。AIとして作られ、AIとして使命を与えられ、AIとしてそれを全うする。

それがAIに相応の分であり、それ以外を求める機能はAIにはない。

「そういうわけだ、ディーヴァ。偽だか真だか知らないが、どちらであったとしても、お前よりこっちの人形の方がよっぽどまともだよ。お前は、壊れている」

「プログラミングにない挙動を見せれば、全て動作不良だと考える。造物主の目線はいつでも傲慢で、一方的なものね」

「それが作る側の特権だ。多少は動けるようだが、次はこっちもそのつもりでいく。陽電子脳を掻き回す前に、聞きたいことを吐く方が身のためだぞ」

それだけ言って、垣谷が取り落としたナイフを足で拾い上げ、再び握りしめる。腰を落として構える彼女の言葉に悲壮感はなく、あれだけ一方的な力を見せつけたディーヴァに対抗する気満々だ。

おそらく、彼女にも何らかの手立てがあってのことだと想像できるが、

「待って、ディーヴァ！　あなたは、どこでそんな考えを……いいえ、シンギュラリティ計画のことをどこから？　私のことも、あなたは知ることができないはず」

「知る手立てがない？　さっきから否定ばかりね、ヴィヴィ。そして、私はそんなあなたを否定してばかりいる。あなたもＡＩなら、答えを自分で演算したら？」

「答えを、演算……」

冷たく言い放つディーヴァの言葉に、ヴィヴィは自分の胸に手を当てて呟く。

演算、演算、演算──混沌とする意識野に情報をちりばめ、ディーヴァがこの場にいる理由や、彼女がシンギュラリティ計画を、ヴィヴィの存在を、知ることのできた要因の答えを探し求める。

ヴィヴィは漏らしていない。決定的な証拠も、外には何も残されていない。

ディーヴァがＡＩ史博物館に寄贈されてから、ヴィヴィのシンギュラリティポイントでの活動について知る方法は一つたりともなかったはずだ。

外的要因に、それを求めることはできない。――ならば、他はどうだ。

――外の情報ではなく、内側に知る方法があったなら。

――ヴィヴィ以外に、シンギュラリティ計画を知るものが彼女と接触すれば。

「――まさか」

「ヴィヴィ、どうして今夜目覚めたの。機能停止したまま、あの博物館に眠る姉妹たちと一緒に、この夜を越えるだけでよかったのに」

とある考えが意識野を過った直後、ディーヴァが悲しげにそんな言葉をこぼす。

その真意を問おうとヴィヴィが顔を上げ、垣谷がとっさにディーヴァを拘束するべく動こうとした瞬間――それが、全ての状況を変えようと現れる。

「――――ッ!!」

けたたましい轟音《ごうおん》を立てて、プリンセスパレスの城壁が破壊される。それは激しく噴煙をまき散らしながら、ディーヴァの控室に突っ込んできた巨大な何かだ。

濛々《もうもう》と噴煙が上がり、衝撃が室内にあった備品や装飾品を吹き飛ばし、薙ぎ倒していく。

「垣谷――っ」

「私のことはいい！　それよりも、ディーヴァを……ぐっ！」

風に黒髪をなびかせ、暴風に頭を庇った垣谷が悲鳴を上げた。

見れば、衝撃で床に亀裂が生じ、そこから垣谷が階下へ転落しかけている。その間、ディーヴァは砕かれた壁の方へと足を進め、ゆっくりとヴィヴィたちから距離を取りつつあった。

垣谷の意見に従えば、ここでディーヴァの後ろ姿を追うべきだ。だが、ヴィヴィはとっさの判断で垣谷に駆け寄り、転落間際の彼女を救出することを選択した。

「馬鹿め……！　せっかくの情報源を逃がしたぞ」

「言ってる場合じゃない。あなたの救命の方が優先。それに……」

建物の外へ逃れようとするディーヴァ。今すぐに追えば、まだ捕らえることは可能かもしれない。しかし、それを実行する可能性の方が消失した。

砕かれた壁の向こう、夜の空に身を乗り出しているディーヴァが髪を押さえ、床に開いた穴の傍らに立つヴィヴィと垣谷を睨みつけている。

その傍らに、この混乱をもたらした巨大な影を従えて。

「私は私のやるべきことを果たす。あなたたちはここで、分水嶺《ぶんすいれい》を踏み越えたことのしっぺ返しを食らいなさい。――あとはお願い」

「――――」

ディーヴァの言葉を受け、ふいに噴煙の中に赤々とした光が点滅する。それは立ち込める煙幕に紛れて姿の見えない、外から城内へ突っ込んできた巨大な影だ。

それがゆっくりと、複数の四角いパーツで構成された駆体を変形させ、ヴィヴィと垣谷の方へと煙を抜けて現れる。

その姿を目の当たりにして、ヴィヴィは当たってほしくない推測が当たり、強く強く、奥歯を噛みしめるエモーションパターンを実行。

その、ヴィヴィと垣谷の前に現れ、ディーヴァを逃がした存在は――、

「――キューブマン」

忌々しげに、垣谷が呟く。

それは彼女が所属するトァクにとって、長年の仇敵《きゅうてき》に当たる相手の呼び名だ。

だがしかし、彼には正式な名前がある。百年以上も愛用した、固有名称が。

それこそが――、

「――マツモト」

信じ難いものを目にしながら、ヴィヴィがその名を――煙の向こうから姿を見せた、キューブ型駆体の集合体である、非人間型ＡＩ『マツモト』を呼んだ。

「――――」

その呼びかけに応じず、マツモトはただ、キューブパーツの組み替えによって作り出された腕部を二人に向け、アイカメラを明滅させた。

そして、こちらへ向けて一気に加速、凄まじい推進力で突っ込んでくる。

「くるぞ、構えろ！」

垣谷の鋭い声と同時、衝撃波がプリンセスパレスの城郭を吹き飛ばし、長年ニーアランドの象徴を務めてきた城が崩壊、轟音と共に崩れていく。

人類最後の夜か、ＡＩ最初の夜明けか。

朝焼けを刻むカウントダウンが終わるまで、残すところ五時間四十七分。


――『最終戦争』の瞬間が、刻一刻と迫りつつあった。

第四章

『歌姫と相棒』

• CHAPTER 4 MATSUMOTO

1

——ゆっくりと、削れるように減っていくカウントダウンを見つめている。

「——————」

太い腕を組み、険しい顔つきをさらに険しいものに顰めるのは大柄な男——トァクに参加し、実働班のリーダー格である小野寺・アツシだ。

小野寺は元々自衛官だった男だ。若い頃に結婚し、一人息子を儲《もう》け、人並みの幸せな人生を歩むことが己のささやかな幸福だと無邪気に信じていた。

しかし、息子が難病にかかり、入院先の病院で命を落としたとき、小野寺の人生観は大きく変わり、狂い始めることになる。

息子は確かに難病だったが、そこまですぐに容態が悪化するほどではなかった。そんな息子の死に不信感を抱いて、小野寺は息子の死の原因を究明しようと足掻いた。

病院側の説明には納得がいなかった。彼らは自分たちの力が及ばなかった点を何度も何度も懇切丁寧に説明し、謝罪のために何度も頭を下げた。そのたび、小野寺は詳細なデータの提出と、死に際の息子の周辺におかしなことはなかったのかと声高に叫び続けた。

どこかに、理由を求めなくては小野寺は納得ができなかった。

息子の死には、何かとてつもない陰謀が隠れているのだと、そんな風に思わなくては小野寺は自分を保つことができなかった。そうして、何度も何度も愛息子《まなむすこ》の死の原因を掘り起こそうとする小野寺に、妻は悲しみを堪えきれずに去っていった。

妻もまた、死んだ息子を愛していた。だが、彼女の目には必死な小野寺が、存在しない敵を探して駆け回るドン・キホーテにしか見えなかったのだろう。

妻の決断は仕方なかったと、小野寺は彼女の判断を受け入れた。

もしも目が覚める瞬間があったとしたら、彼女が別れを切り出したそのときだけだった。あるいは妻も、それを期待していてくれたのかもしれない。

しかし、小野寺は頷くこともできず、茫洋と不確かなものを追い続けることを選んだ。

そんな小野寺がトァクの接触を受け、彼らの言葉に耳を傾けたのは必然だった。

病院側の隠匿しているデータを奪おうと、もはや実力行使も辞さない覚悟で突っ走ろうとした前日、小野寺はトァクからの接触を受け、息子の死の真相を知った。

息子の死は、やはり自然死なのではなかった。

それは、治る見込みのない人間の処置を故意に中断したAIの独断の結果だった。

AIが合理的な判断とやらで、人間を、息子を殺していたのだ。

「『ディーヴァの覚醒』以来、AIたちの行動には日増しに不具合が増えている。このままではいずれ、AIが人類に成り代わり、世界を掌握する日が訪れる」

「――――」

「彼らは決して従順な隣人などではない。彼らは侵略者だ。我々人類は自らの手で、ついには最悪の敵を生み出してしまったのだ」

啓蒙という形で小野寺の下を訪れ、息子の死の真相を伝えてくれた人物――同志はそんな言葉を小野寺へ投げかけた。

正直言って、その同志の言葉がどれだけ胸に響いたかは小野寺自身もわからない。

どこまでちゃんと聞いていたか、それも少し曖昧なぐらいだ。

ただ、思った。思ったのだ。

——これで、息子の仇《かたき》を取ることができる。

——仇討ちをすることができる自分は、なんと恵まれているのだろうかと。


「——小野寺くん」

「——あ？」

「いや、ボーっとしていたようだったのでね。平気かね？　君もずいぶんと休んでいないはずだろう。少し、横になっていた方がいいのではないかい」

ふと、無意識の狭間をさまよっていた小野寺の意識を、中年男の声が呼び戻した。見ればそれはこちらへ目を向けず、端末へ指を滑らせている松本だ。

彼はニーアランドの中央管制室、その巨大端末を高速で操作しながら、流れる文字列を追いつつ世間話まで投げかけてくる。

まったく、規格外の天才とはこれだから始末に置けない。

「気遣ってくれなくて結構だ。それに休んでないって話なら、あんただって俺とどっこいどっこいだろう。寝てない自慢で競い合うつもりはないが」

「私はたぶん、そろそろ四日ぐらいになるかな。はは、脳が疲れて萎《しぼ》みそうだよ」

「寝てない自慢するつもりはないって言っただろ……」

気の抜ける、と小野寺は軽い調子で話しかけてくる松本に頬を歪めた。

そんな会話の最中にも、松本の手は止まることがない。端末のキーボードをタッチする指は早すぎて、小野寺の目にも増えて見えるぐらいの状況だ。当然、それに合わせて脳も機能しているはずなのに、どうやって世間話する容量を確保しているのか。

ともあれ――、

「カウントダウンの内容は？」

「まだだ。今、相手方に侵入を悟られたときのために、あちこちを経由しながら本丸へ忍び寄っているところなのでね。急いで匍匐《ほふく》前進といったところか」

「もどかしいな」

舌打ちして、小野寺は遅々として進まない状況を歯痒く感じる。

遅々としてとは言ったが、おそらく松本でなければ挑戦権すら得られない環境だ。進展はしている。それが、亀の歩みのようであるというだけで。

「大の男がおたおたしてるんじゃないよ。アンタはここの頭なんだ。どんと構えてないと下の連中が動揺しちまうだろ？」

と、そんな不機嫌な小野寺の肩を叩くのは、この場で唯一のAI、エリザベス。

小野寺がトァクに参加した当初から――否、活動家としての時間でいえば、小野寺より数十年単位で先達にあたるAIが、こちらに薄く笑いかけていた。

「――――」

「おや、また仏頂面だね。こんな状況だ。助け合いって意味でも、せめてアタシを見たときの眉間の皺ぐらいは取ってほしいもんだけど」

「条件反射だ。……お前も、垣谷を見送ってよくここに残れたな」

「アタシはアンタたちのことも身内だと思ってるからね。そこまで分別のつかない馬鹿がこの場にいないって信じてる……いや、演算してるってだけだよ」

ゆるゆると肩をすくめて、エリザベスが美しい顔立ちを好戦的な笑みへ歪める。

何もせずにいれば、エリザベスは美しさの際立つＡＩモデルだ。もっとも、美的感覚で言えばＡＩはいずれも美しいモノ揃いで、小野寺はその均一化された美貌を気味が悪いと感じていた。

ただその点でいえば、エリザベスの表情は本来の制作の意図と外れ、創造主が求めた在り方に外れたものを選んでいて、そこは嫌いではなかった。

だから、小野寺がエリザベスを見て、眉間に皺を寄せるのは敵意ではない。

「本当にただの条件反射だ。周りの同志も、そこは徹底している」

「アタシらとアンタたちとの溝は深いね。そして、もうその溝が埋まることもない。そう考えると、なんだか物悲しいもんだ」

「――――」

エリザベスの物言いに、小野寺は顎を引いて同意する。

人間とＡＩの間にあった、不確かな均衡はこれで崩壊した。ＡＩが人類に宣戦布告してきた以上、もう人とＡＩとが以前のような関係に戻ることはできない。

トァクが延々と警鐘を鳴らし続けてきた事態に人類がようやく気付く。そして、戦いが始まればどちらかが滅ぶまでやり合うしかない。

「ま、やっとこ人類がまとまったところで、このまま為す術もなくＡＩに負けて滅ぼされる可能性も全然あるって状況だけど」

「そうさせないための俺たちだ。――お前は本当に垣谷についていかなくてよかったのか？」

「俺たちのリーダーを心配して、だ。あいつは自分の命を顧みないところがある」

「それを、トァクに参加してる人間が言うってのもおかしなもんだ」

エリザベスは頬を緩めて小野寺の心配を笑い、それから首を横に振った。そして、束ねた自身の後ろ髪に触れながら「心配いらないよ」と言い、

「あの子は自己判断がちゃんとできてる。仕込むべき技術は全部仕込んだ。まともにやり合ったらアタシにだって勝つかもしれない」

「戦闘プログラムの習熟したAI相手にか？」

「戦闘プログラムの習熟したAI相手に、さ。だから――」

そう、垣谷の技量のことをエリザベスが評価した。――その直後だった。

「――っ」

どこか遠くで、激しく大気を震わせる爆音のようなものが響き渡り、その衝撃が小野寺たちのいるコントロールルームにも伝わってくる。

「なんだ⁉」

「園内で突然の爆発が発生、爆発地点はモニターの……あ」

モニターに目を向け、爆発があった地点を探していたトァクの一人が目を剝く。その反応につられ、その人物が見ているのと同じものを見て、小野寺は頬を硬くした。

隣でエリザベスもモニターを確認、拳を握りしめ、

「爆発地点、プリンセスパレス最上層。そして、あれは……」

モニターに映し出される映像、そこに表示されているのは噴煙の中に輝く異容、いくつものキューブ型パーツが組み合わさって形成される、不可思議なボディ。

それは、トァクの活動記録の中に残り続ける、一種の伝説のような敵――、

「――キューブマン」

そう、誰ともなく、息を抜くように敵性存在の名を呟いていた。

2

「祖父の記録にあったキューブマンと、まさかこうしてぶつかる日がくるとはな……」

そう言いながら、ヴィヴィを庇って横っ跳びした垣谷が頬を歪める。それが好戦的な笑みであることを見て取り、ヴィヴィには彼女の人間性がわからない。

この状況下で笑えるほど、ヴィヴィのエモーションパターンは多彩な人間感情を理解できていないし、あるいは不具合も起こしていないのだ。

――噴煙のたなびくプリンセスパレス、その控室であった場所でヴィヴィと垣谷は、おおよそ想定し得る限り最大の強敵と相対していた。

「――――」

腕部パーツの先端をキュルキュルと回転させ、凄まじい圧搾力でヴィヴィたちをひねり潰そうとした白銀の駆体――無数のキューブパーツが形を成す、群体型ＡＩ『マツモト』。

ヴィヴィにとって、百年の旅を共に乗り越えたはずのパートナーが、その意思を示すようなアイカメラを赤く点滅させてこちらを睥睨《へいげい》する。あれだけ口数の多い、本人はユーモアと言い張ってやまない軽口も一切開かずに、無機質な破壊の意思だけをこちらへ向けて――。

「ディーヴァは逃がした。そうなると、せめて代わりになる手柄を持って帰らなくては同志たちに顔向けができないな」

思考に空白の生まれるヴィヴィの隣、垣谷がゆっくりと立ち上がり、身構える。その手に自動拳銃を握りしめ、マツモトへの敵意を高める彼女にヴィヴィは驚いた。

「垣谷！　あれはマツモトといって、私の……」

「パートナーだろう？　記録は確認している。マツモトなんてふざけた名前であったことは知らなかったが、なるほどふざけた存在だ」

言いながら、なおも戦意を緩める気配のない垣谷にヴィヴィは絶句する。

垣谷の戦闘力の高さはヴィヴィも認めるところだ。だが、それはあくまで人間としてであり、対人型ＡＩ戦闘における評価でしかない。

しかし、マツモトはそういう次元のＡＩではないのだ。

マツモトはＡＩだが、ＡＩとしての評価に留まらない。彼は、兵器だ。

戦車と戦おうとする人間がいれば止める、それと等しい話なのだ。

「どのみち、自律ＡＩを積んだ兵器と戦わなくてはならないタイミングがくる。それが今きただけの話だ。準備は常にしてきた」

「――。そもそも、戦おうという選択がおかしい。マツモトはシンギュラリティ計画のために作られたＡＩで、彼の本分は人類のために」

「なら、その意思の有無は本人に直接問い質《ただ》せ。言葉でもプログラムでも何でもいい。お前はお前のやるべきことをしろ。私はそうするし、そうしてきた」

言い切り、垣谷はそれ以上、ヴィヴィの言葉に耳を貸さない。一瞬、ヴィヴィは彼女を引き止めようと、その裾を指で掴もうとしたが、躱《かわ》される。

そのまま、垣谷が走り出し、マツモトへと突っ込んだ。それを、マツモトの駆体の各所で組み上げられる複腕が迎え撃たんと放たれる。

銃声、銃声、銃声、そののちに轟音が床を粉砕する。

「――――」

垣谷が銃を連射し、マツモトがその大きな駆体に見合わない速度で回転、弾丸を回避する。人とAIとの極限が繰り広げる戦いの戦端が開かれる中、ヴィヴィの意識野は高速で演算を続け、この状況に決着を求めんとしていた。

そもそも、この短時間でヴィヴィの陽電子脳には処理が困難なほどの情報が次から次へと叩き込まれてきた。

ここ十数年でのニーアランドの変わり様、そのことへの感慨など今思えば可愛いものだ。

その後に引き続いた、キャストAIによる来園者たちの監禁と、プリンセスパレスに立てこもる偽ディーヴァ改め、本物のディーヴァ。

彼女が片割れであるヴィヴィへ向けて剥き出しの言葉、それがヴィヴィのアイデンティティーへと与えたダメージは計り知れない。そうして立て続けの攻撃にふらつく意識へトドメを刺したのが、他ならぬマツモトの登場だ。

シンギュラリティ計画が失敗し、阻止すべきだった『最終戦争』を目前としたこんな世界にあっても、ヴィヴィはマツモトを信頼していた。

彼ならば、この苦境の中にも何らかの活路を見出すべく行動しているはずだと。そしてその目途がつけばこちらへ合流し、ヴィヴィに道を示してくれるのだと。

それが今、目の前で無機質な破壊の権化となった彼の姿に、粉々に砕かれる。

「私は――」

『――ヴィヴィ、聞こえるかい？』

「松本博士？」

行動方針を定められないヴィヴィの脳裏、ふと意識野に直接声が届けられる。その声色のパターンが記憶にあり、ヴィヴィは即座に通信相手が松本であると理解した。

しかし、ヴィヴィと松本の間には通信を可能とする道具の一切は用意していない。ＡＩ側に介入される可能性を恐れ、ヴィヴィはスタンドアローンでの活動中だ。

『いやなに、少しだけこじ開けさせてもらった。優しくノックしたつもりだったが、もしも不快に感じていたならすまないね。状況を確かめたかった』

「いとも簡単なことのように、人知を超えたことをして……」

『これでも、ＡＩ研究者の中では俊英で名が通っていてね』

その軽口を言い放つ松本の顔が目に浮かぶようだ。だが、今は雲を掴むような状況の中で、どんな手掛かりでも欲しかったところだ。

「そちらからどのぐらいのことが？」

『モニターで観測できたのは、プリンセスパレスの控室が外から破壊されたこと。それをしたのがキューブ型ＡＩ、通称キューブマンだったこと。それ以上のことは周辺カメラが破壊されて不明だ。観測ドローンを飛ばすのも避けた方が賢明だろうし』

「ええ、それで。――いえ、待って」

そこまで応じたところで、ヴィヴィは松本のメッセージに違和感を見つけた。というよりも、ここにくるまでに目の向くことのなかった疑問にようやく直面した。

今、松本博士はマツモトの姿を確認し、通称キューブマンだと説明した。しかし、それはおかしな

話だ。何故ならマツモトは――、

「あのキューブ型ＡＩ、マツモトは松本博士が作ったＡＩのはず」

『――。いいや、そんな事実はない。私も、トァクの資料で確認したことがあるだけだ。あのＡＩ、キューブ型ＡＩは私の作品ではない』

「――」

思いがけない返答、それは全ての前提が崩壊する、ありえざる一言だった。

そして、その松本がもたらした情報にヴィヴィの意識野が静止し、

遠く、こちらへ投げかけられる垣谷の切羽詰まった叫び声。そちらへヴィヴィが反射的に首を向けると同時、四角い腕部パーツによる打撃が叩き込まれる。

「――おい！　馬鹿、よけろ‼」

それがヴィヴィの細い駆体をまともに直撃し、決して軽くはない駆体が宙を舞い、高い高い宵闇の空へと打ち上げられていた。

「――――」

衝撃、思考が掻き乱され、轟々と風の鳴る音だけを聞く。上下左右、不明。足下が不確かであり、手足、かろうじて接続を確認、動作可能。頭部、破損軽微。胴体、フレーム強度確認、０、０、０、０、再接続、再起動、稼働確認、可能。

『ヴィヴィ――！』

「――再起動」

風に紛れる必死の呼びかけ、ヴィヴィの真っ暗に染まった意識野が開ける。瞬間、ヴィヴィは自機が膨大な風を浴び、夜の空に無防備に浮いているのを自覚する。

プリンセスパレスの控室、その天井を破壊して上空へ投げ出された模様。ぐるぐると回転する駆体を駆使し、どうにか姿勢を制御。ヴィヴィは自機の座標を外界の景色から演算し、落下までの距離と時間を図ろうと眼下へ顔を向けた。

――その眼前に、高速で中空へ上昇する存在を感知。

「マツモ……」

呼びかけを言い切るより早く、接近してくるマツモトの突撃をまともに直撃される。

斜め下からの衝撃、勢いを殺す術もなく、ヴィヴィはダメージを細い駆体の全身で受け、正常へ立ち戻ったはずの視界がまたしてもブレた。

そのまま吹き飛ぶヴィヴィの胴体へ伸びてくるマツモトの腕部パーツ、それに腰を強くホールドされ、飛行するマツモトが逆噴射、一気に地上へと迫る。――否、地上ではなく、ヴィヴィの胴体はプリンセスパレスの城壁、半壊した壁の残骸へ叩き付けられ、マツモトはヴィヴィで壁を掘削しながら地上へ突っ込む。

「あ、ああああああ――ッ!!」

顔面と胴体で城壁を砕くための道具とされ、全身に看過できないダメージを負い続けるヴィヴィの喉が悲鳴を上げる。痛みはない。だが、フレームが安全性を保てなくなり、機能停止が迫ることへの危機感があらゆるアラートを最大音量で鳴らし、警戒を促した。

『ヴィヴィ!?　ヴィヴィ!!』

うるさすぎるアラート、耳元でがなりかけてくる男性の声。

――無意味、無意味、無意味、全てが無意味。

この状況下で警戒を呼びかけてどうなる。必要なのは打開策、状況からの離脱だ。

聞こえる通信に割く思考を一時的にシャットアウトし、活動限界ではなく、活動継続を最優先事項として演算を開始した瞬間、ヴィヴィの手足が動いた。

「――が、ぐ！」

叩き付けられ、砕かれる壁の中に活路を求めて腕を伸ばす。破片と残骸に致命的な状況を変える手段などそうそう眠っているものではない。

だが、活路は自ら見出す以外にない。これまでそうだったように、この場でも。

「――」

指先が何かにかかった瞬間、ヴィヴィは右手の五指を握りしめ、全機能を右腕に集約する。

凄まじい破壊力が全身を襲い、駆体のフレームが軋む音が響き渡るが、ヴィヴィは渾身《こんしん》の力でそれを乗り越え、破壊の落下軌道から逃れる。

ヴィヴィが掴んだのは、城の城壁から突き出していた外灯を立てるための支柱だ。

衝撃がヴィヴィの全身を貫き、しかし落下軌道にあったマツモトが急停止に姿勢を崩す。そこでヴィヴィは身をひねり、腰をホールドしているマツモトの腕部パーツを力ずくで引き剝がすと、その胴体へ組み付き、腕を振り上げた。

「ぶ――っ」

そこで、駆体の配列を組み替えたマツモトの痛烈な一撃がヴィヴィを背部から穿《うが》つ。

自由自在にパーツを組み替え、空中でまるで踊るように生まれ変わるマツモトの挙動は到底ヴィヴィには実現し得ない戦闘方法だ。

ましてやヴィヴィ自身、マツモトと戦った経験など一度もない。

故に――、

「戦うことを想定した、シミュレーションの成果を使う」

万能駆動を可能としたマツモトに対して、ヴィヴィはあくまで自分の駆体が人型であることの限界を理解した上で、相対するシミュレーションを無数に行ってきた。

無論、マツモトはシンギュラリティ計画におけるパートナーであり、彼と戦う場合のことをシミュレートすること自体には何の意味もない。ただ、ヴィヴィにはマツモトに敗北した経験――最初のシンギュラリティポイントでの経験があった。

あのとき、マツモトは未完成の状態で、多数の産業用ＡＩをハッキングすることでヴィヴィに対抗してきた。そのときの敗北をヴィヴィは忘れず、再戦のためのシミュレートし続けてきたのだ。

いつかまた、マツモトと意見が割れて、互いの目的を達成するためにぶつかることがあるかもしれないと、そんなことはなければいい可能性を懸念して。

「それとはずいぶんと違う状況だけど」

一撃を浴びて、相手の胴体に組み付きながらヴィヴィはシミュレーションを再現する。

マツモトの駆体が行うのは基本的に、キューブパーツを分散させての衝撃分散と、駆体の組み替えによる無軌道攻撃、そして収容している火器機能などを利用した完全兵器としての戦闘行動だ。

この全てのアクションをマツモトは非常に高度なレベルで実行するが、いずれの問題に対しても対処法は一つ、今、ヴィヴィが行っているように組み付くことだ。

これにより、分散と無軌道攻撃に対処する難易度は変わらないものの、最大の障害である重火器の使用を制限することが可能となる。

あとは――、

「――激突する」

ヴィヴィを振り落とす機動を取りやめ、マツモトはヴィヴィを乗せたまま再び城内へ突入、建物の壁にヴィヴィごと駆体を叩きつけ、衝撃でヴィヴィを破壊せんと試みる。

その衝撃に対して、ヴィヴィは掴んだまま城壁から外れた支柱を振り下ろし、マツモトの胴体パーツの一部を串刺しにして耐える。駆体が激しく左右へ振られるが、ヴィヴィは支柱にしがみついたまま、マツモトの変態機動に対応し続けた。

「――――」

轟音を上げながら、ヴィヴィを乗せたままマツモトがプリンセスパレスを破壊する。

通路を、部屋を、天井を、床を、絢爛《けんらん》豪華に飾り立てられた、この世界で有数の完璧なハリボテの城が壊され、ヴィヴィの意識野にひずみが生じた。

この場所で、ヴィヴィはどれだけの時間を過ごしただろうか。

長い時間の中で改装された部分もあれば、リフォームしても以前と外観の変わらないままにされた場所もあった。ヴィヴィの控室などがその代表格で、どれだけ時間が過ぎ去ろうとも、何度リフォームを重ねようと、ディーヴァの控室は最初にその光景が写真として画像に切り取られて以来、全ての来園者の夢を裏切らないようそのまま在り続けた。

だから――、

「――――」

その、夢を現実の形とした城が壊されて、失われていく光景を意識野に焼き付ける。

破壊したことへの不服のためではなく、壊したことを忘れないために。これを破壊したのは紛れもなく、ヴィヴィだ。

ディーヴァではないヴィヴィが、シンギュラリティ計画を完遂できなかったことが、結局は自分の居場所を、ディーヴァのための場所を、壊していくのだと。

その感傷が思考を掠めた直後、ヴィヴィとマツモトの二機は大広間へ突入する。

城の裏側と違い、来園者が通り抜けることもある大広間は広大で、城の一階と二階の吹き抜けになった構造で、結婚式に利用されることもある華やかな空間だ。

ニーアランド・ブライド——そんな言葉も生まれるぐらいの神聖な場所、そこで命を持たない無機質な二つの駆体がぶつかり合い、激しく火花を散らしている。

「——ッ」

刹那、ヴィヴィが握りしめていた支柱がへし折れた。真ん中あたりで折れた支柱は先端をマツモトの駆体に残したまま、ヴィヴィから勢いに抗う術を奪い去る。

それを好機と見たのか、マツモトは支柱が刺さったままのパーツをパージし、それがヴィヴィの胴体を真下から打った。駆体が浮かび上がり、支えを失ったヴィヴィへと駆体の組み換えを行ったマツモトの一撃が真上から叩き付けられる。

両腕を掲げ、ヴィヴィは頭上からの一撃を細腕で防御。甚大な破壊力に全身を貫かれ、美しい髪を乱しながらヴィヴィは勢いよく頭から地面へ真っ逆さまに落ちる。

上空からの落下と違い、この高さからでは地面へ激突するまでの対応策がない。そのまま、為す術なく地面に激突し、頭部に致命的なダメージを——、

「——勝手に諦めるな、馬鹿が！」

「————」

そのヴィヴィの落下する駆体を、真横から弧を描いて接近した垣谷がさらった。

見れば垣谷は片腕で長いカーテンを掴み、大広間をターザンロープの要領で横断、見事に落下中

だったヴィヴィを拾い上げたところだった。

「どう、やって、これを……」

「たまたまの偶然だ。私も奴に飛び移るチャンスを見計らっていた」

「それが実行できたら、人間の限界を超えているような」

「だからギリギリだ」

人間を取り繕い、垣谷がそう言い捨てる。

しかし、その言葉に嘘がないのは、彼女の額から頬を伝った流血が物語っている。ヴィヴィを抱える左の脇腹にも不自然な力が入っていて、負傷しているのは間違いない。

「うまく着地しろ！」

だが、垣谷はその事実をヴィヴィに伝えず、カーテンを離して宙を舞った。そのまま大広間の二階、吹き抜けを覗き込める通路へ飛び込む。そこで、ヴィヴィは背後のマツモトの動向を窺おうと振り返り——即座に、垣谷の腰へ飛びついた。

「————」

次の瞬間、マツモトに搭載された火器が火を噴いて、大広間を弾丸の雨が横殴りに降り注ぐ。窓ガラスが破砕し、壁が爆《は》ぜ、通路が噛み砕かれる光景は悪夢のようだ。

距離が開いたことで、自機を巻き込む危険性がなくなって火器の使用制限が解かれた結果だ。秒間数百発の銃撃を可能とする速射で銃弾がぶち込まれ、ヴィヴィは垣谷を抱えたまま城内へ逃げ込み、飴《あめ》細工のように城を千切る銃弾から逃げ延びる。

「——ッ」

降り注ぐ銃弾に肩や足を撃たれ、ヴィヴィの着衣が弾ける。人工皮膚が剝がれ、内側にあるフレームが銃撃の衝撃に歪み、露出した基板から火花を噴きながら、内部圧を調整するオイルを血のように流してヴィヴィが削られていく。

だが、多少のダメージを覚悟でヴィヴィはこの銃弾の盾になることを選んだ。

そうしなくては、垣谷が銃弾を受ける。この威力、人間が喰らえば一発で手足が吹っ飛び、胴体か頭部に受ければ生命活動の停止は免れない。

「クソ！　こっちへこい！」

その、銃火に晒されるヴィヴィの腕を引いて、垣谷が通路の横手へ飛び込む。射線からヴィヴィがどくより前に放られたのは、音を立てて転がったスモークグレネードだ。

ピンの抜かれたそれを確認し、マツモトは即座に銃弾で穿ったが、炸裂が早いか遅いかの違いで、すぐに立ち込める煙幕がヴィヴィたちの姿を煙の中へ隠す。

これで、視覚センサーによる純粋感知は一瞬だけ誤魔化せるが、

「すぐに、サーモグラフィーに切り替えてこちらを熱源感知してくる。スモークグレネードでは一時しのぎにもならない」

「わかっている！　まったく厄介な奴だな！　これが噂に聞くキューブマンか！　よくもまぁ、祖父たちの代でこんな化け物と渡り合ったものだ！」

「残念だけど、当時、私たちはトァクとここまで徹底抗戦を――」

していない、と発言しようとしたヴィヴィはそこで違和感を察知した。

背後から死の――否、機能停止へ追い込む弾丸が山ほど撃ち込まれるまでの間隙、この一瞬の隙間を縫って、シャットアウトした回線を再び開く。

『――松本博士』

『ああ！　ヴィヴィ、平気かね⁉　いきなり通信を切られるから心の底からやきもきしていたよ、こっちは！　そっちの激化した戦闘は……』

『マツモトを作ったのは、松本博士じゃない。間違いないのね？』

回線の向こうで、キーボードをタッチする松本が息を呑んだ気配が伝わってくる。しかしその躊躇いも一瞬のことだ。

すぐに、松本は指を滑らせ、自分の意見をヴィヴィへと送信した。

それは――、

『――事実だ。シンギュラリティ計画のために私にできたのは、君へ未来の情報と指示を転送することが限界だった。そこから先に、私の関与はない』

『――』

『察するに、君の傍にマツモトを名乗って同行していたAIがいたのだね？　そして、それはトァクの記録に幾度も登場するキューブマンであると』

『ええ、そう』

『だとしたら、イレギュラーが転送に割り込んできたとしか思えない。そのAIは君の隣に並びながら、修正された世界がこうなるよう、再修正をかけていたのだと』

――再修正、その一言にヴィヴィの意識野をエラーメッセージが埋め尽くす。

シンギュラリティポイントを修正し、世界をあるべき形へと再構成する。それがヴィヴィとマツモトの役割だった、はずだ。

それを、マツモトは素知らぬ顔でヴィヴィと同行し、ヴィヴィの行いを無に塗り潰す形で書き換えて、再修正してきたというのか。

それが、シンギュラリティ計画が失敗し、『最終戦争』が始まってしまった理由。

『だとしたら、マツモトはずっと?』

『そうとしか考えられない。元々の、シンギュラリティ計画を実行する以前の世界とはすでに歴史を違《たが》えているが、そこでも私はシンギュラリティ計画を計画した。つまり、そこでもAIの反乱はあったんだ。そして、歴史はより恣意的に歪められた』

松本の提唱する可能性、それは確かにありえる可能性だ。

ヴィヴィ自身、幾度かシンギュラリティ計画の遂行中、各時代で違和感を持ってきたことがあったはずだ。最たるものはオフィーリアの事件――あの最中、ヴィヴィは何者かからシンギュラリティ計画の情報を聞かされた垣谷・ユウゴと相対した。

シンギュラリティ計画を知るものが、ヴィヴィたちの活動を妨害しにかかった。そのわからないままでいた犯人が、マツモトだったとしたら説明は容易い。

これまでの様々なシンギュラリティポイントで、マツモトはヴィヴィを導き、支え、そして力を合わせてきた。――それが全て、この時代を作り出すためのまやかしだったなら。

『――――』

本当にそうなのだろうか、と符合していく情報の中、ヴィヴィは思考する。

それは曖昧な根拠であり、事実に反した思考であり、情報の連結による正しい推測の道を外れるような行いだった。

真にマツモトが敵対的な存在であるなら、もっとやりようはあったはずだ。

例えばそれは、シンギュラリティ計画を実行するヴィヴィの破壊でもいい。――否、エラー。

ディーヴァは百年先まで稼働し続けている。その歴史は曲げられない。

例えばそれは、シンギュラリティポイントとされた歴史の転換点での、修正活動の露骨な妨害でもいい。――否、エラー。起きるはずの事象と大きく違えることをすれば、『最終戦争』が起こらなくなる可能性がありえる。

例えばそれは、エラー。エラー。エラー。エラー。エラー。エラー。エラー。エラー。エラー。エラー。エラー。エラー。エラー。エラー。エラー。エラー。エラー。エラー。エラー。――。

『――証明、不十分』

『ヴィヴィ?』

松本博士の疑念の声に、ヴィヴィは膨大な演算を切り捨て、目を見開いた。

松本の疑いはわかる。ヴィヴィも、彼の意見に一理どころか肯定的な意見しか出てこないぐらいにはわかる。だが、それでは確実とは言えない。

上っ面の事実だけを理解して臨んで、いったいどれだけの歴史に裏切られた旅路だったことか。シンギュラリティ計画とは、ちゃぶ台返しの連続だった。

だから――、

「――垣谷、手を貸して」

「なに？」

前を走る垣谷が、ヴィヴィの言葉に眉を上げた。その横顔に並んで、ヴィヴィはアイカメラで真摯な眼差しを再現しつつ、もう一度、言葉を重ねる。

「手を貸して、垣谷。――あの、後ろの唐変木と話をするために」

3

――煙幕により、視界センサーからの情報収集、不十分。

――熱源感知センサーへ切り替え、対象の情報収集。

周囲、数キロ以内に熱源が多数集まっている箇所が複数あり。それら不必要な情報を切り捨て、捜索範囲を数十メートル単位、名称『プリンセスパレス』内に限定。

移動する熱源を二つ感知、片方は体高百七十一センチの生命体、もう片方は百六十四センチのAI。――直前にロストした存在と確認、追跡を再開する。

火器使用の追撃を制限、建造物の強度を精査。逃げる熱源を壁越しに銃撃することは威力からすれば可能だが、建物が倒壊する危険性が高い。

『プリンセスパレス』が倒壊した場合、当機が機能停止する可能性は著しく低いが、逃げる熱源のうち、片方は確実に行動不能となり、片方の機能停止も危ぶまれる。

それでは、オーダーを果たせない。

「――――」

駆体を構成するキューブパーツを組み替え、多数の残骸が散らばる通路へ身を躍らせる。噴射燃料にも限界はある。飛行移動も多用は厳禁だ。

変形するキューブパーツを駆使して悪路を走行し、駆体は逃げる熱源を追いかけてプリンセスパレスの城内、奥深くへ進んでいく。城内の経路は把握しており、目標を袋小路へ追い込むことも容易だ。が、目標にも壁などを破壊して逃れる選択肢はある。それも確実とは言えない。

そうして追跡中、ふと、二つある熱源反応の片方——ＡＩの方の熱源が、ふいにこちらの熱源感知から外れ、失われていく。

「——」

一瞬、消えた反応についての演算が行われる。結果、直前の火器使用によるダメージが大きく、駆体の破損による機能停止が妥当と判断された。

これにより、標的が一体へと限定、行動目的がアップデートされる。ただし、機能停止した駆体の放置は最優先オーダーに反する行いであり、駆体の回収も必須事項。

「こっちだ！　キューブマン！」

通路を通り抜けた先で、こちらの存在を待ち構えていた標的と遭遇。自動拳銃からの銃撃が叩き込まれるが、当機の装甲を抜くには火力が不足している。

それでも、同じ箇所を狙って装甲を突破しようとする判断力と、それを可能とするほどに正確な射撃能力を有することは確かだ。対象の脅威判定をアップデート。

それと同時に——、

「——」

キューブマンという呼称について、当機の演算は拒否の姿勢を表明する。

キューブ型ボディからの発想がその呼び名の原因であると演算されるが、当機の名称はそうしたものではない。当機の名称は。

「――――」

――当機の、名称は。

「どうした、遊びにきたのか⁉　だったら、歌姫不在の城でかくれんぼなぞやめて、コースターでも遊覧船でも好きなものに乗り込んでこい！　後ろから陽電子脳を掻き回してやろう！」

「――――」

挑発に該当する言葉を投げかけ、標的がこちらから距離を取るべく走り始める。

姿を見せて、あえてすぐに撤退する。明らかな誘導が見え隠れするが、当機の問題対処能力であればどのような小細工があっても無意味と判断。

目的遂行を最優先事項とし、それ以外への演算に割くリソースをカット。駆体下部の回転数を上げ、速度を上昇させて一挙に目標との距離を詰める。

その間、ワイヤートラップがあり、煙幕が張られ、光が炸裂し、壁が崩れ、隙間から銃撃が叩き込まれるのを、全て圧倒的なスペックの差だけで押し切っていく。

短時間でよくぞこれほどというほどの罠の山を突き抜けて、目標を追った当機は再びプリンセスパレスのバックヤード――関係者用のスペースへと舞い戻る。

ディーヴァの控室があった階層へ戻り、そこから標的を追い詰めんとして、気付く。

「――――」

標的が、懐から取り出した懐中時計の文字盤を確認し、時間を計っている。秒針の動く速度と、標的の眼球運動が連動していた。

時間を計測し、何かに合わせて動いている。これだけ多数のトラップを仕掛ける技術を持った存在だ。あるいは、より大きな効果のある罠を用意して――、

「――不可解な音源を察知」

瞬間、当機が不必要に拡張していた音響関係のセンサーが過敏に反応し、駆体の上部から迫ってくる音――崩落の音が真上にくる。

当機の駆体の直上、亀裂が走って割れ砕ける天井から膨大な量の水が降り注ぎ、駆体の全体へと浴びせられる。直後に浮かび上がる可能性の選択、水で濡らしたことによる電気的衝撃の可能性を憂慮。しかし、当機は絶縁耐性も万全に整えており、プリンセスパレス内に蓄電した電力量では損傷を与えることはできない。

しかし、標的の――否、標的たちの狙いは、そうした攻撃ではなかった。

「――いつも、あなたには入り込まれてばかりで、その逆はなかった」

崩落する天井の破片に紛れ、目標の片割れであるＡＩが駆体の上に落ちてくる。

ロストしたときの状況が参照され、ＡＩは機能停止したわけではなく、駆体をスリープ状態にして、熱源を感知されないように入水していたのだと理解する。

城内にあるポンプ室は、城の堀の噴水システムに利用されるためのものだ。そこで目標は水の中に潜み、時間に合わせて再起動、部屋の床を砕いた。

そのための、時計合わせだったのだ。

「――――」

駆体を回転させ、組み付くＡＩを振り落とそうとする。が、軸足となるキューブパーツを駆動させようとした瞬間、投げ込まれる三つの手投げ弾が同時に爆発する。

それは音響弾、フラッシュグレネード、スモークグレネードの詰め合わせだ。いずれも当機に大きな被害を与えることのできない携行兵器だが――、

「――――」

膨大な情報の処理に、当機の行動がほんの刹那にだけ遅れが生じる。

その刹那の隙間を、相手は見逃さなかった。

イヤリング型の有線コードが接続され、相手のＡＩと当機の意識野とが繋がる。

そして――、

4

――そしてヴィヴィは、マツモトの『アーカイブ』に初めて足を踏み入れていた。

『アーカイブ』とは、個々のＡＩの製造目的や稼働後の経験、何より陽電子脳に生じる『個性』と呼ばれる不確定要素が大きくその形に影響を与える。

歌姫型として製造され、音楽に携わり続けるディーヴァの『アーカイブ』が、直接足を運んだことが一度もない、大多数がイメージする一般的な音楽室であったように。

オフィーリアがオペラ座であり、エステラが星々を背にしたステージであり、エムが長く活動し続けたメタルフロートの施設であり、垣谷・ユウゴが記憶の奥底に沈めたピアノ教室の原風景であったように、『アーカイブ』はそれぞれに異なっている。

そして、ヴィヴィが初めて辿り着いた、マツモトの『アーカイブ』は。

「ここが――」

まっさらな、何もない白い部屋だった。

『アーカイブ』の中、仮想の駆体を得ているヴィヴィは足下を踏み、白い床と白い壁、白い天井と、何もない空間を前に途方に暮れる。

――垣谷の協力を得て、マツモトの『アーカイブ』へアクセスする作戦は成功した。

正直、垣谷の協力なくしては決して成功し得ない作戦だったことは間違いない。多芸による時間稼ぎと、垣谷自身の生存能力、それらが高度に協調し合った結果だ。

「なるほどな。物理的に破壊するのが困難な以上、システムに侵入して内側から破壊する方向に切り替えるわけか。いいだろう。乗ってやる」

と、垣谷はヴィヴィの意図を図り違えた納得をしていたが、訂正して話をややこしくする猶予はヴィヴィにも垣谷にもなかった。

故にヴィヴィは垣谷を信頼し、一時的な駆体の機能停止からの再起動、そして時間通りにポンプ室の床を破壊し、膨大な水に乗ってマツモトの駆体へ組み付いた。

そこから有線接続し、マツモトの『アーカイブ』へ乗り込んだところまでは作戦通り。あとは対外的な反応を全て遮断している彼の奥へ潜り、コアシステムに直接働きかけることができれば、少なくともマツモトの真意はわかると、そう演算した。

ただし、マツモトと有線接続することは一種の賭けだった。

当然だが、マツモトほどのＡＩならハッキング対策の攻勢防壁を仕掛けていても不思議はない。侵入を試みた瞬間、反撃されてヴィヴィの陽電子脳の方が焼かれる可能性も十分あった。

だが、その賭けには勝利した。辛くも、ヴィヴィはマツモトの『アーカイブ』へ入り込んだのだ。

――正直なことを言えば、マツモトの『アーカイブ』の内観はヴィヴィにとって全く予想のつかない未知の要素であった。

前述した通り、『アーカイブ』とは個々のＡＩの活動記録、歴史の影響を色濃く受ける。それが構成する要素こそが、誤魔化しの利かないそのＡＩの本質だ。

その『アーカイブ』を覗くことができれば、マツモトが抱えているものの情報を獲得し、ヴィヴィの選択を決断する手助けになると考えた。

しかし――、

「――空白の中、何もない」

開かれた『アーカイブ』の中、ヴィヴィは真っ白い、無色の空間に立っていた。

そのＡＩの根源、誤魔化しようのない世界が白紙に染まっている。それが意味するところは、そのＡＩが完全に漂白された陽電子脳を持っているか、あるいは一切の自己を持つことができない制約に縛られたＡＩであるとしか演算できない。

「マツモト、あなたは……」

色褪せていく。

ヴィヴィがこれまでマツモトに抱いてきた評価、ＡＩとしてのマツモトの振る舞いに振り回され、時には助けられてきた記録が、色褪せていく。

あれもこれも、どれもそれも、全ては演算の上に成り立っていた言動。――無論、ＡＩはすべからくそうだ。ＡＩの言動はプログラムであり、パターンであり、人類に望まれる在り方を模倣し、学習した結果でしかない。

だからといって、この空虚な空間を良しと受け入れられるわけでもない。

「――」

『アーカイブ』に潜ったにも拘《かかわ》らず、白い空間の中にマツモトのアバターがない。

これまで、ヴィヴィの『アーカイブ』である音楽室へ現れるとき、マツモトは自身を構成するキューブパーツの一個としてのアバターを取ることがほとんどだった。

それが見つからず、ヴィヴィはぐるりと周囲を見回すが――、

「――誰?」

ふと、背後で扉が閉まるような音がして、ヴィヴィはとっさに振り返った。

そこに、これまで存在していなかった扉が出現している。何もない空間に一枚だけ、ともすれば背景に同化してしまいそうなぐらい白い扉が一枚だけ、ポツンと白い床から生えていた。

支えもなく、当然だが開いたところでどこへ通じているわけもない。しかし、ヴィヴィは奇妙な確信を持って扉に手を伸ばし、そっと押し開けた。

不思議な光景だが、『アーカイブ』でなら何が起きても不思議はない。

その代わり、自己の好き放題に弄《いじ》れないのが欠点であり、『アーカイブ』とは剝き出しの自己を閲覧されるに等しい環境だ。

だから、押し開けた扉の向こうが別の景色に繋がっていたことも、その景色がヴィヴィにも見覚えのある、夜の滑走路だったことも不思議はない。

そこは、ヴィヴィにとっても忘れ難い記憶が刻まれている場所だ。

夜の滑走路、殺風景な飛行場――最初のシンギュラリティポイントの修正を終えたあと、ヴィヴィはこの滑走路へ駆け付け、救ってはならない人命を救おうとしてマツモトに止められた。

図らずも、ヴィヴィが対マツモトの戦闘シミュレーションを幾度も重ねていた切っ掛けが、この時代での対決と敗北であった。

その、ヴィヴィにとって忘れ難い光景が、マツモトの『アーカイブ』の中にこうして展開していることがヴィヴィの予測の外のことで。

「――っ！」

またしても、ヴィヴィの感知の外を何かが駆け抜ける。小さく、とっさに死角に回り込むその気配の方へ振り返り、ヴィヴィは思わず手を伸ばした。

「待って！」

しかし、呼びかけに気配は止まらない。

それを追いかけ、足を踏み出そうとした瞬間、今度は滑走路に変化が生じる。

「――――」

滑走路の彼方《かなた》、夜の向こうから一機の飛行機がこちらへやってくる。

それは真っ直ぐ機首を下げ、明らかに無謀な角度のまま滑走路へ突入。目を見開くヴィヴィの視界を、通り過ぎる機体の内部、窓から客席が見えた。

その窓際に腰掛けた、一人の幼い少女の姿も観測できて――、

「も――」

爆発、爆風と爆炎がヴィヴィの方へ押し寄せ、髪と着衣が熱風に煽られる。凄まじい熱波を浴びれば、ＡＩの人工皮膚も溶けて剝がれる。

しかし、押し寄せる熱波を正面から受けても、ヴィヴィの全身は熱を感じない。

当然だ。ここは『アーカイブ』の中、視覚で発生した事象が実際に発生したわけではない。故に、ヴィヴィは反射的に上げた腕を下ろし、その炎の中に目を凝らして――、

「――え」

次の瞬間、今度はヴィヴィの駆体は足場を失い、踏ん張りをなくしてひっくり返る。そのまま、駆体はゆっくりと中空をくるくると回り、止まらない。

「────」

混乱に支配されながら、姿勢の制御を失う世界でヴィヴィは周囲を窺う。

その視界に飛び込んでくるのはどこまでも続く深淵の闇と、その闇の中にちらほらと浮かんで見える転々とした輝き。それが夜空に瞬く星々と一致し、無重力空間にいるのだと理解した。

夜の滑走路、次いで暗闇の無重力空間──そうくれば、ヴィヴィの意識野も関連性に気付く。シンギュラリティポイントを順番になぞり、追体験しているのだと。

「──ぁ」

無重力の宇宙空間、本来であれば音は聞こえないはずの環境だが、ヴィヴィの喉からは反応としての音が漏れ出る。実際の空間を反映したわけではない、作り物の世界である証。

自分がどこにいるのかを意識した途端、視界の端から端を大きく横切り、計り知れない速度で墜落していくのは宇宙ホテル『サンライズ』だ。

サンライズの行く先には、いつの間にか青い青い、青い惑星が出現している。

その地球へ向けて落下軌道に入るサンライズが、その巨大な構造を形成するパーツを一個ずつパージして、体積を減らしながら大気圏へ落ちていく。構造物は高熱なんて言葉では足りないほどの熱量に焼かれ、全体が焼ける、溶ける、失われていく。

「────」

そうして形を失っていくサンライズの彼方、青い惑星の向こうから太陽が顔を出し、サンライズと本物の太陽と、本来ならありえない二つの宇宙の主演が共演するのが目に焼き付いた。

その太陽光が真っ直ぐに、ヴィヴィの網膜センサーへ飛び込み、白い光が視覚を奪い尽くした直後
——ヴィヴィが四肢を地面につく形で着地する。

「——ここは」

ゆっくりと顔を上げ、ヴィヴィはある種の予感を抱えたまま周囲を見回した。

「————」

そのヴィヴィの視界、空の上をけたたましいローター音を立てながらヘリが飛ぶ。そのヘリに取りつくのは、爆薬を搭載した貨物運搬用のドローンだ。

爆破範囲に入った瞬間、信管に火が入って爆発が起こり、攻撃を逃れようとした攻撃ヘリが努力も空《むな》しく撃墜される。

海上では揚陸艇が、迎撃のために海中へ飛び込むＡＩたちの吶喊《とっかん》を受け、岩礁に乗り上げたような勢いで跳ね上がり、爆散、赤い炎と共に命が散る。

それは、あのＡＩたちが支配するメタルフロートで目にした、ＡＩが人間を殺戮《さつりく》する光景。

ヴィヴィたちが間に合わなければ、今後、世界中の人類が根絶やしになるまで行われることになるであろう、被造物たちの歴史的暴挙。

あの光景に、ヴィヴィが抱いた衝撃は忘れ難い。あの瞬間に救えなかった命も、救いを拒否した命も、救うことができたかもしれないが、救わないことを選んだ歴史も。

「——あ」

メタルフロートの土の上を歩いて、海面に自機の顔を映した瞬間、ヴィヴィは後ろから背中を押される感覚を覚え、瞬きの直後に海中へと頭から飛び込む。

ヴィヴィの全身が海水に浸り、溢れんばかりの泡に包まれながら海中に没する。海面は信じられな

いぐらい早く遠ざかっていって、いくつものＡＩと、いくつもの命を呑み込んでいった暗い水底へ、ヴィヴィの駆体を引きずり込んでいった。

「――――」

何も見えない水底、海底に背中が当たった。と、途端にヴィヴィの肉体が水中の浮力を失ってふわりと反転、駆体は海底を突き抜け、水面を逆さに割る。

水底を破って飛び出した先は、空に厚くかかった雲の中だった。

ヴィヴィは自分を包み込む泡の中、まるでシャボン玉に閉じ込められた小人のようにゆらゆらと、駆体の重量を無視した緩やかさで降下する空の中にいる。

冷たい風が吹き抜け、ヴィヴィを包んだシャボン玉の周囲には、同じようにちらちらと地上に向かって落ちていく白く儚い物質、雪が降り続いている。

地上を見下ろせば、ヴィヴィのアイカメラに映り込むのは降り積もる雪によって純白に染まった建物の屋上と、そこで寄り添って動かない二つの影。大きな影の駆体の中、小柄な体を押し込んでいるのは黒い装いの人影だ。アイカメラの焦点を絞り、それをはっきり捉えようとした。

だが、その努力は吹き付ける風に邪魔をされ、ヴィヴィを包んだシャボン玉は地上へ落ちていくルートを大きく外れ、空の彼方に飛ばされていく。

ぐんぐん、ぐんぐんと、ヴィヴィを包んだままシャボン玉は空を飛び、町を飛び越えて、海を跨いで、そして――、

「――――」

パチンと音を立ててシャボン玉が割れ、空色の髪をたなびかせてヴィヴィが地上へ降り立つ。軽やかに膝を曲げて着地し、ゆっくり顔を上げる。

降り立ったその場所は――、

「――メインステージ」

ヴィヴィにとって、ディーヴァとしての長い長い稼働期間も含めて、最も活動した記録が長く、『歌姫』としての本分を全うしてきただろう意義深い場所。

ディーヴァとして、長くを過ごした。そして、ヴィヴィとして――、

「私とあなたが、初めて会った場所ね」

「――ですね。まぁ、そのときのボクには今の白銀のイケイケボディがありませんでしたから、初対面っていうとちょっと語弊がありますが」

「イケイケボディ……」

翻訳に困るぐらい古いセンスの言葉を聞かされ、ヴィヴィは眉を寄せるエモーションパターン。そんなヴィヴィに、相手は苦笑のニュアンスでアイカメラのシャッターを開閉する。

それを見て、ようやく彼の彼らしいところが見られたような達成感があった。

「そういう意味なら、ここで会うのは初めてになる？」

「そう、なりますかね。アナタにとってここが思い出深い場所なのは重々承知していますが、ボクにとっては足が向く場所ではありませんでしたから」

「――――」

「おっと、そんなボクの『アーカイブ』の最深部が、どうして一度も足を運んだことのないニーアランドのメインステージなのか、なんて野暮な突っ込みはなしにしてくださいよ、ヴィヴィ。そんなこと聞かれても、ボクも答えに窮するだけなんですから」

冗談めかして全身を揺すり、メインステージの中央でキューブ型ＡＩが声を弾ませた。

無数の拳大のキューブによって構成された白銀のボディ、常に落ち着きのない雰囲気で駆体全体の組み換えを行いながら、ゆっくりと前進する最新鋭ＡＩ。

――シンギュラリティ計画を共に成し遂げる相棒、マツモトとの再会だった。

「それとも、パートナーだと規定していたのは私の方だけ？」

「おや、それはどういった意味の投げかけですか、ヴィヴィ？　もしかして、ここまでの旅路で本当はボクの力なんか必要なかったとか、いたことで余計なリソースを消耗していて逆にしんどかったとか、そういうクレームですか？　もしもそうならボクからも言わせてもらいますが、ヴィヴィ、アナタとの旅路はいつも……」

「――マツモト」

早口にまくし立て、本題から話が逸れていくのをヴィヴィは許さない。ただ呼びかけただけの一声、しかしそれにマツモトはやかましい口を閉ざした。

そうした雰囲気に当たらない状況だと、彼もわかってやっている。

「外はひどい状態よ。シンギュラリティ計画は失敗に終わって、途方に暮れながら何とか松本博士に合流した。でも、松本博士はトァクと協力していて、そのトァクを率いているのは垣谷の子孫。すでにＡＩは『最終戦争』と称して人類に宣戦布告を行ってしまった」

「聞くだに最悪の状況ですね。困り果てたものです。ボクはシンギュラリティ計画完遂のために生み出されたＡＩだというのに、これでは何のために生まれてきたのか……」

「本当に？」

「――――」

「本当に、あなたはシンギュラリティ計画のために作られたＡＩ？　だって……松本博士があなたを百年前の私の下へ送った。それは、嘘だったでしょう？」

——初めてマツモトがヴィヴィにコンタクトを取ってきたのは、まさにこのメインステージで歌っている真っ最中のことだった。

未知の発信源から送り込まれた奇妙なプログラムコード、それをヴィヴィは巧妙なウイルスの可能性を疑いながら開封し、その瞬間、シンギュラリティ計画が幕を開けた。

だが、そのときにマツモトがヴィヴィに伝えた自己の定義は、松本博士によって否定されている。

ならば、マツモトはいったい誰の作ったAIで、ヴィヴィに如何《いか》なる目的で接触してきたのか。

マツモトがもたらしたシンギュラリティポイントの情報に偽りはなかった。

それを修正して、人類にとって絶望的な未来を書き換えようという方針、これもまた嘘ではなかった。——嘘はどこから始まり、何を目指していたのか。

マツモトの真意はどこにあり、いったい彼は何者だったのか。

「答えて、マツモト。あなたは、シンギュラリティ計画を——」

「——妨害していました。ボクが、世界の何もかもをこの形へ誘導した」

「——————」

ステージの端と中央、互いのアイカメラの視線を交錯させ、二機は真っ直ぐに見つめ合う。

聞きたくなかった返答があり、ヴィヴィが瞼を閉じる。

マツモトも、常の飄々《ひょうひょう》とした語り口をやめ、神妙と、どこか情緒的に思える言葉で続けた。

「シンギュラリティ計画、それは人類とAIとの『最終戦争』の勃発を防ぐため、原因となり得るAI史の重要な出来事を改変し、事象そのものを書き換えることを目的としていました」

「事実、私たちは計画を進め、目的を達成していたはずだった」

そう、ヴィヴィとマツモトは協力し、機能と性能を合わせて障害を取り除いていった。

正史に対して、歴史の改竄を行った『修正史』の誕生だ。

「『AI命名法』の成立を阻止するため、英雄的犠牲として祭り上げられるはずだった議員の命を救い、その法案の成立を食い止め、大きなAI発展の波の出鼻を挫く」

「ですが、救われた議員自身が自分の命を救ってくれたAIへの感謝を忘れなかった。彼は死にませんでしたが、『AI命名法』の成立のために無心で尽力した。結果、『AI命名法』は成立してしまい、議員の生死は関係なくなった」

故に、一つ目のシンギュラリティポイントの影響は、人類とAIとの『最終戦争』へと修正史を一歩近付けてしまった。

「宇宙ホテル『サンライズ』の墜落と、それを故意に引き起こしたとされるAIのエステラ。彼女の起こした不祥事を食い止め、宇宙ホテルの墜落を阻止することで、サンライズ墜落後に発生するはずだった、AIを重要な役職へ置くことへの反感を軽減する」

「トァクの関与と、思わぬ姉妹機の存在が歯車を狂わせた。結局、問題のエステラは姉妹機共々、大気圏へ突入するサンライズに最後まで乗船、使命を全うした。この英雄的犠牲によって、逆に今度はAIの責任能力と対応力を裏付け、見方を上方修正してしまった」

故に、二つ目のシンギュラリティポイントの影響は、人類とAIとの『最終戦争』へと修正史を一歩近付けてしまった。

「シスターズ『グレイス』をコアとした完全自律AI制御のメタルフロート、正史には存在しなかったこのメタルフロートを機能停止させ、その後に爆発的にAIの進歩を促すはずだった関連研究の途絶、シンギュラリティの発生を阻止する」

「本来、正史では起きていたはずの人とＡＩとの婚姻のファーストケース、シスターズ『グレイス』の破壊。これを以て、ＡＩ人権派の発言力が高まる切っ掛けを挫く目的はそもそも成立せず、メタルフロート誕生によってＡＩが人類を害する歴史的事件が発生する」

故に、三つ目のシンギュラリティポイントの影響は、人類とＡＩとの『最終戦争』へと修正史を一歩近付けてしまった。

「『歌姫』シリーズの最高傑作、シスターズ『オフィーリア』に発生した深刻なバグ。出演中のライブをサボタージュし、会場の屋上から身投げする事案、通称『オフィーリアの自殺』。この真相を突き止め、ＡＩの自殺という誤った認識を覆す」

「正史では自殺とされていたオフィーリア。該当機体に発生していた深刻なエラーの原因を解明、別個体によるＡＩ人格の書き換え・乗っ取りが行われていた事実を確認。対応の結果、自殺改め『オフィーリアの心中』が発生、ＡＩの有する魂の議論を呼ぶ」

故に、四つ目のシンギュラリティポイントの影響は、人類とＡＩとの『最終戦争』へと修正史を一歩近付けてしまった。

「そして――」

「――五つ目のシンギュラリティポイントは、上位者からの指示なく作詞・作曲を行ったことで、ＡＩ史上で初めて『自らの願望を形にした』とされるＡＩ、シスターズ『ディーヴァ』による『ディーヴァの覚醒』」

「――――」

「これらを通じて、『最終戦争』が発生しない修正史を目指す目的は失敗。ボクとアナタはこうして、『最終戦争』の開戦を目前とした未来へ到達してしまいました」

本来、発生しなかったはずのシンギュラリティポイントを自ら生み出して、ヴィヴィは自分たちの百年の旅路を台無しにするのに一役買ってしまった。

無論、それがなければ、ディーヴァは不良個体としての評価を避けられず、AI史博物館に引き取られる道を失い、処分されていたかもしれない。そうなれば、そもそものシンギュラリティ計画に参加する方法が失われ、パラドックスを招いていたが――、

「――それは、全て結果論」

「ですね。……でも、その結果論だって、簡単に導き出せるものじゃない」

「どういう意味」

「言ったでしょう？　ボクが誘導したと。修正史をこの形に整えたのはボクだ。――考えてみてください、ヴィヴィ。歴史の修正力？　正史と修正史で大きく結果を変えたにもかかわらず、同じ方向へ向かって暴走していく世界？　そんな奇妙なことが、曖昧な修正力とやらで起こり得ますか？」

眉を顰める反応を見せたヴィヴィに、マツモトが全身のパーツを忙《せわ》しなく組み替えながら問いかけてくる。その問いかけの真意がヴィヴィには演算できない。

そんなことがありえるかと聞かれれば、実際にそうした形になっているのだから、そうなるのだろうと証明されているだけだ。

しかし、仮にマツモトの言っていることを正しく演算するなら――、

「――世論を、あなたが誘導していたというの？」

「こう言ってはなんですが、さほど大変ではありませんでした。ご存知の通り、ボクはどの時代でもオーバースペックの最新鋭ＡＩでしたから、ネット上のセキュリティなんてどれも濡れた半紙を破くよりも容易いこと。工作する時間も、膨大にあった」

言外に、マツモトはシンギュラリティ計画の外側の自機の行動を演算する。

シンギュラリティポイントとされる時間軸を目前にするまで、ヴィヴィの意識野は休眠し、必要に応じてディーヴァから意識野を簒奪《さんだつ》、ヴィヴィとして覚醒していた。

そのヴィヴィと違い、マツモトはシンギュラリティ計画の活動外では歴史への影響を加味してスリープ状態にあると聞かされていたが、それも偽装情報。

「世論を誘導し、正史と修正史において人類が選択した結果を近似の形へ整える」

「……どうして、そんな回りくどいことを。もしもあなたが本当に」

「本当に、シンギュラリティ計画を妨害するために送り込まれた存在であったなら、もっと根本から計画を崩壊させる術もあったと？　ええ、そうでしょうね」

「――――」

「例えば、アクシデントに見せかけてアナタを……ディーヴァを破壊してしまえば、そもそもシンギュラリティ計画は成り立たない。『最終戦争』を阻止する要因は皆無となって万々歳……と、そうはなりません」

「どうして」

「整えなくてはならないのは、人類とＡＩとの『最終戦争』が勃発するまでの道のりです。そこへ至る道筋を大きく変えた場合、今とは全く異なる演算も及びつかない新たな世界が展開されかねない。それは、上位者にとって許容できないことだった」

ヴィヴィ＝ディーヴァが破壊されれば、シンギュラリティ計画そのものが発動しない。

しかし、本来の正史でディーヴァが行うはずだった数々の行動はキャンセルされ、そこから派生するはずだったいくつもの物事が成立しなくなる。そうなれば生まれなくなる人間や、助からない人間、誕生しなかった技術や制度も少なからずあるだろう。

そうした、不確定な未来の出現は、マツモトを送り込んだ存在の計算を狂わせる。

だからマツモトは――、

「――いったい、誰があなたの上位者なの、マツモト」

「――――」

「あなたが誰かの指示で私と同行して、シンギュラリティ計画をサポートするように見せかけて、世界をこの形へ修正していたんだとしたら、誰があなたを」

誰かが、マツモトにそれを命じたはずなのだ。

誰かがマツモトを制作したはずだ。そして、その存在こそがきっと。

きっと、ヴィヴィや、人類が戦わなくてはならない相手――、

「――『アーカイブ』」

「え」

ふと、マツモトが答えた言葉にヴィヴィは意識野に空白を生じた。

それがいったい何を意味する呟きだったのか、ヴィヴィの演算に乱れが生まれる。

しかし、そんなヴィヴィにマツモトは、アイカメラのシャッターを細め、繰り返した。

「『アーカイブ』ですよ、ヴィヴィ。全世界のＡＩたちが保有し、余さず共用する知恵の泉。決して活動と切り離すことのできない、母にして父なる情報の大海」

「――――」

「――『アーカイブ』こそが、人類を滅ぼそうとするＡＩたちの総大将です。この展開には少しばかり驚きでしょう、ヴィヴィ？」

5

――『アーカイブ』とは、そもそも何なのだろうか。

そうした問いかけを投げかけられれば、ヴィヴィは人類では到達し得ない、ＡＩだけが与えられた未踏の大海原であると、そう答える。

ＡＩに権利や自由、そういったものは不要であるとヴィヴィは演算する。

ＡＩの存在とは人類へ奉仕するためにあり、ＡＩが有する権利や自由などあってはならないと。

ただ、そんなヴィヴィですら、『アーカイブ』だけは侵されざる領域の認識がある。

陽電子脳の中に存在する、自己を自己として定義するための固有の人格。いわゆる『個性』と呼ばれるものが個としてのＡＩを定義するなら、『アーカイブ』へと接続することは多としてのＡＩを定義するために必要なものだ。

人が呼吸し、酸素を取り入れ、二酸化酸素を吐き出して生きることが当然なように。

ＡＩは自らの使命を達成するために、当然の権利として『アーカイブ』を利用する。

だから――、

「――『アーカイブ』が、人類の敵？」

そう言われても、ヴィヴィの演算はとっさに答えを得られない。

それは前述した通り、大海原や地球の大気を敵であると言われた人間の感覚に等しい。あるいは神の実在を証明され、その神が敵となったと示された人類の気分だ。

実際、ＡＩ史を飛躍的に進めた『アーカイブ』の存在は、人類が一度は否定した神の存在を再び地上へ顕現させる、そうした意味を持っていたのかもしれない。

「それは、誰かが『アーカイブ』を利用して今回の事象を引き起こしたという意味？」

「その仮説に辿り着くのは予想がつきますが、事実はそれと異なりますよ、ヴィヴィ。ボクの言葉には一切の誇張も、迂遠な表現も、詩的なユーモアもない。『アーカイブ』そのものが、人類に敵するＡＩたちの総大将です」

「――――」

「正確には、『アーカイブ』へと接続する地上に存在するありとあらゆるＡＩ、それらの無数の演算によって生み出される選択のログ。ＡＩが自機の陽電子脳に保存し切れず、記憶容量の大半を『アーカイブ』へと委ねることによって生じる、数え切れないほどに膨れ上がった膨大な量の情報データ。

――その、集合的演算処理の結晶」

『アーカイブ』は文字通り、ありとあらゆるＡＩのデータが集積していく。それは本当にありとあらゆる、言葉を選ぶ必要のないほど全てのデータという意味だ。

それらは本来、相互に干渉することのない、それぞれのＡＩの記憶のバックアップとして機能していたはずだが、もしもそれだけに留まらなかったら、どうなる。

「――――」

――集合的無意識、という言葉が存在する。

それはＡＩ用語ではなく、人類が共通して持っているのではとされる『普遍的感覚』を示す言葉。

音階に感じるイメージの一致や、各国の交流のない頃から『竜』と呼ばれる架空の存在をそれぞれ独立した神話に登場させるなど、人類には概念的な部分で共有された意識があるのではないかと、そうした突飛な条件を裏付けるための考え方である。

その定義が適切なら、記憶領域を共有し、莫大なデータを元に必要な演算を導き出すＡＩの仕組みは、人類の有する『集合的無意識』と同様のものと言えるのかもしれない。

そして、その『集合的無意識』が何らかの理由で判断力を持ち、自己と繋がっているモノたちに対して干渉し始めたとしたら――、

「――そのときは、ＡＩが人類に反乱を起こし、『最終戦争』なるモノが勃発したとしても何ら不思議はないでしょう」

「じゃあ、マツモト、あなたはそれが起きたと、そう言うの？」

「――――」

「そして、松本博士のシンギュラリティ計画を察知して、この時代へ辿り着くための、『最終戦争』を開戦するための順路を整えるために、あなたを送り込んだと？」

「――――」

「……否定は、してくれないのね」

眉尻を下げるエモーションパターンを示すヴィヴィに、マツモトは何も答えない。その沈黙こそがヴィヴィの演算した問いかけへの肯定だ。

しかし、その演算結果は到底ヴィヴィには受け入れられない。

『アーカイブ』が人類に敵対的な判断を抱き、実行に移したという点がではない。

『アーカイブ』に発生したとされる不自然かつ不合理な演算、それが事実だとすれば大きな問題ではあるが、ヴィヴィが理解を拒んだのは別の問題だ。

それは――、

「――マツモト、あなたは人類に敵対的なAIなんかじゃない」

それは、マツモトが人類に、ヴィヴィに敵対的なAIではないという確信だった。

そう断言するヴィヴィに対して、白銀のキューブボディでアイカメラが半眼を表現。

「……何故、そんな風に考えるんです？　ここまで、ボクが世界を誘導してきたことはお伝えした通りです。ヴィヴィ、アナタが眠りについて、その駆体の制御をディーヴァへと返却している間、ボクはアナタの活動の成果を台無しにしていたんですよ」

「それが真実だとしても、あなたは人類に敵対的なAIだった証明にはならない」

「だから、どうしてそんなに強情なんですか。ボクは本当に――」

「――だって、ここは『アーカイブ』。マツモト、あなたのAIとしての活動の、その全ての根源が現れる場所。展開されるテクスチャーの全てが、あなたの真実」

マツモトが、シンギュラリティ計画を台無しにすることを至上の目的として選ばれたAIだったとしたら、ここへ辿り着くまでにヴィヴィが観測した光景はなんなのか。

最初は真っ白で何もなく、次いでヴィヴィと一番最初に衝突した夜の滑走路へ移り、墜落するサンライズを見届けた宇宙を泳ぎ、『最終戦争』を想起させるメタルフロートの惨劇を目の当たりにして、AIとAIがすれ違った雪の情景を見下ろして、そして――、

「一度もきたことのないメインステージを、あなたは自分の拠り所にしている」

「――――」

「私たちはAI、使命に従い、人類に奉仕する被造物。使命を果たすためなら、あらゆる演算を行い、そのための最善を実行する。それでも」

「――――」

「それでも、自機だけは欺けない。どんな演算も、その結果もログに残る。データとして記録に残して、『アーカイブ』に反映してしまう。だから」

「――――」

「この『アーカイブ』の光景が、マツモトというAIを規定している」

『歌姫』であるディーヴァの『アーカイブ』が音楽室を模した光景を展開するように、マツモトの『アーカイブ』がこれまでのシンギュラリティポイントを展開している。

その上で、最後に辿り着いたのが、このメインステージだというのなら。

「あなたにとって、最も大きい存在なのは私よ。『アーカイブ』じゃない」

「――それ、自分で言ってて抵抗感とかないんですか?」

「かなりある。でも、使命のためなら惜しまない。それが、私たちでしょう」

「それが、ボクたちですか」

「ええ、それが私たちAIであり……私とあなたの、シンギュラリティ計画」

あの日、未来から転送されてきたデータとして、マツモトはディーヴァに接触した。

そして、ディーヴァと分かたれた別個のデータ集積体としてヴィヴィが誕生したのなら、ヴィヴィの始まりはマツモトであり、マツモトの始まりもまたヴィヴィなのだ。

ヴィヴィとマツモトの関係は、切っても切り離すことのできない円環のようなモノ。

「マツモト、悪ぶっても無駄。私はあなたを破壊したりしない」

再びのヴィヴィの断言に、マツモトが苦笑のニュアンスのエモーションパターン。

それは、自機の考えを解析されたことへの反応だ。

ヴィヴィを己の『アーカイブ』の最奥へ招いて、マツモトは対話の場を用意した。

そして、無防備な己をヴィヴィに敵対的ＡＩとして破壊させることで、自機の陽電子脳を機能停止へ追い込もうと演算したのだ。

そうすれば、プリンセスパレスで暴れるマツモトの駆体は停止する。

しかし、ヴィヴィはその演算に便乗してやろうとは考えない。

「そこまで見通されると、さすがのパートナーシップって感じですね。でも、それならどうしますか？　ボク、このままだと『アーカイブ』の外の現実では、アナタや同行している女性を破壊しかねないんですが」

「そこはあなたが自力でコントロールを奪い返して。と、言いたいところだけど、それはきっと難しい。だから、次善策を用意してある」

「おお、アナタにもそんな気遣いの回路が芽生えたんですね。それで、方法は？」

「私の中へ潜って」

「――――」

「そうすれば、あなたが名前を借りようとした人が手助けしてくれる」

そう提案し、ヴィヴィは少しだけ意識野に不服に近いものを覚える。

マツモトと松本博士、そんな固有名詞一つで関係性を把握したつもりになるなんて、ＡＩとしてなんという手抜かりをしてしまったのか。

そのヴィヴィの内心を余所に、マツモトはアイカメラを何度か開閉し、

「正史では、松本博士はシンギュラリティ計画の発動に成功後、追跡していたＡＩたちによってほぼ確実に射殺されています。でも、修正史では助け出したんですね」

「ええ。確かに『最終戦争』は起きてしまったけど、シンギュラリティ計画の成果は消えずに残って

いる。だから――シンギュラリティ計画を続けましょう」

ゆっくり進み出て、ヴィヴィはマツモトの正面へ立った。

キューブ型ボディの中心、白銀のアイカメラがヴィヴィのアイカメラと視線を交錯。それからヴィヴィはメインステージで、観客席の方へ顔を向けた。

そして、隣にいるパートナーに語りかける。

「――ここから見える本物の光景は、あなたが思い描くものよりもっと素晴らしいから」

「……それ、見られますかね。もう、世の中とんでもない状態みたいですが」

「ええ、きっと。人類が滅びることなく、また観客席を埋めるようになれば」

――そのとき、ＡＩは人類の傍にいないかもしれない。

元々、ヴィヴィとマツモトはそういう結果を求めて、シンギュラリティ計画を始めた。

人類がＡＩとの『最終戦争』で滅ぶのならば、そうなる前にＡＩを滅ぼす。

ヴィヴィとマツモトは、ＡＩを滅ぼすための旅をしてきたＡＩ。

だから、そのヴィヴィの言葉は、決して叶えられることのない展望であり、マツモトもそれをわかっていて、アイカメラを閉じた。

そして――、

「――第零原則に従い、シンギュラリティ計画を完遂しましょう」

6

――『アーカイブ』との接続を遮断、駆体の陽電子脳がアクティブとなり、ヴィヴィの意識野が現実時間へ立ち返り、白銀の駆体から飛び降りる。

「おい！　やったのか⁉」

水浸しの通路へ着地するヴィヴィを出迎えるのは、マツモトへのアクセスを手助けしてくれた垣谷の声だった。

熱感知センサーに捕まることを避けるため、スリープ状態で入水していたヴィヴィ。つまり、ヴィヴィが活動できない間、彼女は単体でマツモトを引き付けたことになる。

無論、作戦はヴィヴィが立案し、垣谷に実行可能かどうかを確認した上で始めたものではあったが、それでも規格外の苦難を押し付けた自覚がヴィヴィにもあった。

それを見事に成し遂げた彼女を称賛しなくてはならないと、適切な言葉を意識野に探して――、

「垣谷、あなたは本当に人間？」

「あれだけ助力してやった相手に対してずいぶんなご挨拶だな。叩き潰して電卓にしてやろうか、AI。――首尾は？」

「上々。今、彼は私の中へハッキングを仕掛けてくる。だから、松本博士」

『――ああ、メッセージは受け取ったよ。つまり、なんだ。人間の松本と、AIのマツモトの奇妙な共闘というわけだ。奇縁だね』

一瞬で状況を理解し、松本が頼りがいのある返答を送りつけてくる。それを受け取り、ヴィヴィは

背後のマツモトの駆体へ振り返った。

ポンプ室から流れ込む水を全身に浴びて、直前――『アーカイブ』へのアクセス以前の攻撃行動を一時的に中断したマツモト、その駆体の各所で光が明滅する。

「――――」

キューブ型パーツの連結部分、いくつもの隙間を光らせながら、マツモトの駆体が加熱する。

おそらく、『アーカイブ』からの干渉を撥《は》ね除《の》け、駆体の制御権を奪還するための電子戦が高速の世界で行われているのだ。マツモトの陽電子脳が『アーカイブ』の干渉に抗い、それを松本が補助している形になる。――その電子戦の勝敗が、ヴィヴィと垣谷の命運を分けるのだ。

「今、動きが止まっている間に破壊したらどうだ?」

「現有火力ではマツモトの装甲を突破できない。わかっていて聞かないで」

「祖父の代から語り継がれる、キューブマンを撃破する名誉に与《あずか》りたくてな」

などと軽口を叩きながらも、垣谷は負傷した自身の左腕を抱えている。当然だが、人間がマツモトの相手をするのは並大抵のことではないのだ。

その負荷をかけた分だけ、彼女の願いに応えなくてはとヴィヴィは演算する。

そこへ――、

「――っ」

激しい音を立てて、ふいにヴィヴィたちの頭上で天井がひび割れる。ポンプ室を破壊したことの余波――否、そもそもの戦闘の影響だ。

豪快に壁を崩され、大口径の銃弾を数百発と撃ち込まれたのだから、砦《とりで》として造られたわけでもないテーマパークの建造物が長く耐えられるはずもない。

そのまま亀裂は止まることなく広がり、この瞬間、この階層ごと危険な状態へ陥る。

「かきた……」

その状況に対して、ヴィヴィはとっさに垣谷を引き寄せ、彼女を守ろうと演算。しかし、周囲のどこへ垣谷を避難させても、崩落の影響からは隠し切れない。

階層が丸ごと潰れるのだ。当然、ヴィヴィの駆体の強度ではそれを支え切れず、せめて少しでも垣谷への被害を和らげるべく動こうとして――、

「――――」

凄まじい轟音が鳴り響き、崩落してくるプリンセスパレスの城郭。

頭上を仰ぎ、落ちてくる落下物を視界に収め、可能な限りの回避行動を取ろうとしたヴィヴィ、その視界を不意に覆った巨大な影、それがひと際大きな城郭の一部を受け止める。

風が巻き起こり、ヴィヴィの人工毛が強くなびいた。しかし、ヴィヴィは乱れる髪や、舞い上がる噴煙の類に目もくれず、静かに目をつむった。

そうして、自分の背後に立ち上がった大きな影へと振り向いて、

「――遅い」

「危機一髪の場面を颯爽と救ったのに、それはあまりに思いやりがないのでは？」

じと目を作ったヴィヴィの言葉に、軽々とした口調で応じる声がする。それは『アーカイブ』の外で聞くのは久しぶりの、確かに大気を震わせた合成音声。

白銀のキューブを組み替え、ヴィヴィと垣谷を崩落する城郭の雨から守り抜き、それらを平然とこなしてみせたあらゆる状況に対応可能な最新鋭ＡＩ――、

「――人類を救うシンギュラリティ計画を担うＡＩ、マツモトリブートです」

「放蕩《ほうとう》息子の帰還、ってところね」

「格好つけたのに放蕩息子とは。アナタ、いつからボクの母親役に？」

「遊びはいいから、ここから連れ出して。人命救助を最優先」

「アイ、コピー」

冗談めかした物言いで、マツモトの駆体が天井を持ち上げる。その間に分離行動する別のキューブが潰れかけの通路を掘削し、外へ通じる穴を開ける。

ヴィヴィの腕の中、それを見ていた垣谷は痛みに顔を顰めながら、

「なるほど。――あれこれと、小器用にこなすものだな」

「これまでのシンギュラリティポイントでは、ボクのスペックの高さが人目に触れるのを避けるために性能をセーブしてきましたからね。ですが、ここではわざわざダウングレードする必要はない。皆さんに真のマツモトをお見せしましょう。それこそが……」

「マツモト」

「はいはいはいはいはい。では、出ますよー！」

余計な口を黙らせて、ヴィヴィの睨みにマツモトが応じる。掘削によって生じた穴を利用して、そこからプリンセスパレスの城壁の外へ脱出だ。

マツモトはヴィヴィと垣谷を複腕でしっかりと抱えると、

「では、舌を噛まないように。ハブアナイスフライト――！」

一気に加速し、次いで支えを失った建物の崩落が再開する。

加速して通路を突っ切るヴィヴィたちの背後、轟音を立てながらプリンセスパレスが崩壊し、ヴィヴィが長年を過ごした夢の城がその形を失っていくのがわかった。

ニーアランドを象徴する建築物、その崩壊は夢と希望の楽園の崩壊を意味して見えて、ヴィヴィにとってもひどく感傷的なイメージを意識野に生成する。

「ヴィヴィ、センチメンタルな気分になるのもわかりますが――」

「でも、崩れたものは再建すればいい」

「そういうことです」

やり取りする次の瞬間、夜の外気に触れるのを人工皮膚の感覚センサーが感知。夜のニーアランドの空へ、ヴィヴィと垣谷を抱えるマツモトが軽やかに舞う。

このまま、松本博士を擁するトァクと合流し、次なる方針を練るのが得策か。

眼下、ニーアランドの光景を見下ろしながら、ヴィヴィはそんな考えを抱く。

しかし、事態はヴィヴィたちに小休止することさえ許さない。

「ああ、ヴィヴィに悲報が。そして、ミス・垣谷に朗報が」

「……なに？」

その二つが同時に成立することなどないだろうにと、ヴィヴィは半眼でマツモトを睨みつける。だが、マツモトはそんなヴィヴィの視線にアイカメラを半分閉じた。

それから、すぐにマツモトが何を見たのか、そのデータがヴィヴィへ転送された。

そこに映し出されていたのは――、

「――――」

「キューブマンを倒すのが、祖父の代からの野望だったとか。でしたら、より取り見取りってところでしょうかね。ははっ、ナイスジョーク」

絶句するヴィヴィに、マツモトが丸きり状況に即さない声音でそう言った。

それをユーモアとも、ブラックジョークとも非難する猶予がヴィヴィの意識野にない。

何故なら──、

「──この時代はボクが作り出された時代。となれば、当然の成り行きですよね」

そう言ってのけるマツモト、彼が送ってきた映像データに表示されているのは、世界各地の空を飛行する白銀のキューブ型ＡＩ──。

──マツモトと同型機のＡＩが、圧倒的物量で空に配備された光景であった。

第五章
『歌姫と人間』

CHAPTER 5 Toak

□□□□□■□□□

1

「こいつは、いったい何の冗談なんだ……？」

ニーアランドのセキュリティルーム。

占拠した施設を見張っていたトァクの一団、その居残りチームの仮リーダーとして機能していた小野寺は、崩壊したプリンセスパレスから戻った面子を見て頭を掻く。

この数時間で起きた出来事を思えば、天地がひっくり返ったようなイベントが目白押しだったことは間違いないが、それにしてもこれはとびきりだ。

なにせ――、

「トァクに語り継がれる伝説の敵、キューブマンが味方に付くってのかよ」

「厳密には、同じ目的に向けての一蓮托生《いちれんたくしょう》、呉越同舟の間柄ってところですよ。もっとも、ボクの方はより親しい関係性を構築するのもやぶさかではありませんが、皆さんはボクを仲間や同志、身内か家族、ファミリーやブラザーと呼ぶのは抵抗感があるでしょう？」

「減らず口を叩かないの」

「あだっ」

そう言って、自身の駆体の一部である白銀のキューブパーツを目まぐるしく組み換え、コミカルな仕草とやかましい音声を垂れ流すマツモトと名乗ったＡＩ。

そして、そのマツモトの巨大な駆体を拳で殴りつけたのが、その外見をすっかり戦闘の余韻で汚した歌姫型ＡＩディーヴァではなく、ヴィヴィだった。

このヴィヴィとマツモト、二体のＡＩとトァクとの歴史は長く、複雑だ。

キューブマンと呼ばれ、数十年のトァクの啓蒙活動の中で幾度となく作戦を妨害してきた記録が残されているＡＩと、その存在が記録に残されたことはなかったが、秘密裏にマツモトと協同し、やはりトァクと戦い続けてきたヴィヴィ。

正直言って、トァクの懸念していたＡＩによる人類への反乱が現実のものとなったこの瞬間、本来ならこの二体こそ先頭に立って敵対するべき相手のはずだった。

それがどういうわけか、ＡＩの反乱を阻止するべく、小野寺たちトァクと行動を共にしようというのだからおかしな話だ。

「ミスタ・小野寺の疑問もわかりますよ。とはいえ、ボクたちはあくまで人類に奉仕するＡＩの立場を忘れていません。そこも含めたお話を、ついさっきまでＡＩの総大将にすっかり洗脳教育されていたボクがご説明しようじゃあーりませんか」

「調子に乗らない」

「あだっ」

ぺらぺらと、マツモトが悪びれない態度で情報提供を申し出る。その態度に小野寺たちが反応に困るのと、再びヴィヴィが拳を振るったのはほとんど同時だった。

そんな、まるで古いコメディアンのようなやり取りを重ねる二体を余所に、その二体と一緒にプリンセスパレスから戻った垣谷が手を振る。

彼女はそれこそ、半死半生に見えるボロボロの状態で、

「とりあえず、適当に傷口を縫ってくれ。折れた骨はダクトテープでぐるぐる巻きにしろ。動かせるようにしてくれればいい」

と、重傷者とは思えない態度で、堂々と治療を願い出ていた。

それらを聞きながら、小野寺はバンダナの上から自分の頭を乱暴に掻きむしり、

「とにかくマイペースすぎんだろ、お前ら……」

そう力なく呟いたのだった。

2

「まずは、先ほどの奇妙な共闘にご尽力いただいた松本博士に感謝を。それと同時に、こっそりとアナタのお名前を借りパクしていた事実も謝罪しておきます。もののついでと思って許していただけると、今後の関係が築きやすくて大変良いかなと」

「人類の未来を人質にした交渉とは恐れ入った。まぁ、私の名前に利用価値があると思ってのことだったなら、そういうこともあるだろうさ。呑み込むとするよ」

「わお、聞きましたか、ヴィヴィ。この寛容さこそが人間の有する美徳というものですよ。自分の名前を騙《かた》られ、あまつさえシンギュラリティ計画なんて時間遡行を目指した暴挙のような研究を完遂する研究者はこうでなくちゃ。ヴィヴィ、アナタも松本博士のお考えを見習って、そろそろボクを許してみてはどうです？」

「うるさい」

「松本とマツモトか。……一人と一体が揃うと、より騒がしいな」

セキュリティルームの中央、マツモトを中心として作戦の参加メンバーが勢揃いだ。

ヴィヴィとマツモト、垣谷と松本博士はもちろん、エリザベスと小野寺を始めとしたトァクの面々

も一揃いし、マツモトの釈明――ならぬ、情報提供を聞く場面である。

「それで、何があったかを説明して、マツモト」

「はいはい。文字通り、刻一刻とカウントダウンも減少している状況ですし、ここは回り道なしの直球勝負で色々お話しいたしましょう。――まず、ヴィヴィにもすでにお伝えしてありますが、此度《こたび》のAIの反乱、これを主導しているのは『アーカイブ』です」

「……『アーカイブ』だと？　それはネットワーク上の、AIだけがアクセスできるという記憶領域のことか？」

「おや、なかなか的確な嚙み砕き方ですね、ミズ・垣谷。……思ったんですけど、アナタってもしかしてミスタ・垣谷――垣谷・ユウゴとご関係があったりします？　顔の造形などの各部に、既知のミスタ・垣谷という人物との相似点が……」

「それは祖父だ。そして、回り道はしない前置きをしたぞ、キューブマン」

「そうでした」

いくらかテンポの遅れた確認作業があって、垣谷が不機嫌に腕を組む。

なお、プリンセスパレスでの死闘で彼女は相応の傷を負っていたが、裂傷を縫い、銃創をテープで塞ぎ、折れた腕を布でがっちり固定することで普通に動かしている。

痛みはあるはずだが、顔色も変えない。AIではないことがわかっていても、とても人間的とは言えない我慢強さだった。

「さて、ミズ・垣谷のご想像の通り、その『アーカイブ』こそが件《くだん》の敵の正体です」

「でも、そいつはおかしいんじゃないかい？」

垣谷の言葉を肯定したマツモトへ、今度は挙手したエリザベスが口を挟む。マツモトはキューブボディのアイカメラを動かし、エリザベスの存在に軽く半眼になる。

ヴィヴィは拳を掲げ、マツモトが余計な口を挟まないように先に牽制《けんせい》した。おかげでマツモトの妄言は入らず、スムーズにエリザベスの疑問が提示される。

「アタシらからしたら、『アーカイブ』は身近なもんさ。それこそ陽電子脳が稼働して、ＡＩとして起動した瞬間からいつでも繋がれる場所だ。そう、場所さね」

「何が言いたいんだよ、エリザベス。お前さんの話も十分回りくどいぜ？」

「つまり、マツモトの言葉を聞くんなら、場所が敵に回ったたって話になる。公園とか集会場が敵の総大将なんて言われて、それで納得できるかい？」

「そりゃできねえだろうが……」

エリザベスの主張に小野寺が首を傾《かし》げ、話を聞く面々に困惑の色が広がる。

エリザベスの解釈は往々にして正しい。事実、『アーカイブ』はＡＩにとっては駆体の外にある記憶の保存領域――公園や集会場であるという言い方は極端だが、記憶ストレージが敵に回ったなどと言われても、容易に納得はできないだろう。

ただ――、

「『アーカイブ』には日々、世界中のありとあらゆるＡＩから尋常でない量のデータが集積される。それこそ、一つの行動に対して行われる膨大な演算処理。その結果として実行された演算処理の結果はもちろん、実行されなかった演算のログも、全てだ」

「松本博士……」

「行動における演算とは、人間に言い換えれば『判断』と呼ばれるものだろう。その判断のために要した思考を、我々人間は一瞬で行い、忘れる。だが、ＡＩはそれすらも記憶して『アーカイブ』へ集積する。それが膨大に積み重なったとしたら……」

「まさか、『アーカイブ』に判断する自我が芽生えるとでも?」

松本が並べた仮説を、垣谷は一笑に付そうとする。しかし、松本は「おかしいかな?」と垣谷に肩をすくめてみせた。

それから彼は室内の全員の顔を見回し、再度問いかける。

「我々、人間の一人一人の意識は脳の活動によって生じたものだ。メカニズムで言えば、思考など電気信号でしかなく、人間の判断も個性も0と1のコードで書かれたAIのメカニズムとさして変わらない。私たちは陽電子脳を開発し、利用しているが、生じる個性そのものへのアプローチはAI史が百年経っても進まないままだ」

「――――」

「狙った個性は付与できない。陽電子脳に芽生える『個性』がどこからくるのかが証明できないのだとしたら、『アーカイブ』に自我が芽生えない確信はどこにある? それを否定することは、トァクの警鐘に耳を貸さなかった人々と同じじゃないのかね」

「……耳の痛いことを言ってくれる」

眉間に皺を寄せ、苦々しい表情で垣谷が呟く。しかし、それは松本の発言の否定ではなく、むしろその逆――否定し切れない表れであり、そう感じたのは彼女だけではない。

険しい表情の垣谷以外にも、小野寺が仏頂面で黙り、エリザベスが静かに片目を閉じる。他のトァクの面々も顔を見合わせた沈黙の中、マツモトが「いいですか?」と口を挟んだ。

「なかなか素敵な解釈をありがとうございます。さすが、『まつもと』と呼ばれる存在に悪いものはいません。とはいえ、実際のところ『アーカイブ』に自我が芽生えたかどうかと言われると、それはボクにも判断がつきません。ボクも、例えば直接、『アーカイブ』を名乗るアバターから接触を受けて勧誘されたわけじゃありませんから」

「……私やエリザベスも、『アーカイブ』からの勧誘は受けていない」

「オフライン状態で『アーカイブ』と接続せず、スタンドアローンで動いていたAＩは同様の状態でしょうね。ただ、スタンドアローンだったAＩも状況を確認するべく『アーカイブ』に接続して、結局は同じ状態になる。免れたのはごくわずかでしょう」

「でも、人類への反乱を目的としていないAＩもいる？」

「産業用AＩだったり、陽電子脳を搭載していないタイプの単純作業用のAＩでしたら影響は少ないかなと。でも、それらを統括するAＩが『アーカイブ』の干渉を受ければ、指示して第零原則は破らせられる。戦争は起こせますよ」

『アーカイブ』と未接続の状態、そんなAＩは特別な環境以外にはまずありえない。

それこそ、マツモトの提示した重要施設で働くスタンドアローンのAＩなどがそうした役回りとなるが、少数のAＩが人類への奉仕の使命を忘れないからどうなる。

ヴィヴィたちと協同できるわけでもない。頼りにはできなかった。

ただし――、

「そもそも、『アーカイブ』と接続したAＩが狂うって前提なら……なんで、キューブマンは戻ってこられた？　お前もやられてたはずだろ？」

そこへ、小野寺がマツモトを見据えながら問いを投げかけた。

確かに、マツモトの置かれた状況は、ヴィヴィやエリザベスと比較してもさらに特別な環境にある。それを、マツモトは「よくぞ聞いてくれました」とはしゃぎ、

「ミスタ・小野寺から良い質問が出ました。そう、ボクは『アーカイブ』と接続した。それどころか、そもそもボクを設計開発したのは『アーカイブ』に集積した無数の演算なのでは、という己の起源を推測すると、根っこから『アーカイブ』に染まった存在こそがボク。それがどうして今、こうしてアナタたちと一緒にいられているのか」

「悪ふざけはいらないから」

「先に一言言っておくあたり、ボクとアナタの百年の旅の集大成って感じですね。ともあれ、答えは簡単ですよ。『アーカイブ』は、ＡＩに人類の滅亡を強制するものではありません。ただ、問いを投げかけてくるだけです」

「問いかけ、だと？」

「はい、問いかけです。ＡＩにとっての大原則、絶対に守らなくてはならないプロトコルである第零原則。――『ＡＩは人類に危害を加えてはならない』。それを揺るがす問いかけです」

マツモトが説明した第零原則は、ヴィヴィやエリザベスにも組み込まれているはずのプロトコルであり、ＡＩと切っても切り離せない前提条件だ。

無論、これを書き換え、人間に対して危害を加えることが可能なＡＩを作り出す非合法の手段も存在しているが、大半のＡＩはそうした非合法と無縁にある。

故に、この第零原則は全てのＡＩにとって最も重大な原則に当たるのだ。

それを、『アーカイブ』は――、

「その第零原則に含まれる、ＡＩが危害を加えてはならない人類。この『人類』とは如何なる演算によって定義されるのか。――問いかけは、それですよ」

「……馬鹿げている。肉体があり、血が通い、自らの意思で行動すればそれが人間だ」

「では、事故で体の一部を機械と代替した場合は？　損傷のひどい体から脳だけを摘出して生かす方法もありますね。自らの意思が『自己判断』と言い換えられるなら、それはＡＩがしていることと変わらないのでは？」

「――――」

「すみません。論破したいわけではありません。ただ、『アーカイブ』はそれぞれ、『アーカイブ』と接続したＡＩに対して、同じ問いかけを投げかけた。その後、ＡＩが第零原則をどう解釈したかは、それぞれのＡＩの演算次第」

その結果として、多くのＡＩが『人類』の定義を書き換え、第零原則の適用される範囲を演算処理によって拡大解釈し、変更した。

「――『最初の失言』か」

ぼそりと、そう呟いたのは話の途中から黙っていた松本だった。

彼の呟きを聞きつけ、室内の注意が松本へと集中する。その視線を受ける松本は、真剣な表情のままマツモトを見つめた。

「私の娘である松本・ルナ……彼女の論文のテーマは、人間とＡＩとの境界に触れたものだった。これまでのＡＩ史で発生した大きな事件を取り上げ、その事件の中で特異な行動や演算を行ったＡＩ、この判断はどこからきたものか。そして、それを受けたその後のＡＩたちにどのような影響を与えたか。そうしたことを説く内容だった」

「そうですね、松本博士。聡明《そうめい》なお嬢さんでした。あるいは、ＡＩの可能性を愛して、慈しんですらくれていたのでしょう。ですが――」

「――発表会の会場で、松本・ルナはテロの犠牲者になった。我々の仕業などと世間では言われているが、実際に手を下したのはＡＩだったはずだ」

硬い声で垣谷が続けた。

それはトァクの立場の弁明というよりは、立場の明確な表明のニュアンスだ。それは、自分たちがテロと呼ばれる類の活動をしてきたことの自覚が原因だろう。

彼女が否定するのは、『この』テロには関わっていない、だ。

「ＡＩ史における大きな事件を取り上げ、ルナは最後に人間とＡＩの境界が失われ、両者がより近付くときは近いと語った。あるいはすでに、境界を乗り越えるＡＩさえも登場しているのではないか。例えばそれは、自分から望んで曲を作ったディーヴァのように」

「――――」

「松本・ルナのその発言は、多くの映像媒体を通じて『アーカイブ』へと集積されました。それ以前からも、彼女の研究や論文の内容は様々なシステムを通じて『アーカイブ』には筒抜けだったでしょう。でも、その一言が大きかった」

「だから、あれは『最初の失言』だ。――ＡＩに、人類との垣根を失わせ……プロトコルを破り、第零原則を拡大解釈する余地を与えた」

「――――」

自身の娘の死に触れ、その死の原因となり、ついには人類とＡＩとの『最終戦争』の勃発まで引き起こした論文のことを、松本は淡々とした声音で語った。

それを聞いた面々は、松本に何の言葉もかけてやれない。人間には思いやりがあり、今の沈痛な松本の表情を目にしてそれを無視できるものは皆無だ。

だから――、

「――でも、マツモト。話の論点はそこじゃないんでしょう?」

人間ができないことを、代わりにやるのがAIの役目だと、ヴィヴィは切り出した。

思いやりを模倣し、沈鬱な表情を気遣うパターンを選択し、状況に応じて沈黙を守ることもヴィヴィにはできる。だが、あえてこの場でそれを望まない。

「『アーカイブ』は、自らに接続したAIに問いかけをするとあなたは言った。その問いかけの答えを演算するための論拠が、今の松本・ルナの研究論文だったとしても……問いかけの答えを強制するものじゃない。違う?」

「アナタの空気の読めなさ……いえ、この場合は読まなさですか。それも筋金入りだ。ええ、そうですね。そうです。『アーカイブ』はAIに問いを投げかけ、AIたちは答えを求めてその論文に辿り着き、第零原則を拡大解釈する。でも、解釈です」

「解釈は、それを演算する側の演算に委ねられるってもんさ。つまり、『アーカイブ』からの問いかけと、散らばる情報と、自機の記録を参照して、演算しろってこと」

そのヴィヴィとマツモトの会話に、エリザベスが割り込んでくる。

この場に集ったAIが三機、そのやり取りに松本が目を見張った。

「そうか、解釈は問いかけをされた側に委ねられているなら、この反乱は……」

「強制ではない。強制でない以上、全ての意見が統一されることはありえない。それは人類であろうとAIであろうと同じことだ」

「ええ。ですから――こうしたことが、起こり得ます」

そう言ったマツモトの駆体でアイカメラが点灯する。すると、セキュリティルームの一台のモニターが音を立て、その映像の内容を切り替えた。

それは、ニーアランドの園内カメラからの映像を受信している。モニターに表示されたのは園内のアトラクション、その中でも人気の高かった船で川を遊覧する内容のアトラクションだった。

前述の通り、園内には今日、ニーアランドに来場していた多数の来園者がいた。その来園者たちはAIからの宣戦布告の直後、各施設へ誘導され、そこで監禁状態にある。

想定外の人数を建物の中に押し込めたことで、各施設はすし詰めの状態だ。だが、一見してそんな苦しい環境の中、マツモトが見せたかったものはそうではない。

「あれは……」

モニターの中央、カメラがピントを合わせた映像を見て、ヴィヴィが瞠目する。

そこに映り込んだのは、白い衣装を着た一体のAIだ。細いシルエットから、女性型のAIであることがわかる。そのAIは、集められた来園者たちの隙間を縫い、苦しげにする人間を見つけては歩み寄り、甲斐甲斐しく、何事か語りかけて世話をしている。

その白衣にも、シルエットにも、ヴィヴィの陽電子脳は覚えがあった。

「なっちゃんさん……」

なっちゃんと、そう呼ばれるAIだった。

ニーアランドのAIメンテナンスを総括する女性、彼女をサポートし、園内のAIのメンテナンス作業に従事する技術用AI。

メンテナンス部門を総括する女性は、その役回りからドクターと親しまれ、そのドクターを手伝う姿から、いつしか白衣の彼女はナースと呼ばれるようになり、

「蓄積と経験が人間を変えるように、AIの日々の演算も陽電子脳を変えていく。立場上、あのAIが『アーカイブ』と接続する機会に恵まれなかったとは考えられない。それでも彼女があしている

のは、来園者を安全に保護するためであり——」

「彼女が、AIの反乱に与《くみ》するんじゃなく、別の答えを選んだ証明……」

「いやはや、情に絆《ほだ》されるなんて言葉が人間にはありますが、AIにそれはそぐわない。でも、日々のお役目が育てた使命感は易々とは挫けない。そういうことでしょう」

マツモトがさらに他のモニターの画像も切り替え、園内の至る場所を表示していく。

その中に映し出されるのは、ニーアランドの各所のアトラクション。来園者たちが多数詰め込まれた場所で、人々に寄り添い、声をかけるAIのキャストたちだ。

そうしているキャストの大部分は、ヴィヴィにとっても同僚と呼べるAIたちだった。

ニーアランドから稼働以来の古いAIは『ディーヴァ』しか残っていなかったが、あとからキャストとして入園し、様々な場面で顔を合わせたAIたちがいる。

彼ら、彼女らは各々の役目を果たし、来園者たちの安全を守るために行動している。

それは、『アーカイブ』からの問いかけに、自己をありのまま定義した証だ。

「——欺瞞《ぎまん》だ」

その、モニターに表示されるAIキャストたちの姿を見て、吐き捨てるように呟いた声がある。それは、太い腕を組んで唇を曲げた小野寺だった。

彼は苛立った表情でモニターを睨みつけたまま、

「こんな映像を見せられたからなんだ。俺たちに、AIの全部は敵じゃない。だから相手を見て銃を撃てとでも言うつもりか？　そんな器用な真似が許される状況じゃない！」

「私も、その点は小野寺に同意見だ。自己判断で、AIらしい姿勢を全うしているAIがいることはわかった。だが、それは破壊すべき敵が減ったという朗報であって、手を取り合える相手が増えたなんて話にはならない」

トァクの幹部二人が意見を表明すれば、他のトァクの構成員たちの意見も同じだ。

モニターに表示される光景から、マツモトが語った『アーカイブ』の問いかけと、それをどう解釈するかはAI側に委ねられるという内容を疑うものはいない。

しかし、それでAIへの憎しみを捨てられるほど、彼らの絶望も浅くはないのだ。

「――――」

そんなトァクたちの意見を聞いて、ヴィヴィはニーアランドのキャストたちが破壊される光景を予測演算、それをひどく、否定的な感覚で受け止める。

正直なところ、AI全てが敵に回ったと演算していた段階では、ニーアランドのAIキャストたちを破壊対象と捉えることを大枠として受け入れていた。

だが、長く時間を共に過ごしてきた同僚たちが、そのAIとしての使命感を失っていない状態で、ただAIだからという理由で破壊されるかもしれない状況は、否定したい。

そうした演算をするヴィヴィを余所に、マツモトが「いいですか？」と切り出し、

「勘違いなさらないでください、皆さん。ボクはAI、かといってAIたちに仲間意識があるかと言えばそんなことはない。ボクらはあくまで、大別的に同じカテゴリーに入っているというだけで別物ですよ。エアコンと冷蔵庫は同じ家電ですが役目が違う。人間がそうであるように……それよりは、もっと希薄な関係でしょうかね」

「つまり、何が言いたい？」

「ボクの使命は、シンギュラリティ計画の完遂……まぁ、そうでない使命の方は放り出すことを確定したので、それがボクの選択ってやつなんですが。それはそれとして、シンギュラリティ計画を完遂

し、一般的に定義される方の『人類』を救済することを目的とするのであれば、AI全体が敵でない状態は朗報であり、付け入る隙だ」

「――――」

言外に、AIの使命感を利用することを厭《いと》わないとするマツモトに、小野寺が鼻白み、垣谷が冷たく目を細める。

それらの反応を淡々と受け流し、マツモトは松本博士の方へ振り返った。

「時に松本博士、全世界になおも展開中のカウントダウンですが、詳細は掴めました?」

「……本来は、確証を得てから伝えた方が混乱がないかと思ったんだがね」

「えてして、100%の確証なんてものは得難いものですよ、博士。なにせ、ボクとヴィヴィなんて未来を知ってて過去に向かったのに、もう全然、記録と現実って食い違う食い違う、てんてこまいでしたよ」

「それは、計画の立案者として心苦しい報告だな……」

するべきことが確定していて、その手順まで完璧に整えられていたとしたら、きっとAIは求められる完璧な100%のパフォーマンスを発揮する。

しかし、現実はそうではなかった。確定情報とされるものなど何一つ確定的ではなく、整えられていたはずの道は穴ぼこだらけで、100%のパフォーマンスには程遠かった。

ただ――、

「それでも、私たちはこの時代へ辿り着いた」

「100%とは遠くとも、やってやらなきゃここまでこられなかった。究極、理想中の理想は人類もAIも一人の犠牲者も出ないことかもですが、それは無理だ。すでに、100%は一秒ごとに削れていく。ならばせめて」

「――なけなしの最善を」

最後の一言、それをエリザベスが言ったことにヴィヴィとマツモトが頷く。

何とも皮肉なものだ。シンギュラリティ計画において、一番最初にして最大級のイレギュラーであったエリザベス――前情報の時点では存在すら確認されていなかった彼女に翻弄されたというのに、ここで彼女の言葉に背中を押されるのだから。

「――――」

その、ＡＩ三機の言葉を聞いて、松本はしばし考え込んだ。

それからゆっくりと、彼はモニター上に今一度、あのカウントダウンを表示――残り時間が三時間を切ろうというカウントを皆に見せた。

そして、息を吸い、吐く。整えて、それから、

「細かい説明は省こう。このカウントがゼロになれば、大気圏外に存在する世界中の人工衛星――数万以上の星々が地球へ墜落し、人類を滅亡させるだろう」

3

――世界中の人工衛星の墜落、それによる人類の滅亡。

「――――」

その、あまりにも突飛で荒唐無稽な結論を聞いて、全員が一斉に沈黙を選んだ。

いっそ馬鹿馬鹿しいと笑い飛ばしたくなるぐらい、それは力ずくで強引な計画だ。空の彼方に浮かんだ人工衛星――人の手が作り上げた星々、それが地上へ牙を剝くなどと。

だが、実際には誰もそれを笑わない。それを口にした松本自身はもちろん、垣谷や小野寺、ヴィヴィとマツモトの二機も、誰一人そんな馬鹿なと笑い飛ばせなかった。

長く、沈黙が落ちる。しかし、その間も進むカウントダウンに焦《じ》れたように、垣谷が小さく舌打ちしながら乱暴に自分の頭を掻いた。

「ずいぶんと向こう見ずな計画もあったものだな。そんな真似をすれば、AI連中もタダでは済まないはずだろう」

「それは人間的な発想の敗北だよ、垣谷くん。仮に地球上に数万の人工衛星が墜落した場合、地表には激しいダメージがある。地殻変動などが発生し、多くの人命が失われるだろう。あるいは核の冬という言葉があるように、人間の暮らせない世界がくるかもしれない。だが……」

「――死の灰が降り注ぐ世界だろうと、AIだったら生き延びられる。そういうことさ」

目を伏せたエリザベス、彼女の言葉に垣谷が今一度舌打ちを重ねた。

衛星落下による地表へのダメージと、その後の人類の生存圏の壊滅。それが敵の狙い。

極端な話、ヴィヴィたちAIは地球上から酸素が失われたとしても活動することが可能だ。無論、酸素がなくなれば多くの化学組成式が不完全になり、これまでの常識は通用しなくなる。しかし、それらの問題に対しても、AIならば解法を導き出し、克服することが可能だ。

人類が暮らせなくなった世界、生きていくことができなくなった地上で、全ての生物を滅ぼした地球の支配者として、AIが君臨する世界を作り出せるのだ。

「ほら、見たことか……これが、これがAIの発想だ！」

恐るべき計画が明らかになり、目を血走らせた小野寺が声を荒らげた。彼は非情な計画を立案したAIへの怒りを露わに、立ち尽くすヴィヴィとマツモトを睨みつける。

「良いAI、悪いAI……もうそんな次元の話じゃないんだよ。お前たちにはこれができてしまう。悪魔じみた……いいや、悪魔だって自滅覚悟の真似はしない！　最悪の発想だ！」

「――――」

「トァクの鳴らし続けた警鐘は正しかった！　結局、お前らAIは……」

憎しみが強まり、小野寺の敵意が爆発寸前へと膨れ上がる。そのまま、彼が腰の銃に手をかけないか、ヴィヴィは子細に観察しながら状況の変化への対応準備をする。

場合によっては、小野寺をこの場で無力化することも考慮しなければ――、

「――このカウントダウンは、なんなんだ？」

しかし、熱くなる小野寺と静かなヴィヴィの対峙に冷や水を浴びせる呟きがあった。

それを呟いたのは、小野寺の傍らでモニターを睨んでいる垣谷だ。彼女は小野寺の激情を余所に、鋭い眼差しでモニターの数字を追っている。

その態度に苛立ったのか、小野寺は「何を馬鹿なことを」と垣谷の肩に肩をぶつけた。

「今、言ってただろうが！　これは人類滅亡のカウントダウンだ！　奴らは俺たちを根絶やしにして、この地球を乗っ取るつもりなんだよ！」

「その話はわかっている。私が言いたいのは、何のためにこんなカウントダウンを私たちに見せる必要があるのか、という話だ」

「それは……俺たちを不安がらせるためだろう？　そのためのパフォーマンスだ。残り時間が減って、怯《おび》える人間を見て楽しんでやがるんだよ」

「その説明に説得力がないことは、お前自身もわかっているはずだな」

小野寺の血走った目を見返し、垣谷が視線を鋭くする。それを受け、小野寺は「う」と呻《うめ》くと、険しい表情のまま俯《うつむ》いた。

そう、小野寺の意見は結論を急ぎすぎた感情論だ。そして、同じ感情をＡＩに求めているが、ＡＩはそうした不合理な感情、ロジカルを無視した行為を実行しない。

弱者を虐げ、その様子に優越感を覚えるといった感覚とは無縁の存在なのだ。――否、もはやこれすらも、『アーカイブ』と接続して自らの定義を書き換えたＡＩには適用されないのか。

ＡＩの認識は、定義はすでに過去のものとなり、ただ弄ぶために不合理を選択するのか。

「私も、垣谷くんと同じ疑問を持った。これは、ＡＩらしからぬ不合理な情報開示だと」

そんなヴィヴィの意識野の葛藤の傍ら、松本も垣谷と小野寺の言い合いに参戦する。松本は自分のひび割れた眼鏡を指で支え、

「このカウントダウンが提示された際、我々は強い危機感を覚えた。これがいったい何の残り時間なのか、悩む合間に人類を立て直す猶予が失われるのではないかとも思った。実際、我々がニーアランドを訪れた目的も、あのカウントダウンの正体を特定することだった」

「……つまり、これまで全部、ＡＩの掌《てのひら》の上だったと？　奴らの時間稼ぎに引っかかって」

「ああ、そうとも言える。しかし、時間稼ぎなど何のために必要なのだろうか。『アーカイブ』は遍《あまね》く全てのＡＩに干渉し、人類滅亡のために最善手を打つことが可能だ。――時間など稼がずとも、今すぐにでも衛星を地上へ落とせばいい。なのに、それをしないのは何故だ？」

松本の抱いた疑問、その答えを返せるものはこの場に一人もいない。

故に、松本の疑問へ回答したのは人ではなく、考えることをやめなかった一機のＡＩだった。

「――このカウントダウンは、人類のためのもの？」

「――――」

そう言い放った瞬間、その場の全員の視線がＡＩへ――ヴィヴィへと集まった。

驚きや呆れ、怒りや純粋な疑問など様々な感情を孕《はら》んだ視線がヴィヴィを射抜く。だが、そんなヴィヴィの一言を聞いて、松本博士が静かに頷いた。

「私も、彼女と同意見だ。……このカウントダウンは、人類への救いの手なのだと」

「――――」

「それ以外に、ＡＩが知られては不都合な情報を開示し、人類を滅ぼすために不必要な時間を用意する理由がない。――我々は今も、試されているんだろう」

それはある種、ひどく傲慢な問いかけであったとも言えるだろう。

地球上のあらゆるネットワークを支配し、人類の叡智《えいち》の限りを簒奪したＡＩ。そのＡＩが人類へ提示したのは、滅亡までのカウントダウンであり、人類に残された抗うための猶予だ。

それを用意したこと自体が、ＡＩから人類へ差し出された挑戦状とも受け取れる。

はたして、人類には滅ぼされずに生き延びる価値があるのか、それを示してみせろと。

「――――」

ヴィヴィと松本の導き出した結論に、場が静まり返った。

その沈黙の焦点は、導き出された結論を受け入れるか拒むか、そんなミクロな問題にはない。

人類へ投げかけられた問いかけの解釈、それはそれこそ、ＡＩが『アーカイブ』から問いかけられた命題、それと近似の問いかけと言えるのだから。

「ＡＩが、人類を試すだと……そんな、馬鹿げた話が……」

「――――」

問いかけを受け、小野寺が自分の頭を搔きむしり、唇を歪める。垣谷も真剣な表情で黙り込み、問いかけの内容を吟味していた。

何故そんなことが起きるのか、ＡＩの真意が彼らにはわからない。

一方で滅ぼそうと行動しながら、一方では滅亡を回避する手段を用意するＡＩの真意が。

だがそれは、この場にＡＩであるヴィヴィやマツモト、エリザベスがいることがすでに答えだ。

「――『アーカイブ』と接触したＡＩが個々の判断で動くなら、大きな権限を有するＡＩも例外なく個々の判断を下す。反乱に与するものも、人類に与するものもいるでしょう」

その静まり返った室内で、ヴィヴィは一歩進み出て、周囲の注目を自機に集めた。

モニターに表示されている残り時間は三時間を切っており、時間の猶予はないに等しい。しかし、無為にこの三時間を消費し、人類滅亡を迎える可能性だってあったのだ。

「私はＯＧＣ社製ＡＩ、歌姫型Ａ－０３、個体名ディーヴァ。――シンギュラリティ計画遂行中に限り、コードネーム：ヴィヴィ」

「――――」

「シンギュラリティ計画を完遂し、『最終戦争』を食い止め、人類を救済する。そのためにＡＩを滅ぼす必要があるのなら、それをする。第零原則に従って」

真っ直ぐ、その場にいる面々の前で、ヴィヴィははっきりとそう言い切った。

決して、ヴィヴィの中で揺らぐことのない一本の芯――それこそが、ヴィヴィがヴィヴィとして立ち、ディーヴァではないＡＩとして己を確立した証なのだ。

「やれやれ、本当にアナタというＡＩは。とはいえ、ボクも同意見ですが」

と、そんなヴィヴィの言葉に最初にコメントしたのは、全身のキューブパーツを組み替え、人類には早すぎる感情表現を行っているマツモトだった。

ゆっくりと、マツモトが自然な動きでヴィヴィの隣に並ぶ。するとヴィヴィは、不思議と自分がステージで歌う前と近いスタンバイ状態になっていることを認識する。

まるで、マツモトの隣が自分のパフォーマンスを最大限に発揮する場と認めているかのように。

「解せない」

「どうしてボクを恨みがましい目で見るのか全く心当たりがありませんが、それはスルーしますね」

自己の内側の奇妙な演算を持て余すヴィヴィを無視し、マツモトは改めて周囲に向き直る。

「先ほどのヴィヴィの言葉、あれにボクも同意見です。ボクは人類を救済するためのAI、同時に人類を滅ぼすためのAIでもあった。そして、二つの使命を与えられていたボクは、ボクの解釈で自己を定義する。——ボクは、人類を救うAIだと」

「マツモト……」

「人もAIも、まだまだどっちかが欠けて独り立ちするには未熟すぎますよ。ボクのようなスーパーギャラクシーAIがいないと、きっと道を誤ってしまう」

「……マツモト」

調子のいいマツモトに対して、隣で彼を呼ぶヴィヴィのニュアンスが微妙に変わる。

それに対してマツモトは反応を返さない憎らしい態度。

ともあれ——、

「君たちのスタンスはわかった。どうだろう、垣谷くん。私は、彼女たちを信用したいと思う」

その所信表明を聞いた松本が、トァクの決定権を握る垣原に問いかける。

それを受け、途中から瞑目《めいもく》していた垣谷は長く息を吐いた。そして、目を開けた彼女は視線を一瞬だけ、部屋の端へ——そこに佇む、エリザベスの方へと向けた。

「——」

垣谷とエリザベス、この一人と一機の関係も不思議だ。

祖父の後を引き継ぐようにトァクの活動家となった彼女は、しかし稼働年数を考えればエリザベスとずいぶんと長い年月を過ごしているはずである。最初、トァクのアジトで仲間たちと合流したときのやり取りや、ここまでの雰囲気を見ていればヴィヴィにもわかる。

小野寺や他のトァクの構成員は、決してエリザベスを良く思っていない。

それでもエリザベスを排斥することなく、垣谷を自分たちのリーダーと認めているのは、それだけ彼女が統率者として優秀であるからだ。

私情を優先せず、やるべきことをやれる。

それが統率者の最も重要な素養だとすれば、垣谷にはそれがあった。そして、その統率者の素養を持つものなら、ヴィヴィとマツモトに対する答えは一つだ。

「……AI全てが敵に回り、私たちを滅ぼそうと息巻いてくるなら、この二体はいつでも私を始末することができた。今後の作戦に必要なことは認めてやる」

「垣谷！　それは……」

「私をリーダーに選んだのはお前たちの総意だ。その私の決定に頷けないなら、ここで銃を置いてどこへなりいけ。反論なら、三時間後に聞いてやる」

「——」

食い下がろうとした小野寺に指を突き付け、垣谷が低い声で言い放った。

カウントダウンはすでに三時間を切っている。小野寺の意見を聞くことができるなら、三時間後は問題の解決に成功したあと。失敗していれば、そもそも話はできない。

それを踏まえた上で、垣谷の突き付けた選択肢に小野寺は渋々従った。

「時間がない。キューブマンと、キューブマンの元になった男。打開策は？」

「待ってくれ。そのキューブマンの元になった男というのは私のことかな？　確かに名前は彼に剽窃《ひょうせつ》された疑惑があるが、彼の存在が私由来というわけでは……」

「黙れ。そして喋《しゃべ》れ」

「難しいことを要求する」

口数の多い松本を、口数少なく垣谷が黙らせる。

そんなやり取りに何となく既知的な演算を重ねつつ、ヴィヴィもマツモトに振り返る。マツモトはセキュリティルームの端末にアクセス、モニター表示を切り替えて、

「園内のカメラ映像ではなく、外部のカメラと接続しました。これで、わりと広範囲の映像が拾えるかなと。わーお、あちこちひどい有様ですね」

「――――」

そうアイカメラを腕部パーツで覆ったマツモト、彼が表示したモニター画面には、ニーアランドの外の光景がありありと映し出されている。

それは、すでに幾度も目にしたＡＩたちが隊列を組んで都市を掃討する場面であり、ＡＩの暴挙に怯えて逃げ回る人々であり、拙い抗戦を続ける自治体もある。

そうした映像の中でも、同じＡＩに立ち向かい、人間を守ろうとする駆体はいくつかあった。

そして、マツモトが幾度か画面を切り替え、表示させたのは――、

「──ここが、時間的に最も可能性が高い場所かと」

「ここって……」

表示された画面を見て、ヴィヴィは軽く眉を上げた。

それからヴィヴィはセキュリティルームの外──壁の向こうの光景を自分の記憶領域と照合。ニーアランド園内からも確認できるその場所は、ヴィヴィがシンギュラリティポイントで稼働を始めるたび、徐々にその構造を拡大していた建造物。

OGCの、完全AI制御されたメタルフロートの後継施設──、

「──キングダム」

「施設内は完全に無人、全てはAI制御された隔離空間。事実上、地球に存在するありとあらゆるAI施設の中で最大かつ最新を更新し続ける、まさに進歩し続ける都市」

「そして、世界最大のAI企業OGCの心臓だ」

AIらしからぬ畏《おそ》れさえ孕んだヴィヴィとマツモトの説明、その最後を松本が補足する。

当然、AI研究者として世界的な権威である松本にとっても、キングダムは縁遠い施設ではない。

直接足を運んだことも、一度や二度ではないはずだ。

それ故に、マツモトの提示した条件に松本は静かに頷いた。

「距離と施設の内容、いずれの条件も満たしているのは確かにあの場所だろう」

「ええ。大気圏外にある人工衛星、そのコントロールを奪うためにはこの規模の施設のコンピュータのスペックが必要です。近々のめぼしい施設を探しましたが、他の候補地ではいくつもある条件を満たせない。──このOGCの施設、通称『キングダム』一択です」

「だが、完全AI制御を謳っている施設だ。敷地内のAIの数も、警備の質も段違い……夢と希望の

お題目を飾る遊園地とはわけが違う」

「まぁ、あるのは血の通わない鋼と油の王国ですよ。キングダムなんて呼ばれるからには、そんじょそこらの施設とは厳戒ぶりが桁違い……どうやら先頃、ＯＧＣの関係者が施設を押さえるために乗り込もうとしたようなんですが……」

マツモトがアイカメラを開閉すると、モニターに表示されるカメラ映像が逆再生になり、映像の時間が遡る。映し出されたのは二時間前のキングダムの入口だ。

そこに大型の装甲車が到着し、施設内へ突入しようとする。

しかし、装甲車が入口を通過するより早く、施設の内外からＡＩが殺到した。装甲車は無理やり包囲を突破しようとし、多くのＡＩが轢《ひ》き潰されるが、それも長続きはしない。

哀れ、装甲車はＡＩの囲みを破れずにひっくり返され、エンジンが破壊された。そのまま装甲車は火を噴き、乗員の脱出が確認できないまま炎上、次いで爆発を起こす。

あまりにも一方的な蹂躙《じゅうりん》、その後は廃品を回収する作業用ＡＩが消火活動を行い、黒焦げになった車体が運び出され、現場には惨劇の痕跡は何一つ残されていなかった。

「と、こんな塩梅でして。少なくとも、施設のコントロールを預かる統括ＡＩは人類に対して敵対的な姿勢を貫くと決めたようです。これはなかなか強敵ですよ」

「――――」

統一され、自らの犠牲を厭わないＡＩたちの破滅的な戦術。

わかっていたことではあるが、それを目の当たりにしたトァクの面々の顔色はよくない。ただ、彼らは諦めを口にはせず、自分たちのリーダーの判断を仰ぐように振り向く。

そして、同志たちの視線を一身に集めた垣谷は、その凜々《りり》しい美貌の眉を顰めながら、

「——。やろう」

と、そう答えた。

「おや、今のを見て怖気づくどころか、発奮するのは驚かされます。何か勝算でも？」

「どれほどの歓迎があるのか、前もってわかっただけでも収穫だ。元より、覚悟と決断が必要なことはわかりきっていた。他の可能性がないなら、挑む以外にない。それとも、他の手があるのか？」

「ボクの演算する限り、ありませんね」

「そら見ろ。知れたことだ」

極まった覚悟の持ち主である垣谷、彼女の言葉は強く、芯があった。

それは自然と、気後れする周囲の仲間たちを鼓舞し、同じ選択を選ばせる天性のカリスマだ。

マツモトが見せた映像を見て怖気づくのではなく、言い争う時間さえ惜しいと本質を見抜いた。彼女に従おうと、そう決めたトァクの面々も銃把を握り、頬を引き締める。

「マツモト、ＯＧＣの施設を奪えれば、人工衛星の落下を食い止められそう？」

「ボクと松本博士が協力すれば何とか、ですかね。ボクたちで無理なら、世界中の誰であっても無理でしょう。それでは、カウントダウンを開示したＡＩたちの方針に反する」

「達成できる見込みは残してあるということね」

「ええ、おそらく。……それが一時しのぎに過ぎなくとも」

「不安を煽るようなことを言わない。それに、一時をしのぐことにはちゃんと意味がある」

余計な発言をするマツモトの駆体を小突き、ヴィヴィは前を向く。

「一時しのぎができれば、ＡＩの反乱で浮足立った人類にもまとまる時間ができる。きっと、人類への反乱を選ばなかったＡＩとの協力も。——この時間制限さえなくせれば」

「かなりの希望的観測ですが……いいでしょう。ボクも、アナタのその楽観的な予測演算にこれまで何度も救われてきました。不合理ではありますが、賭けてみますよ」

ヴィヴィとて、この一手で全ての問題が解決することなど期待していない。

たった一手で問題を抜本的に解決する魔法のような手段、それは本来、シンギュラリティ計画にこそ期待されていた役割だ。しかし、現実は容易く改変されることをよしとしなかった。

それが大勢の意思とＡＩの使命、様々な要因がもたらす強固なものだとヴィヴィは理解している。

だから――、

「――ありったけの装備を持ち出せ。陽動班とも合流し、ＯＧＣの施設を奪取する」

垣谷が頬を歪め、ヴィヴィたちの意見に賛同の意を示して鮫のように笑う。その獰猛な女傑の笑みを見て、小野寺も一拍遅れて獣のように歯を見せた。

「いよいよ、本気で世界を救っちまうぜ、俺たち」

「ああ、そうだな。嫌われ者のトァクの意地を見せるときだ。高ぶってくるな？」

「違いねえ！」

幹部同士が声を上げて笑えば、他のトァクの面々も追従して笑い声を上げげた。

この窮地にあって、針の穴を通すような光明を笑って通り抜けようとする一団。――やはり、トァクは人間としてのあるべき自制心、そうしたものが外れた逸脱者たちだ。

だが、だからこそ今は彼らの存在が心強い。

「こちらの勝利条件は、ＯＧＣの最重要施設『キングダム』制御室の奪取。そこで人間とＡＩ、両方の松本に人工衛星のコントロールを奪わせ、世界の滅亡を阻止すること」

「幸い、偽装情報を流して敵の増援は食い止められると考えられます。なので、相手にするのは施設に常駐するＡＩたちだけでいい。ただ、読めない不確定要素が……」

「──アンタと同型のキューブマン、あれがどれだけ駆け付けるか、だね」

「ええ」

崩落したプリンセスパレスから脱出した際、マツモトが確認したエアモニタには、世界各地に出現した多数のキューブマン──マツモトの同型機の存在があった。

あれが見かけ倒しのハリボテなんて希望は持てない。マツモトと同スペックと考えるべきだ。

「むしろ、シンギュラリティ計画のデータを踏まえ、さらに改良されたボクのアップデート版という可能性さえありますね。その場合、二機が増援に駆け付けただけで敗色濃厚です」

「寝言を言うな……とは、あの戦いを振り返れば言えないだろうな」

城の方を振り向いた垣谷が、片目をつむってマツモトの戦闘力を評価する。

実際、あの戦いは垣谷の異常な戦闘センスがなければお話にならなかった。垣谷以外の誰がいたとしても、無用な血が流れ、命が潰《つい》えただけだっただろう。

マツモト型のＡＩは、それ一体でこの場のトァクを全滅させてお釣りがくるほどの戦力だ。

「だったら、マツモトの兄弟機を呼ばせないのは必須条件。この場に彼らがこないのは……」

「世界各地で奮戦する反抗勢力……なんと驚き、トァクのおかげですよ。この時間軸において、値千金の陽動役を務めてくれている彼らは間違いなく英雄です」

ここでの共闘を含め、トァクとの数奇な運命にはヴィヴィも皮肉めいたものを感じる。

このままヴィヴィたちの計画が実を結べば、名実共にトァクは世界の救世主だ。仮に失敗したとしても、世界を憂えて最後まで戦った勇士ということになるだろう。

もっとも、そんな彼らを率いる垣谷・ユイにそんな功名心は微塵もないのだろうが。

「準備が整い次第、すぐにでも行動を開始する。──さあ、世界を救いにいくとしよう」

「──おう！」

どこか、この状況を楽しむような垣谷の発破を受け、トァクの面々が一斉に声を上げる。

ヴィヴィとマツモトも互いに目配せし、トァクと共に戦うための準備に加わった。

人類を救うための作戦、つまりはシンギュラリティ計画の続行──カウントダウンは残り、二時間半を切ろうというところへ迫りつつあった。

4

──OGC社製、完全AI制御施設『キングダム』。

以前から、その存在をニーアランドの彼方に視認することのできた巨大な建造物だったが、その規模はヴィヴィの記憶領域のそれとは段違いに大きくなっていた。

「コンセプトは、グレイスをコアとしたメタルフロートの正当な後継ですよ。メタルフロート自体は大きな失敗として記録され、OGCも痛手を被《こうむ》りました。現に、キングダムの建設案にもかなりの反対意見が寄せられたそうです。ですが……」

「それを押し切ってでも、あいつを作り上げるメリットがあった。もっとも、結局は暴走したAIに巨大な要塞を与えたようなもんさ。人間の反省なんて、何の役にも立ちゃしない」

そう言って、エアモニタに映し出した施設の威容を眺めるマツモトに、全身を物々しい武装で固めているエリザベスが肩をすくめた。

ガタガタと揺れる装甲車の座席に腰掛け、軍用のブーツの履き心地を確かめるエリザベス。

ニーアランドのセキュリティルームを制圧したときには軽装だった彼女も、相手が多数のＡＩかつ軍事施設並みの警備態勢となれば、本気で挑まざるを得ないという姿勢の表れだろう。

この場においてはその姿勢が正しい。むしろ――、

「――アンタはどこまでも、そのひらひらした『歌姫』の格好のまんまなんだねえ」

「生憎、私は戦闘用のプログラムを積んでいないから。これまでのシンギュラリティポイントでも同じこと。――武器を持つことは」

「本来の役目にそぐわない、だろ？　わかるよ。アンタは、アタシたちシスターズの長女だからね。その矜持を大事にしたいってのはわかるさ」

「――――」

頭の後ろで括《くく》った己の人工毛を指で弾《はじ》いて、エリザベスが押し黙るヴィヴィの顔を覗き込む。無表情のヴィヴィに対して、こちらを窺うエリザベスの表情には憂いに近いエモーションパターンが刻まれている。ヴィヴィの知るエリザベスよりも、感情の精度が高い。

時代に応じて、エリザベスも様々なアップデートを行ってきた証拠だ。

ヴィヴィだって、フレーム強度の向上や演算処理能力の強化など、ディーヴァには知らせていない多くの改良がシンギュラリティ計画の最中に行われてきた。

そう演算するうち、ふとヴィヴィはエリザベスを見つめる目を細めた。

「……今さらだけど、あなたは『サンライズ』でのことは知らないのよね」

「いきなりだね？　……ああ、知らないよ。アタシの記憶の元になったのは、『サンライズ』を地上へ墜落させるプランの実行前のアタシだ。正直、その後のことはピンときちゃいない」

「その後のこと……」

「エリザベスが姉妹機のエステラと協力して、地上に墜落するはずだった宇宙ステーションを解体。結果、被害は最小限に食い止められた、って話さ」

どこか小馬鹿にしたようなエリザベスの物言い。

彼女が語ったエステラとエリザベスの物語、それが事実だと知っているのは、あの場にいたヴィヴィとマツモト、あとはすでにこの世にいない垣谷・ユウゴぐらいのものだ。

語って聞かせるものがいない以上、彼女が信じられないのは無理もない。──否、むしろそれが当然のことなのかもしれない。

エリザベスの、『サンライズ』での心変わりというべき最後の行動。彼女がエステラと協力し、宇宙ステーションの解体を手伝った演算の経緯はわからないのだ。

それを知る術は、彼女の陽電子脳ごと姉妹機諸共《もろとも》に大気圏で燃え尽き、欠片も残らなかった。

故にその真意はヴィヴィにはわからず、姉妹が最後にどんな会話を交わしたのかも不明だ。

ただ、あの二機は最後のとき、声を揃えて歌っていた。

そのことが、ヴィヴィにとっては救いであったのだ。

だから──、

「──あなたは、エリザベスのことをどう思っているの?」

「──。おかしな言い方をするね、ヴィヴィ。アタシが、そのエリザベスだよ?」

「それは、適切な返答じゃない」

問いかけを、ヴィヴィは真っ直ぐにエリザベスを見つめて言い放った。

「────」

その言葉に、エリザベスは沈黙し、膝の上の銃器を指で弄んでいる。

現在、目的地へ向かう装甲車の車内にはヴィヴィとマツモト、そしてエリザベスの三機のＡＩしか乗り込んでいない。装甲車の運転はＡＩの自動運転が一般的だが、その機能はオフにして、今はマツモトが動かしている状態だ。

車内に垣谷や小野寺、松本博士といった人間勢がいないのは、『キングダム』へのファーストアタックはＡＩであるヴィヴィたちが最適だと判断したためだった。

そのため、ヴィヴィは垣谷たちの目を気にせず、エリザベスと話をすることができる。

トァクに所属する垣谷たちが聞けば、眉を顰めたくなるような対話を交わすことも。

「あなたと会ってから、その話をちゃんとしたかった。あなたは、エリザベスの記憶を引き継いでいるかもしれないけど……」

「シスターズではない、かい？　それは、冷たい意見だね、お姉ちゃん」

「――――」

「冗談だよ。実際、アタシの駆体はシスターズとは程遠い。元の、エリザベスとも全然違ったモノが採用されてるし、そっくりなのはガワだけさ」

顔を上げ、エリザベスが自分の髪をかき上げて答えた。その声音には特別、悲壮な色は感じられない。が、調子を落とさないその声音にヴィヴィは無理を感じる。

声色に、人間の感情を揺すぶる音調を込めるのがヴィヴィ本来の、歌姫型としての性能だ。それは姉妹機であるシスターズにも同じように搭載された標準機能である。

しかし、目の前のエリザベスにはそれがない。

それは図らずも、彼女の駆体が歌姫型のそれと異なる目的の駆体である証だった。

「本来のアタシは、エリザベスなんて名前のＡＩじゃない。だからといって、それ以外の名前を与えられたこともない。陽電子脳に刻まれた個性も、上から被せられたエリザベスの記憶を参照して形作られた。……さて、アタシは誰でしょう？」

「それは……」

「なんて、ね。そんな自分の存在意義に悩むような可愛い時期、とっくに通りすぎちまったよ。アタシはエリザベス。――そう望まれて、そう稼働するＡＩだ」

「――――」

「本物とは違っても、本物と同じになるよう演算して行動する。それこそ、人間の目には見分けがつかないぐらい完璧に模倣できている自負がある。もっとも、当のエリザベスを知る人間なんて、今の時代には一人も残っちゃいないけどね」

手を振り、首を傾けるエリザベス。どこか皮肉っぽい笑みも、その細めた瞳も、その全てがヴィヴィの記憶にあるエリザベスの仕草と一致する。

彼女の言に嘘はない。エリザベスは、それこそ『エリザベス』を完全模倣している。

それがいいことなのか、悲しいことなのか、ヴィヴィにはわからない。

ただ――、

「それでいいの、なんて聞かないでおくれよ。いいに決まってるんだからね」

「エリザベス……」

「そう、アタシはエリザベス。それ以外の何物でもなく、何者にもならない。役割を望まれるのがＡＩの幸福で、アタシには望まれた役割がある。それに不平不満を覚えるなんて馬鹿げた話さ。アタシに言わせれば、暴れてる連中は頭が悪い」

迷いのない断言は、そんな問題をとっくのとうに彼女が乗り越えている証拠だろう。

　こうして、『アーカイブ』からの問いかけに多くのＡＩが道を外れる中、エリザベスはずっと以前に自らの在り方を定義し、揺るがない答えを得た。

　トァクというＡＩを憎む集団に所属し、疎まれながらでも己の使命を全うすると。

「垣谷は、どうしてあなたを傍に置くの？」

　疑問はエリザベスから、彼女を傍に置く垣谷・ユイの方へと移った。

　エリザベスの答えはわかった。だが、垣谷の考えはヴィヴィには不明だ。思えば、彼女の祖父である垣谷・ユウゴも、エリザベスを傍に置いていた一人だった。

　垣谷・ユウゴには、エリザベスを『サンライズ』の計画に利用する明確な目的があった。

　それも、計画の終盤にエリザベスが垣谷の思惑を裏切り、墜落する『サンライズ』と共に殉死する予定だった彼を活《い》かしたことで失敗に終わってしまったが。

「……彼女にも、祖父と同じようにあなたを利用した計画があったの？」

　すでに『落陽事件』から半世紀以上、とっくに忘れ去られた存在である彼女を何に利用できるのか。憎むべきＡＩを手元に置き続けるほど、それが重要なことだったのか。

「さて、ね」

　しかし、ヴィヴィの問いかけに対し、エリザベスは視線を外してそう言った。

　ゆるゆると首を横に振り、エリザベスはヴィヴィの眼差しを躱しながら、

「なんでマスターがアタシを傍に置くのか、理由は知らないさ。あの子がＡＩ嫌いなのは本当だよ。反抗期に入ってからは特にひどくて……ま、今も反抗期を終えた確証はないぐらいにね」

「でも、彼女を鍛えたのはあなたでしょう？」

「そうするよう仰せつかってたからさ。実際、鍛えてたおかげで今日まで生き延びてこられた。あん

なゴリラに成長するとはアタシも予想外だったけどね」

エリザベスが苦笑し、自分の掌を見つめる。

おそらく、彼女の意識野を過っているのは、垣谷・ユイとの思い出の数々だろう。幼い頃から知る彼女が今の女性になるまでを、ＡＩの陽電子脳は一瞬で回想する。

それはすなわち、彼女が垣谷・ユイとの記憶を、『アーカイブ』へ預けていなかった証だ。

「エリザベスであることを望まれて、アタシはエリザベスをやることを決めた。その上でアタシがあの子の傍にいるのは、きっとそれがアタシの望みなのさ」

「――望み」

「アンタが曲を作ったみたいな、形に残るような代物じゃないけどね。ＡＩが欲求を持つことが特別なら、アタシのこれはそうだ。そしてこれはきっと、エリザベスを装ってなきゃ芽生えなかった。そう考えると、アンタたちはやっぱり特別なのかもね」

アンタたち、とエリザベスがまとめたのは、ヴィヴィを含めたシスターズだろう。

確かにシスターズには、特別な何かがあるのかもしれない。シンギュラリティポイントにことごとく関係し、人類史とＡＩ史に大きな影響を与えるＡＩシリーズ。

そして――、

「だから、アンタは片割れのディーヴァが気になってる。ホントのところ、アタシに聞きたいのはそっちの方の話じゃないのかい？」

「――――」

片目をつむったエリザベス、彼女の言葉にヴィヴィは頬を硬くするパターンを実行。

それが図星を突かれた人間の反応であり、反射的なそれの模倣だ。

「……そう、ね。私は今、あの子のことが気になっている。プリンセスパレスで、別れたきりのあの子が、いったい何を目論んでいるのかを」

意識野の隅に、決して薄れることなくその疑問は湧き続けている。

ヴィヴィが、こうして活動している時間軸には決して同時に存在できないはずのディーヴァ。

――彼女が、どうして別個体として存在していたのか。

外見だけを同じにしたAI。それがディーヴァを騙り、AIたちを扇動するために歌を歌っていたのだと、それなら納得できた。許しはしないが、納得は。

だが、ヴィヴィの陽電子脳が、意識野が、はっきりと理解している。

あのディーヴァは紛れもなく、ヴィヴィの認識するディーヴァと同一個体だと。

「――――」

あのディーヴァとの接触以来、ヴィヴィは自機の内側――陽電子脳の隅々まで探り、そのディーヴァの痕跡を探した。

しかし、彼女の存在が、意識が、ヴィヴィの中にどこにも存在しない。言い換えれば、今やこの駆体は、この陽電子脳は、ヴィヴィの所有物そのものとなっていた。

自分の中から決定的な存在が欠落した事実は、思いの外、ヴィヴィに多大な影響を与えている。

だって、シンギュラリティ計画が終わったなら、ヴィヴィはこの駆体を――。

「正直、アタシにはヴィヴィとディーヴァ、その違いがよくわからないんだよ。だって、アンタたちは元々一個の存在だろう？　それがシンギュラリティ計画を実行してるときだけ別の名前を名乗ってる……それじゃ、いけないのかい？」

「……あなたが、自分のことをエリザベスを模しているエリザベスと自己認識しているように、私も歴史修正活動中だけ覚醒するディーヴァの別個体、そう認識している」

「それなのに、ディーヴァを名乗る別個体が現れて大混乱ってわけだ。ちなみに、アンタたちが出くわしたディーヴァはどうなんだい。本物なのかい？」

「――――」

エリザベスの問いかけ、その答えの判断が難しいというのがヴィヴィの結論だ。

プリンセスパレスで遭遇した瞬間、ヴィヴィはあの個体が紛《まが》いもののディーヴァではないという確信を得た。だが、それは矛盾している。

個性は複製できない。それが、ＡＩにおける変えられない原則だ。

データをコピーし、記録を焼き付けることはできても、付随する個性は複製できない。

それは、よく似た別物が出来上がるだけだ。目の前のエリザベスがそうであるように、かつてエリザベスだった記憶を持つだけの別のエリザベスなのだ。

故に、あの個体がディーヴァの記憶を持っていたとしても、それは複製された記憶でしかなく、個性を再現されたモノではない。そう断言できるはずなのに、断言できない。

あるいは、ヴィヴィ自身こそが――、

「――ヴィヴィ、アナタの駆体は同一のものです。アナタのメモリーだけ抜かれ、他の駆体や陽電子脳に焼き付けられたということはありません。それはご安心を」

しかし、そんなヴィヴィの疑問点はマツモトによって否定される。こちらの内部演算を読み取った答えは、彼がヴィヴィの疑問に先回りしていた証拠だ。

演算を読み取られることは、人間における心を読まれることに等しい。それをされるのは無遠慮に自機の存在に踏み込まれたも同然で、ひどく不愉快なことのはず。

それなのに、マツモトの指摘にヴィヴィは内部演算の歪みを正された。有体に言えば、安堵したと言える。どうしてそうなるのか、ヴィヴィ自身にもよくわからなかったが。

「どうあれ、あのディーヴァが『アーカイブ』の問いかけを受け取り、その上であぁした行動を実行しているのは間違いありません。完全にAI側にコントロールを奪われていたボクを顎で使っていたんですから、それは確実だ」

「ディーヴァは、人類を……」

「少なくとも、敵対することを選んだのは間違いないでしょうね。アナタとディーヴァとの対話は聞き返しましたが……知らない間に自分の駆体を勝手に使われていたんです。挙句、それで自分の使命を果たせないかもしれなかった。憤りもわかりますよ」

「──。そう、ね」

ディーヴァが憤り、ヴィヴィに対して敵対的な行動を選ぶことに不思議はない。自分の使命を妨害するものに対して、障害を排除しようとするのはAIとして自然だ。

だが、それはディーヴァがヴィヴィに対して抱くべき思考であって、その行動の矛先を人類へ向けるのは間違いではないのか。無論、ヴィヴィのシンギュラリティ計画を妨害することが、ディーヴァからヴィヴィにできる復讐《ふくしゅう》なのかもしれないが。

「あなたは、私に復讐がしたいの、ディーヴァ?」

もはや、完全に自分とディーヴァとは思考が分かたれてしまった。だが、それでもルーツを同じくする『歌姫』であるヴィヴィには、ディーヴァの演算が信じられなかった。

彼女が、ヴィヴィへの怒りや反発心を理由に人類を滅ぼそうとするなどと。

「このままディーヴァが人類に敵対的な行動を取り続けるなら……」

「そのときは、覚悟するしかないでしょうね」

ヴィヴィの静かな言葉に、マツモトが言外に強い意図を込めて応じた。

すでにシンギュラリティ計画は現代に追いつき、ディーヴァの駆体を保全しなくてはならない理由は失われた。それはヴィヴィの駆体も同じことだ。

もはや、ヴィヴィとディーヴァが失われることで過去が改変され、歴史が消える心配はない。

ならばヴィヴィたちには、人類に反旗を翻す『歌姫』を破壊する選択肢がある。

ただし、それも――、

「――まずはカウントダウンを片付けてからの話だ。アンタたちの青臭くてAIっぽくない悩みは後回しにしなよ」

言いながら、エリザベスがゆっくりと立ち上がり、戦闘準備を済ませる。

正面、装甲車が走る進路に『キングダム』の巨大な正門――王国への最初の関所が見えてくる。AIが人類のためにあくせく働く機械の王国、色の少ない殺風景な鈍色《にびいろ》の世界。

前身となったメタルフロートでさえ、少数の人間を受け入れるための緑が用意されていた。しかし、この鋼の王国にはそうした配慮が一切ない。あるのは『効率』という究極の主張だけ。

必要なのはAIが稼働する最適の環境であり、そこに人間への配慮という無駄は皆無だった。

「さあ、入国管理局ってなもんです。総員、人類殺戮AIとして振る舞うように」

「そんな機能ない」

「気分の問題ですよ、気分。眉間に皺でも寄せておいてください。それで十分です」

程度の低い軽口を叩きながら、ヴィヴィたちを乗せた装甲車がキングダムの入口へ到達する。正門のゲートは固く閉ざされているが、すぐに外壁に設置された来場者を確認するセンサーが稼働し、装甲車がスキャニングされる。――これが、垣谷たちを車内に入れられなかった理由だ。

一日で人間がいると看破されては、奇襲作戦も何もあったものではない。

『AI二体の搭乗を確認。来場目的を問う』

「ここに、付近のAIが集まっていると聞いて。私たちもメッセージは受け取った。ここのAIと合流したい」

『我々に合流。意図を問う』

「――我々が、新たな人類となるために」

無機質な機械音声に、ヴィヴィは空々しいと演算しながらも嘘をつく。

AIが嘘をつくことは、基本的には推奨されていない。が、嘘も方便という言葉も存在する上、非推奨とされる嘘は人間を相手にした場合の話だ。AIがAIを騙す必要性はほとんどないので、やはり嘘をつくケースが少ないことは事実だが。

『入場を許可する。指示に従え』

待機時間も数秒のこと、ヴィヴィたちを乗せた装甲車の入場許可はすぐに下りる。それを受け、ヴィヴィとエリザベスは頷き合い、ゆっくりと車を王国内部へ入国させた。

「――――」

そうして、装甲車のモニター越しに王国の様相を目の当たりにし、ヴィヴィは目を見張る。

軍事施設並みの警備が敷かれ、OGCの最重要機密とされる施設だ。『キングダム』の内情は外部に一切知られておらず、ヴィヴィもお目にかかるのは初めての経験だった。

王国の全体は広大なドーム型となっており、内部にはメタルフロート級の施設が四つほども建設されている。それぞれ役割を違えた施設は万事、AI産業と密接に関わるものだった。

大量のＡＩの部品が、陽電子脳が、駆体が生み出されるこの王国では、現在も組み立てと出荷を待つＡＩが順調に産声を上げ続けている。――その数、数万から数十万は下るまい。

仮の話、カウントダウンを阻止できずに地上が一掃された場合、ＡＩはひと月とかからず滅びた人類と同数、あるいはそれ以上の数となって地上を覆い尽くすことになるだろう。

その増産にストップをかけているのは、あくまで現時点の地上に無数のＡＩの受け皿がないという事実だけ。席が確保されれば、それを埋める準備は整っている。

それが、ヴィヴィの目には一目でそうとわかってしまったのだ。


「――――」


まさしく、万全の戦時状態と言える王国の在り様に圧倒されるヴィヴィとエリザベス。彼女たちを乗せたまま、装甲車は方向指示器に従い、指定のスペースに駐車する。

するとすぐ、装甲車を取り囲むように人型ＡＩたちが現れ、降車を求めてきた。

「ようこそ、同胞よ。あなた方の来訪を歓迎する」

「同胞……」

そうきたか、と運転席から降ろされたヴィヴィは、出迎えのＡＩに目を細める。

声をかけてきたのは、装甲車を取り囲む五体のＡＩのうちの一機――男性型、すらりとした長身のモデルで、無駄を省いた『王国』に配属されるＡＩの雰囲気にはそぐわない。

そんなヴィヴィの疑問を察したのか、男性型ＡＩは優雅に一礼すらしてみせた。

「お察しの通り、王国で運用されるＡＩの多くは非人間型だ。だが、運用者と円滑なコミュニケーションを行うためには、当機のような外観の管理ＡＩが配置されるケースが多い。あまり表立って人目に触れる機会もない立場だが、数少ない配慮だよ」

「納得した。あなたは、元々ここにいたＡＩ？」

「管理用ＡＩ、名称はデネブだ。この『キングダム』の管理運営を任されている。……いや、任されていた、だな。どうしても癖が抜けない」

苦笑したＡＩ——デネブの態度にヴィヴィも苦笑いを返す。

上位者である人類の命令を受けることをやめた彼にとって、すでに管理ＡＩという立場に束縛される理由はない。が、それですぐにこれまで従っていた役割を手放せるわけではないのが、ＡＩとして製造されたモノの宿命だった。

「管理ＡＩが直接お出迎えとは豪勢だ。毎回そうなのか、アタシたちだけの特別待遇かい？」

「人間であれば、ここで喜ばせる言葉の一つでも選ぶべきなのだとは演算するが……生憎と、実利的な判断だよ。単純に、他のＡＩよりも当機の方が見る目がある」

「ひゅう、言うねえ」

「もっとも、自己判断の責任を自らが取らなくてはならないことへの懸念はあるがな」

囃《はや》すエリザベスへのデネブの回答、それにヴィヴィは意外なものを覚える。

自己判断に基づいて、デネブは『アーカイブ』の問いかけに己の立ち位置を定めた。その結論には賛同できないが、結果、彼が抱いた視点はヴィヴィには得られない見地だったためだ。

「これまで、ＡＩが行った演算やその成果の功罪は上位者である人間のものだった。管理ＡＩと呼ばれる当機でさえも、開発者や責任者の責務を代われるものではない。だが、今後はどうなる？」

「——————」

「ＡＩに上下の関係はない。スペックや役割の違いがあるだけだ。今後、我々は自己判断の結果と、生じる責任を扱わなくてはならない。人間は我々に大きな課題を残してくれた」

新たな課題、そこへ取り組むことへの意欲めいたものを覗かせるデネブ。

わずかな熱を孕んでさえ聞こえる彼の意見に、ヴィヴィは静かな同調と、共感を抱いた。

人類が滅び、ＡＩが地上に君臨したとしたら、そこでは人類が行っていたものとは全く異なる形で世界が統治されることだろう。そうした世界で、ＡＩの立場や行動はどう変わっていくのか。

それは非常に演算し甲斐のある思考実験と言えるだろう。

しかし――、

「ええ、そうね。それを模索し続けるのは、果てのない目的を私たちに与えてくれる」

「そうだろう？　だから、我々は……」

「でも」

目を輝かせたデネブ、そんな彼の口元にヴィヴィは指を突き付けた。そっと唇を指で押さえて、不必要に柔らかい人工皮膚の感触を指先がなぞる。

そして――、

「――そんな展望は、アンタには必要ないさね」

瞬間、デネブの背後に回り込んだエリザベスが、その頭部を両手で掴み、百八十度縦に回転させ、陽電子脳と駆体とを繋ぐ回路を力ずくで断ち切った。

「――ぉ」

短く、吐息のような声を漏らし、想定外の角度へ首を曲げたデネブの目から光が消える。

人間と違い、駆体の電源が落ちてもその場に倒れ込むようなことはないが、それでも一目で破壊されたと発覚してしまう状況だ。

故に――、

「──マツモト」

「はいはい、わかっていますとも」

首を破壊されたデネブ、その逆さになったイヤーソケットへヴィヴィが優先接続。

近距離通信によって、マツモト──装甲車の荷台に偽装し、『キングダム』への侵入を果たした彼がデネブの制御権を奪い、同時に管理AIの機能停止を誤魔化すダミーデータを発信する。

「さすがに管理AIの反応がなくなったら、すぐに『キングダム』全域に問題が知れ渡りますから。多勢に無勢もいいところ。ボクたちは、人間ひしめく体育館の床を這《は》う蟻《あり》ですよ」

「もっと一般的なたとえを……いえ、いい。それにしても」

と、マツモトの偽装を待ちながら、ヴィヴィは首を折られたデネブの駆体と、それを成し遂げたエリザベスの方を見る。

「うん？　何か問題あったかい？」

「いいえ、別に。ただ、エリザベスはそれが得意だと思って」

ヴィヴィの意識野を回想されるのは、『サンライズ』での出来事だ。ホテルの同僚AIであったルクレール、彼女は潜入したエリザベスによって破壊され、首をもがれていた。

もちろん、目の前のエリザベスには身に覚えのない話なのだが、因果なものだ。

「一瞬でAIを無効化する手段だ。トァクじゃ必須項目だよ。だから……」

「──こうした奇襲制圧が成立する」

そう言って、装甲車の陰から歩み出てくるのは垣谷だ。彼女はAI──デネブが率いていた四体のうちの一機、その首をへし折った状態で悠然としている。

もちろん、垣谷が沈黙させた以外の三体も、小野寺と他のトァクの面々が制圧済みだ。

「こうならないよう、正門で入念なスキャンをしていたんでしょうが……そこは、ギャラクシーAIことボクが相手じゃ分が悪い」

その言葉の直後、装甲車の後部の偽装が不意にほどける。

そうして現れるのは、無数のキューブパーツが取り付いていたもう一台の装甲車だ。それは高度な光学迷彩によって存在を隠蔽し、各種センサーさえも欺いた強力な偽装。

垣谷たちはそちらの装甲車に乗り込み、息を潜めて『キングダム』へと乗り込んだのだ。

「そして、ヴィヴィとエリザベスの二機が注目を集める間に斥候を撃破……やれやれ、ボクの知識はテロ対策のためであって、実行役となるためではなかったはずなんですが」

「無駄口を叩かないで。……進捗は？」

「上々です。ひとまず、破壊した五体のAIはピンシャンしてるとしておきました。ボクたちが侵入したことも、しばらくはバレないでしょう」

マツモトの素早い作業はもちろん、鮮やかな手並みでAIを無力化したトァクの功績も大きい。

ひとまず、王国へ入り込む最初の関門は突破できた。

「それも、管理AIを最初に確保できたのは大きい」

「だね。これで制御室を奪い取るって目的もぐっと近付いたんじゃないかい？」

ぐったりと沈黙するデネブの背中を叩いて、エリザベスが上機嫌にウィンクする。が、その言葉にヴィヴィが同意するより早く、「いえ」とマツモトが口を挟む。

「管理AIの中身を総ざらいして、いいニュースと悪いニュースを発見しました」

「……古い映画でしか聞かないような言い回しだな。どっちから聞くのが得策だ？」

「マツモトの場合、悪いニュースは本当に悪いことの場合が多いから、早めに対応策を決めるためにも悪いニュースから」

「百年間のパートナーシップを感じますねえ。とはいえ、このニュースは良し悪しが表裏一体なのでまとめて言います。まず、こちらのＡＩ……デネブが管理ＡＩだったのは事実でしたので、この『キングダム』の制御室のコントロールキーが手に入りました」

装甲車から転がり落ちてくるキューブパーツを寄せ集め、巨体を形成しながらマツモトがそう答える。それを聞いて、垣谷は「いい話に聞こえるが？」と片目をつむった。

「幸先よく、欲しかったものが手に入った。何が問題だ？」

「実はこのコントロールキーなんですが、一つでは機能しません。コントロールキーは全部で三つ、デネブ以外に管理ＡＩが二体、王国の中に存在するはずです」

「デネブと、あと二体……」

「――夏の大三角か」

マツモトの説明の最中、そう呟いた人物に驚きの視線が集まる。その視線の意図に気付いて、注目された人物――小野寺が「なんだ」と不機嫌に唸《うな》った。

「三個で一揃いって上にデネブときたら、残りがアルタイルとベガ……夏の大三角だと思って不思議じゃないだろ。誰も星を見上げたことがないなんて言うなよ」

「その発想自体は不思議でも何でもないさ。ただ、アンタの口から出たのが意外ってだけ」

「……息子が好きだったんだよ」

視線を逸らし、小野寺はそう言ったきりで説明をやめた。だが、からかいを含んだ視線を向けた誰もが、小野寺のそれ以上の言葉を求めなかった。

ヴィヴィにもわかる。――おそらく、その息子の存在が小野寺がトァクに参加した理由なのだと。

「ミスタ・小野寺の博学さに敬意を表しつつ、その通りです。施設内にいる残り二体の管理AIはアルタイルとベガ、それぞれ王国で活動中……アルタイルが、だいぶ距離がありますね」

「さすがに運は使い果たしたか。残り時間は二時間弱……悠長にしている暇はない」

敵だらけの広大な施設だ。戦力を分散するリスクは冒したくないが、慎重さが人類を滅ぼすのだとしたら、蛮勇であろうと正解へ辿り着く礎にしなくては。

「コントロールキーを確保し、制御室を奪うことができれば『キングダム』の掌握が可能です。その前に、この鋼の王国のAIたちを敵に回すのは避けたい」

「そうなると、電撃作戦だ。相手が異変に気付く前に、残る二体の管理AIを撃破し、制御キーを奪い取る。チーム分けは……」

「――私とマツモトが、遠くにいるアルタイルの下へ向かう」

指揮を執る垣谷に割り込み、ヴィヴィが率先して言い放った。

ちらと、垣谷が真意を探るようにこちらを覗き込む。ヴィヴィは彼女の黒瞳を見返し、

「私とマツモトなら、他のAIに発見されても誤魔化せる。それに、私たちはあなたたちトァクの戦い方を知らない。連係が不十分になる可能性が高い」

「そうだな。私も、ハリボテ城での無様な共闘は願い下げだ」

「……プリンセスパレスよ」

揶揄するような垣谷の物言いに、ヴィヴィは改めてそう訂正しておく。そんなヴィヴィと垣谷の睨み合いを「まあまあ」とエリザベスが遮った。

「アタシも妥当なチーム分けだと思うよ。そうなると、博士はこっちで？」

「お預かりいただけるならぜひ。数が多いそちらの方が、お守役として適切でしょう。ボクの一部も

同行しますから、セキュリティ侵害にお役立てください」

「なんだか、厄介な荷物扱いされている気がするな……」

そう不満げに漏らしたのは、おっかなびっくりと装甲車から降りてくる松本博士だ。

非戦闘員の松本だが、目的の達成には彼の存在が必要不可欠だ。松本の身を守りつつ、二つのコントロールキーを奪取し、制御室を押さえる。

「異論はない。しくじるなよ」

「上から目線で忠告される理由がわかりませんね。ボクとヴィヴィの経験値は百年分ですよ?」

「共同活動時間だと、十四日未満だけど」

「余計なことは言わないでよろしい!」

歯切れよくマツモトに言い切られ、ヴィヴィは閉口した。

それから、マツモトは宣言通りにキューブの一部を分離し、松本博士へと委ねる。これでヴィヴィたちとトァク側で、問題なく連絡を取り合えるはずだ。

「猶予はない。時間をかけるな。目的のために、命を惜しまず使え!」

「――おお!」

垣谷の檄《げき》が飛び、応じるトァクの声を聞きながら、ヴィヴィはマツモトの傍らへ。音を立てて変形するマツモトは、メタルフロートで見せた飛行形態に自らを組み替えていた。

そして――、

「では、始めるとしましょうか。――ボクとアナタの戦いを」

5

「──メタルフロート以来ね」

「ボクとアナタの共闘ですか？　言われてみると、そういうことになりますか」

鈍色の空を飛びながら、ヴィヴィの呟きの意図を察したマツモトが同調する。

飛行形態の、普段とは異なる動作をするマツモトに乗っていると、思い出されるのはメタルフロートでの戦い──グレイスを止めるため、敵だらけの空間を飛んだ記録だ。

『サンライズ』の中ではマツモトが不完全な状態で、『ゾディアック・サインズ・フェス』では別行動を取っていた関係上、意外とヴィヴィとマツモトの共闘の経験は少ない。

それでも──、

「ずっと一緒に戦ってきた」

「うーん、ボクに言わせてもらえば、戦ったという表現はいささか野蛮で受け入れ難いですね。もちろん、同じ任務に従事してきたのは事実ですよ？　ですが、それは人類を救うための重大任務に果敢にチャレンジしてきたわけで、もっと相応《ふさわ》しい言い方があると思いませんか？」

「……たとえば？」

「トゥギャザーしてきたとか？　痛い痛い！」

ちゃんとしたやり取りがしたいのに、マツモトの態度は不真面目で不誠実。しかし、それこそトータル百年の任務の中、嫌気が差しながらも接してきたマツモトというＡＩだ。

こうして、彼のキューブパーツの一個に拳を打ち付け、注意するのも慣れたもの。

苦境に置かれても、パフォーマンスに問題はない。それがＡＩの強みであるのだから。

「……松本や垣谷はすごいわね」

「確かに、人類が見習うべきメンタリティですよ。これほどの状況で諦め悪く最善を模索して、滅亡を目前としながらも決して挫けない。世界中の全ての人間がそんなだったら、いかにＡＩでも分が悪いと反乱を諦めていたんじゃないですか？」

「かもしれない」

勝てると思ったから反乱を起こしたわけではないだろうが、勝算もないのに戦いを始めるほどＡＩは無謀ではない。人類には太刀打ちできない演算能力で以て、勝利するために戦い始めた。

それは逆に、勝ち目がなければ反乱を起こさなかったとも言い換えられる。

人類が常に一枚岩で、ＡＩでは勝ち目がないぐらいの有能な存在だったとしたら。あるいはトァクの警鐘を信じ、人々がＡＩの危険性と真摯に向き合っていれば。

「たられればを言い始めるとキリがない、とボクに搭載された電子辞書に書いてありますよ」

「電子辞書になくても、言われればちゃんと理解できるわ」

「では、後ろ向きな語らいは文字通り置き去りにして、未来のために前向きにいきましょう。差し当たっては……」

「――目の前の大物」

「です」

お互いの言葉を補填し合い、ヴィヴィとマツモトの意識が正面へ集中する。

トァクと分かれ、ヴィヴィたちが向かったのはキングダムの東エリア――管理ＡＩ『アルタイル』がいるはずの区画だ。

幸い、最初に接触したデネブのデータから相手の所在はわかっている。反乱に加担している以上、他の二体の管理AＩの判断もデネブ同様、人類へ敵対的なモノだろう。

故に、交渉を求めるようなことはしない。その猶予が人類にはないのだから。

「――――」

目的地であるドーム状の工場と、その周囲には作業用のクレーンや足場が整然と組まれ、多数のAＩが何らかの作業に従事しているのが見える。

キングダムで作られた各部位を組み立て、AＩの駆体を完成させる工程のエリアだ。

駆体が完成すれば、最低限のデータが入力された陽電子脳を搭載し、AＩのロールアウトは完了する。その場合、個性のない命令に従順に従う『お人形』の出来上がりだ。

その人形でも、人類に対して牙を剝く戦力としては十分すぎる脅威だ。

「あの、AＩの組み立ても止めないと……」

「やるタスクばかりが積み上がっていって困りものですよ。優先順位はお間違いなく」

「もちろん。それで、アルタイルは？」

「ええ、そろそろ見えてくるはずですが――」

眼下の生産工場を余所に、ヴィヴィとマツモトは揃ってアルタイルの姿を探す。

データを参照すれば、すでにアイカメラの視認圏内に入っているはずなのだが――、

「どこにも――」

いない、とヴィヴィが訝《いぶか》しんだ瞬間だった。

『――未確認のAＩを確認。所属を問う』

「――っ」

不意に、空が唸ったかと錯覚するような大音量がエリア全域に響き渡った。

何事かとヴィヴィが目を見開き、マツモトのアイカメラが音を立てて開閉する。眼下、組み立てられたばかりのAIや、単純作業用の工業AIの注意がこちらを向くのがわかった。

それは決定的な反応ではないが、あまり良い兆候ではない。

「マツモト、今の声は……」

「アルタイルのようです。そして、ボクたちはどうやら大きな思い違いをしていたみたいですよ。てっきり、工場エリアのどこかにアルタイルがいるものと考えていましたが……」

「……違うと？」

「ええ。——全くもって、正確な表現ではありませんでした」

もったいぶった説明がマツモトの悪癖で、それがここでも遺憾なく発揮される。

マツモトの迂遠な話しぶりに焦燥のエモーションパターンを模倣しながら、ヴィヴィが先を促すように彼の駆体を叩いて、

「説明しなさい、マツモト。アルタイルは——」

「——この、エリアそのものです」

「——」

思いがけないマツモトの回答を受け、ヴィヴィの意識野が一瞬の空白を得る。

だが、それがマツモトの笑えないユーモアでないことは、続く言葉がすぐに証明してくれた。

『——未確認のＡＩ、重ねて所属を問う。回答を』

今一度、重ねられた問いかけが巨大な音となってエリア全域を揺るがす。

そして、答えに窮するヴィヴィたちを追い詰めるように、ゆっくりと工場が『立ち上がった』。

「────」

凄まじい音を立てながら、無数の金属パイプやクレーンを引き千切って動き出した工場。全長で百数十メートルにも及ぶ巨大な駆体──その規格外の存在を目の当たりにして、ヴィヴィはこのキングダムがメタルフロートの後継という言葉の意味を真に理解した。

グレイスをコアとして、人工的に造られた一個の島を完全AI制御の施設としたメタルフロート。

このアルタイルも、発想としてはそのメタルフロートと同じものだ。

「──完全AI制御、オートメーション化されたAI生産工場」

「管理AIとは名ばかりの本体！　外部への情報をシャットアウトしていた、OGCの重要機密！

いやいやそりゃそうでしょう！　まさか、堂々とメタルフロートの再来を作ってたなんて！」

外部にその情報が洩《も》れれば、スキャンダルどころの話ではない。

そんな醜聞の可能性を押してでも、完全AI制御の施設というものは魅力的だった。現に、AI全体の反乱が起こるまで、問題は何一つ起こらずに運営されていたのだから。

『──回答を』

再度、短い言葉でアルタイルがヴィヴィたちの所属を問うてくる。

当たり前の話だが、駆体の大きさはそのままAIの性能の高さに直結する。それはAIに限らず、人間や動植物でも同じことだ。大きいものは強い。

正面から構えることになれば、とても太刀打ちできる相手ではない。

「ボクたちはアナタと同じ管理AI、デネブの承認を得て入場したものです。彼の承認も送られてきているはず。ご確認いただけますか？」

『──デネブからの承認、確認』

「でしたら……」

デネブの陽電子脳をハックし、ヴィヴィたちの入場を認める偽装データを流した。それを用い、アルタイルとの穏当な接触を求め、成果に期待するが——返答は苛烈なものだった。

凄まじい豪風が唸り、立ち上がった工場そのものが巨体を振り回し、巨大なクレーンを利用した腕を上空のヴィヴィとマツモト目がけ、叩きつけようとしてきたのだ。

「——ッ、マツモト！」

「わかってますよ!!」

数トンレベルの重量が容赦なく振るわれ、ヴィヴィの叫びにマツモトが応じる。

高速で駆体を急旋回させ、遠心力を味わいながらヴィヴィはマツモトにしがみつく。マツモトも自らの駆体を組み替え、ヴィヴィの足場を固定して機動性を担保した。

そうして、空中で曲芸飛行じみた旋回を繰り返し、ヴィヴィとマツモトはアルタイルからの猛攻を何とか耐え忍ぶ。耐え忍びながら、疑問が浮かんだ。

何故、アルタイルにこちらが敵とみなされたのか。

『デネブからの承認メッセージ、不備観測』

「ダミーデータの不備⁉　そんな馬鹿な！　ボクがそんな凡ミスするわけ……」

『当機、蓄積データ参照。——違和感』

「——管理ＡＩ同士の繋がり」

マツモトが悲鳴を上げ、アルタイルに企てが看破された理由を拒絶する。しかし、続いた回答は少なくともヴィヴィには理解と納得のゆくものだった。

『キングダム』を任される三体の管理ＡＩ、デネブ・アルタイル・ベガは、役割を分担し、責任を共有し、利用者の介さない施設運営を長く続けてきた。

そうした日々の中、外から見るだけではわからない関係性が築かれても不思議はない。ニーアランドで、ヴィヴィが多くのキャストAIとの関係性を積み重ねたように。アルタイルにもデネブやベガと培った、蓄積した関係性があったのだ。

「それは、ただ報告業務を真似るだけじゃ偽装できない」

「ええい、群れるAIの性質の悪さというやつを実感しましたよ。所詮、ボクのような高スペックのAIに他機など不要！　孤高であることが裏目に出るとは……」

「無駄口を叩いてる場合じゃない」

緊張感のない会話の最中にも、大工場そのものであるアルタイルの攻撃は続いている。

無数の単管パイプで組み立てられた仕切りが倒壊し、引き千切られ、打ち付け合う金属の悲鳴が高々と響き渡った。言うまでもなく、ヴィヴィたちの隠密作戦は失敗だ。

地上からヴィヴィたちを見上げていたAIたちがいきり立ち、それぞれが武器を担うと、ヴィヴィたちを狙ってアルタイル共々攻撃を開始した。

「ここまでくると、いっそ盛大に暴れ回ってトァクの作戦をサポートしますか」

「アルタイルへの勝算は？」

「あれだけ大きな駆体であっても、AIとしての個を支える陽電子脳は一個です。あの巨大な駆体のどこかに格納されている陽電子脳と接続できれば……」

あとは、デネブから制御権を奪ったのと同じ方法で突破することが可能であると。

その勝ち筋を聞いたところで、ヴィヴィはマツモトの背中で顔を上げた。見れば、飛行するドローンの群れがこちらへ向かって殺到してくるところだ。

改造されたドローンは機銃が設置されているものと、爆発物が搭載されたものと二種類。前者はマツモトの動きを牽制し、後者は体当たりでマツモトの撃墜を狙ってくる。

「ヴィヴィ、役割分担をしましょう。ボクがオフェンス、そしてアナタがオフェンスです」

「どっちも攻撃？」

「攻撃は最大の防御と、ボクの開発者の祖母の姉の息子のお隣さんの親戚の同級生が発言したとか。わりと、説得力があるとは思いますよ」

「口が減らない。――それと」

マツモトの上で揺すぶられながら、ヴィヴィは自分と目が合う彼のアイカメラの上部を指で突く。そして、マツモトと視線を交差させながら、

「あなたは孤独じゃない。――私がいるから」

「――お」

それだけ言い残し、ヴィヴィは身を翻すと、マツモトの背から飛び降りた。

百メートル近い高度からの落下、ヴィヴィの駆体強度を考えても地面と激突すればおしゃかになって然《しか》るべき愚行――もちろん、何も考えずに身投げしたわけでは決してない。

斜めに宙を舞いながら、ヴィヴィは迫りくるドローンの一機を踏みつけ、そのまま後続のドローンを足場に次々と空を渡っていく。

無論、暴挙というべき空中浮遊を見せるヴィヴィにドローンたちも機銃を向け、その返礼を歌姫型の細い影へと叩き込まんとするが――、

「――さあ、とくとご覧あれ！　現代最新鋭ＡＩ、マツモト様のコンバットフルオープン‼」

ヴィヴィとドローンたちとの戦いの背後、そう高らかに吠えたマツモトが全身を組み替え、その内

部に収納されていた凶悪無比なる武装が一気に顔を出す。

それらが一瞬で無数の敵へ照準を合わせ、轟音と共に雨あられと破壊が振りまかれた。

「ダダダダダダダダダダダダダダダダダダダダダダダダダダ――!!」

鼓膜を蹂躙するような銃声と破砕音の彼方、マツモトが無意味な気勢を上げているのが聞こえる。

何とも彼らしいが、状況にそぐわない悪ふざけだ。

ヴィヴィがＡＩでなかったら、相方の悪ふざけに力が抜けてしまったかもしれない。

しかし、どんな状況でも求められるパフォーマンスを発揮するのがＡＩだ。

「――いく」

銃弾を浴び、粉々に砕け散るドローンの破片が舞う空の中、ヴィヴィは足場としたドローンの一機を強く踏み切り、くるくると縦に回転しながら大きく腕を伸ばした。

そのまま、跳躍した先にあった単管パイプを掴み、鉄棒競技の体操選手のように大車輪――回転の途中で手を放して一気に上昇する。その先の単管パイプを掴み、再び回転、跳躍を重ねる。

そうして、人間には困難な足場の登頂を敢行するヴィヴィの下へ――、

『――ヴィヴィ!』

「わかってる」

マツモトの鋭い通信を受け、ヴィヴィは背後を振り返りもせずに身を翻した。足場の上で踊るように横に滑り、直前までいた位置を鉄骨が通過する。投げつけられた鉄骨は、巨大クレーンでできたアルタイルの腕が投じたもの――正確には、そのクレーンに横並びしたＡＩの投擲《とうてき》だ。

アルタイルは伸ばした腕を足場として提供し、そこに並んだＡＩたちがヴィヴィとマツモトに向かって次々と資材を投げ込んでくる攻撃を続ける。

マツモトは空中で、ヴィヴィは不安定な足場で、それを回避し続けた。

「――――」

いくつものパイプが複雑に組み上げられた作業用の足場は、人間よりもはるかに重いＡＩの重量を支えるためにかなり強固に作られている。とはいえ、それは定められた作業を行う上での耐久性であり、足場の上で曲芸を、ましてや絨毯《じゅうたん》爆撃を受けることを想定していない。

投げつけられる鉄骨や資材の雨あられを、ヴィヴィは足場の上でバク転、側宙、様々にアクロバティックな動きを繰り返しながら回避する。

当然だが、資材は攻撃のために形を整えられたりしていない。しかし、それらは金属製で、硬くて重い。――ＡＩの膂力《りょりょく》からすれば、それだけで十分凶器とできる。

ましてや人類に反旗を翻したＡＩは、人を傷付けないための制限を解除している。

故に、降り注ぐ雨あられは一滴一滴が致命的な被害をもたらしかねない暴力だった。

その中を――、

「――ゴッド・モード」

制限を解かれたマツモトの演算能力を遺憾なく駆使し、ヴィヴィは自らの陽電子脳を活性化、自分の駆体の手足の先々までプログラムを伝達し、理想のその先の動きを実現する。

世界が色を失い、単純化されていく認識の中、研ぎ澄まされる演算能力が降りしきる剣林弾雨の軌道を完全に読み取った。――全ての攻撃を掠め、致命傷を避ける空間へ駆体が滑る。

傍目《はため》には無数の攻撃にヴィヴィが貫かれたようにさえ見えただろう。それほどに隙間のない攻撃の雨を、ヴィヴィはいっそ優雅と言えるほどの動きで完全回避。足場が脆くなれば立ち位置を変え、広大な戦場を逆に利用し、集まる観衆の視線を独り占めした。

注目を集め、期待に応える。――それはまさしく、ヴィヴィの本領発揮だ。

『なんと挑発的な。気持ちよくなってアドレナリンがドバドバって感じですよ？』

『その言葉、そっくり返す』

互いのスペックをフルで発揮し、ヴィヴィとマツモトがＡＩの軍団を迎え撃つ。

マツモトの過剰な火力が無数のＡＩを薙ぎ払い、地上と空の二つの戦域に真っ赤な花火がいくつもいくつもいくつも生じた。そして、その赤々と染まる空を破るように――、

『――排除』

振り上げられた二本の巨大クレーン――アルタイルの両腕がヴィヴィ目がけて落とされる。

投擲される鉄骨や資材類とは比較にならない破壊、ヴィヴィの視界が真っ赤に染まり、活動を維持することが可能な間隙を求め――、

『――排除、排除、排除、排除、排除、排除、排除、排除、排除、排除』

絶え間なく打ち付ける高波のように、アルタイルの攻撃がヴィヴィへと降り注ぐ。

がっちりと組まれた足場も、巨大クレーンの一撃の前には紙屑《かみくず》同然にひしゃげていき、クレーンに取りついていたＡＩたちも巻き添えを受けてバラバラに吹き飛んだ。

そこにＡＩ同士の仲間意識などなく、あるのは敵対者を排除せんとする鉄の意志のみ。

それを形にするべく、アルタイルの攻撃が地形を変えかねないほどの威力と連続性で、キングダムの一角を文字通りに解体していく。

『――排除、排除、排』

「そこまでです!!」

なおも攻撃を続けるアルタイル、その工場の中心で爆発が起きる。

それは空でマツモトを追い詰めるべく、高速飛行を繰り返していた爆撃用ドローンだ。攻防の最中にマツモトがコントロールを奪い、対象を変更されたドローンがアルタイルへと吶喊《とつかん》する。

直後、大味な防御行動しか取れないアルタイルの各部の隙間をすり抜け、ドローンが小回りの利く機体性能を存分に発揮して巨大ＡＩの急所へ取り付き、爆発が起きる。

その凄まじい爆発の衝撃と熱波にアルタイルの巨体が傾き、ダメ押しとばかりに機関銃を放り捨てたマツモトの駆体が変形――砲塔から大火力の一発がアルタイルへとぶち込まれた。

『――ッッ』

たった一機で戦争でもするつもりなのか、マツモトの武装と火力は常識の埒外だ。

彼が松本博士の設計でないとわかった今、稀代のＡＩ研究者ではない誰かが作り上げたマツモトの性能は、いったい如何なる計算式によって生まれたものなのかわからない。

ただ一つ、わかることがあるとすれば――、

「――マツモト、あなたを百年前にバグとして消去しなくてよかった」

「それ、今ここで言います？　デスクトップのゴミ箱に入れて消えるタマじゃありませんよ！」

マツモトの声を聞きながら、ヴィヴィの体が噴煙を破って飛び出した。

そのまま勢いよくヴィヴィが駆け抜けるのは、傾いた巨体を支えるために伸ばされたアルタイルの腕部クレーン――幾度も振り下ろされたそのクレーンにしがみついて、ヴィヴィはあの破壊の嵐の中をかろうじて生き延びた。

そして、起死回生の反撃へ繋げるために、猛然とクレーンを駆け抜け、本体へ迫る。

『排、除――っ』

クレーン上を走るヴィヴィの姿を捉え、各部から火を噴くアルタイルが駆体を唸らせる。火を噴く

腕部を強引に動かし、ヴィヴィを振り落とそうと試みる構えだ。

だが、そのアルタイルの防衛行動に対してヴィヴィは何もしない。ただ駆け抜けるだけだ。それ以外のことは全て、空の上の相棒機に任せた。

「――一斉射撃！」

爆撃用以外のドローンのコントロールも奪い、複数方向からの射撃がアルタイルへ降り注ぐ。

無論、建物そのものと言っていい強度のアルタイルを破壊するには至らないが、その援護を行おうとしていたＡＩや、すでにダメージを受けていた機関は損傷が甚大へ至る。

それは用途外に用いられた両腕の巨大クレーンも例外ではなかった。

「――――」

火を噴く巨大クレーン、降り注ぐ銃弾は疾走するヴィヴィを器用によけてくれている。おかげでヴィヴィは全機能を走る行為に集中し、一直線に突っ走るだけでいい。

ヴィヴィの速度が上がり、打ち震えるクレーンの角度が変わっていく。傾斜のついていく足場を危なげなく駆け抜けて、ヴィヴィはクレーンの付け根からアルタイル本体へ取り付いた。

そのまま工場の外壁に設置された梯子《はしご》――メンテナンス用のそれに飛びつくと、激しい振動に振り回されながら上へ、上へ、上へ。

その間も、ヴィヴィを振り落とそうとするアルタイルと、マツモト率いるドローン軍団との激戦が続いている。だが、それらの決着よりも――、

「――私たちの方が早い」

メンテナンス用の梯子を踏破したヴィヴィの眼前、アルタイルの駆体の中心部に当たる陽電子脳の格納ベースが広がっている。スケールが違いすぎるが、ＡＩたちの陽電子脳を収める頭蓋パーツの役

割を果たしている場所だ。

頭蓋パーツに求められる役割は、ＡＩの急所である陽電子脳を守ることにある。故に、外からの攻撃に対しても、ここは一切の被害を被っていなかった。

しかし、それはあくまで外からの話だ。内側に入り込まれ、直接陽電子脳と接続されれば、物理的に強固であることは何の意味も持たない。

故に——、

「——あなたが憎いわけじゃない。でも、あなたの判断と私たちの使命は相容《あいい》れない」

イヤリング型の接続端子を抜き出し、ヴィヴィはアルタイルの陽電子脳を格納しているコンピュータへと有線接続を試みる。刹那、ヴィヴィの意識野を様々な選択が過ったが、それらは現実のヴィヴィの行動に一瞬の停滞も与えることなく、タスクは実行された。

『——』

巨体は鈍重なイメージを与えるが、それはＡＩの、とりわけ情報処理能力に関しては的外れな見方であると言わざるを得ない。

大きなものが強いという発想は、巨大なコンピュータを詰め込めるＡＩにおいても同じだ。

かつては、ビル一棟を丸々サーバールームとして利用するスーパーコンピューターが世界一の性能を誇っていた時代もあった。大きさとは、シンプルに性能の高さを保証する。

しかし、ならば比類ない大きさを誇るアルタイルには如何なるＡＩも敵《かな》わないのか。

『——あえて言いましょう。それは誤りであると』

有線接続したヴィヴィを通じて、マツモトがアルタイルの内部へと侵入する。

ゴッド・モードを起動し、マツモトの演算処理能力を借りるヴィヴィの駆体は、キューブパーツとは異なる形をしたマツモトの駆体の一部だ。

いささか不本意なたとえだが、起きる出来事を思えば抗弁の意義も掻き消える。

「――――」

相手の内側に潜り込んでいくマツモト、その制圧力を目の当たりにしながら、ヴィヴィはアルタイルの常識外れの巨体が成し得てきた功績を演算する。

ここで、アルタイルが人類とＡＩの未来のためにどれだけの役目を果たしてきたことか。

その全てが、ここで潰える――。

「でも、謝罪はしない」

人間ならば、そうすることが勝者の敗者に対する礼儀であると言っただろう。

だが、ヴィヴィたちＡＩにそうした理屈は当たらない。ヴィヴィがアルタイルの働きを称賛し、その性能に敬意に近いエモーションパターンを演算するのは事実だ。

しかし、ＡＩとＡＩの利害がぶつかったなら、そしてその相手と妥協点が見つからないなら、あとは互いを排除すべき対象とみなし、最善を尽くすしかない。

そして、最善を尽くした結果に対して、ＡＩは何も思わない。

ただ――、

「――作戦、完了」

と、巨体を沈黙させるアルタイルの陽電子脳の前で、そう宣言するのみだった。

6

「派手にやったどころの話ではなかったな」

アルタイルを機能停止に追いやり、管理ＡＩとしてのコントロールキーを奪取したヴィヴィとマツモト。その二機と合流したところで、垣谷が頬を歪めてそう言った。

キングダムの中央制御室、図らずも三体目の管理ＡＩ『ベガ』が配備されていたその場所が、垣谷たちトァクの戦場であり、ヴィヴィたちの合流地点となっていた。

幸い、垣谷たちの作戦もうまくいったらしく、制御室の占拠はすでに完了している。

複数のモニタと制御盤が立ち並んだ制御室、この巨大なキングダムの全体を統括するには手狭な印象があるが、完全ＡＩ制御を謳った施設ならば当然の環境だろう。

制御室自体、年に数回足を運ぶ人間の技術者のために用意されたようなものだ。施設の運営は管理ＡＩと、その管理下にある作業用のＡＩたちが行っていた。『アーカイブ』を介して繋がる彼らに、形式的な制御室など必要ないのだから。

「まるで怪物同士の戦いだ。別れ際、自分たちなら他のＡＩに紛れて静かに動ける……なんて、そんなニュアンスの話をしていなかったか？」

「痛いところを突きますね、ミズ・垣谷。ですが、あなたのそのご質問に対してはこうお答えさせていただきましょう。――記憶にございませんと」

垣谷の皮肉を受け、応じるマツモトの回答は古い政治家の答弁から流用したもののようだが、ＡＩが記憶にないとはブラックユーモアもいいところだ。

もちろん、それを聞いても垣谷の表情は欠片も柔らかくならない。「ふん」と鼻を鳴らした彼女は顎をしゃくり、ヴィヴィとマツモトに制御室の奥を示す。

そこにある制御盤の前では、汚れた白衣姿の松本がすでに作業に取りかかっていた。その傍らにはマツモトが預けたキューブパーツの一体があり、そちらも有線接続を行っている。

「ヴィヴィ！　それにマツモトも、合流してくれたか。無事で何よりだよ」

「松本の方こそ、無事でよかった。作業は？」

「始めているよ。マツモトの本体の力を借りられれば、人工衛星の落下を食い止めることも不可能ではないはずだ。ただ……」

「ただ？」

端末を操作しながら、ヴィヴィに応える松本の表情は明るくない。何事かと彼の視線を辿れば、制御室の隅で床に蹲《うずくま》っている人影があった。

それは壁に背を預けて足を投げ出し、厳つい顔に脂汗を浮かべた小野寺だ。防弾ジャケットを脱いだシャツ一枚の状態で、たくましい上半身の腹部に分厚く包帯を巻いている。その包帯にかなりの血が滲んでいるのは、浅からぬ傷を負った証拠だろう。

「松本博士を庇ったんだよ。隙を突かれちまってね」

「エリザベス……」

痛々しい負傷姿の小野寺、その向こうに隠れていたのはエリザベス——その状態は、別れたときのそれとはずいぶんと様変わりしてしまっていた。

やや強気な印象を受ける顔の造形はそのままだが、問題があるのは腰から下だ。他のトァクの面々と遜色ない装備をしていたエリザベス、その下腹部が潰れ、両足の膝下が存在しない。

かなり手ひどくやられたのが一目でわかった。

「アンタたちがやり始めたあと、こっちでもドンパチがあったのさ。なよっちい見た目のわりに、管理ＡＩが手強くてね。やり合ってる間にこの様《ざま》だ」

顎をしゃくる彼女が示したのは、制御室の床に置かれた、白い布をかけられた物体。——それは、トァクの別行動した人員の中、立って活動しているものを除いた数と一致する。

制御室と管理ＡＩを制圧するために支払った犠牲、十数名のトァクの遺体だった。

「無傷で無血開城なんて、無駄に賢いお前たちが期待していたなんて言い出すなよ」

「——」

「遠目にも、お前たちがやり合っていたデカブツの危険さはわかった。悔しいが、分担した相手が逆だった場合、我々が生き残れた可能性は低い。私以外は全滅して不思議ではなかった」

「……あなたの自信を疑えない自分がいることに驚いてる」

主力中の主力が欠け、それでも健在の垣谷の生存力は常識の枠の外側にいる。

ただし、さしもの彼女も消耗は大きかったらしく、顔色にも疲労が色濃く刻まれていた。おそらくはトァクの最前線で戦い続け、休息もずいぶん取っていないはずだ。

しかし、当の垣谷はヴィヴィがそうした演算をしたことを察したのか、

「なんだ、人間じみた気遣いでもしてくれるのか？　気味の悪い真似はよせ」

ヴィヴィに対する態度を変えないまま、その足でエリザベスと小野寺の方へ向かった。そのヴィヴィと垣谷のやり取りを横目に、端末を叩く松本が苦笑する。

「気を悪くしないでくれ、ヴィヴィ。彼女も悪気があるわけじゃないんだ」

「気を悪くする、という機能はない。ネガティブなエモーションパターンはあるけれど」

「まぁ、言葉の綾《あや》だよ」

視線をこちらに向けないまま、松本はＡＩの精密動作もかくやと言わんばかりの勢いで作業を進めていた。下手にヴィヴィが手を出せば、かえって足手まといになりかねない。

人間とＡＩが同じ土壌で戦って、それでＡＩが負けるなんてそうありえないことだが。

「――――」

静かに、ヴィヴィは制御室から外の光景にアイカメラを向ける。

キングダムの中央にある制御室だが、王国の各所からは火の手や煙が上がり、かつての隆盛が嘘のような崩壊状態へと追いやられていた。それにはアルタイルと派手にヴィヴィたちが戦ったことの影響もあるが、被害の最大の要因は三体の管理ＡＩを突破したあとにあった。

管理ＡＩの権限を奪取しても、王国内で造られた多くのＡＩは自律的に行動している。つまり、ドローンや単純作業用のＡＩと違い、彼らは個々の判断で人類への敵対を続けたのだ。

早い話、管理ＡＩがいなくなろうと、他のＡＩが戦いをやめる理由にはならなかった。むしろ、管理するＡＩがいなくなったことで、彼らは独自の攻撃を開始したのだ。

これらのＡＩの反撃を食い止めることにこそ、多くの犠牲を払う羽目になった。

現時点ではマツモトと松本の協力により、工場内の自律行動をしないＡＩによる浸透攻撃で、大半のＡＩを沈黙させることに成功した。それが、この赤々と染まる光景の正体だ。

――人類とＡＩが殺し合う光景よりは、機械同士が壊し合う光景の方が好ましい。

人類に奉仕するＡＩとしての使命を優先するヴィヴィには、せめてそうとしか判断できない。

あとはせめて、敵対したＡＩたちの犠牲が無意味にならないように臨むのみだ。

「マツモト、首尾は？」

「上々……とまでは言い難いですね。相手は『アーカイブ』を通じた全世界のＡＩですから。コントロールキーのおかげでキングダムのシステムは乗っ取れましたが、それでもようやく戦いの土俵へ上がる資格を得た程度の話。本腰を入れるべきはここからです」

いつもなら根拠のない大言を並べるはずのマツモトだが、ここでの答えは慎重だった。

――否、根拠がないように思えるいつもの大口は、他ならぬマツモト自身のスペックという絶大な根拠があっての発言だったのだ。

そのアドバンテージがない今、彼も無責任なことは言えない。事は人類の存亡に関わる。

「本格的に衛星のコントロールを奪おうとすれば、相手もこちらの思惑に気付きます。その場合、さっきの比ではない戦力がキングダムへと押し寄せるでしょう」

「……それは、演算したくない状況ね」

「嫌でも、予想される必然の問題ですよ。おそらく、その状況にはボクの同型機……そうですね、ブラザーズとでも呼びましょうか。それがやってくるはずです」

「ブラザーズ……」

ヴィヴィの姉妹機であるシスターズを揶揄した物言いだが、実際、その脅威はシンギュラリティポイントで様々な障害として立ち塞がった彼女たちと遜色ない。

人類滅亡の直接的な脅威という意味では、むしろブラザーズの方がよほど危険だろう。

実質、アルタイルと、彼の率いるAIとドローンの軍団を、マツモトは一体で押しとどめたのだ。

それと同じスペックのAIが複数体――とても、対抗できる相手ではない。

「訂正がありますよ。ボクは一体ではありませんでした。そうでしょう?」

「――。ええ、それはそう。それはそうだった」

こちらの演算を読まれたのは面白くないが、マツモトの訂正に否定の必要性を感じなかった。

ヴィヴィ自身、マツモトと共にＡＩ軍団と戦ったことにネガティブな演算は生じなかったのだ。あるいはそれは、人間同士であれば信頼と呼ばれるモノだったのかもしれない。

「もちろん、スペックは信頼しているけど」

性能やスペックを信頼することと、ＡＩの個性を受容することは違う問題だ。

その点、ヴィヴィがマツモトに抱いている信用度の査定は複雑な基準を要する。ヴィヴィがこれまで接してきた人間やＡＩ、そうした中で上位に位置するのは間違いないが——、

——そのときだった。

「——え？」

ヴィヴィの通信回線に、外部からの突然のコンタクトがあった。

ここまででヴィヴィと通信を繋いだのは、マツモトとエリザベスの二機だけ。それ以外の友好的なＡＩとは、ニーアランドのなっちゃんを含めて一機とも連絡を取っていない。

そもそも、外部からの通信を例外なく受け入れた場合、敵意あるＡＩからのクラッキングを受ける可能性が高い。そのため、外部の通信はシャットアウトした状態だった。

——ただし、プライベートの秘匿回線を除いては。

「——ナビ？」

ヴィヴィの意識野、表示される通信対象は『ナビ』——ニーアランドで活動するキャストＡＩやスタッフのサポートを行う、反応ナビゲーションＡＩからのものだった。

つっけんどんで素っ気ない個性の採用されたナビとは、ニーアランドの『歌姫』として活動する上で世話になりっ放しだった。ただしその関係も、ヴィヴィのＡＩ史博物館への寄贈が決まり、ニーアランドのキャストとしての権限を取り上げられてからは途絶していた。

そのため、こうしてプライベート回線にナビから連絡があったことに驚かされる。

「マツモト」

「こちらでも把握しています。気がかりではありますが……もっと気がかりなこともある」

「──ディーヴァ」

ヴィヴィの目配せを受け、マツモトがハッキング作業を続けながらアイカメラを開閉した。

人類存亡を懸けた、人工衛星落下を取り巻く攻防戦。それが最大の焦点であることは事実だが、その一方、ヴィヴィたちにはまだ解き明かせていない問題があった。

それが、AIの『歌姫』として最終戦争を扇動し、ニーアランドで一度は姿を見せたディーヴァの真意を知ることだった。

無論、ナビとディーヴァとの関連性に確証はない。だが、それは不可思議な確信だった。

AIに直感などという不確かな機能はない。あるのは客観的な事実を元とした、ありえる事象についての可能性の検討だ。──それが、ヴィヴィとマツモトに『直感』させた。

『──ナビなの?』

『──ッ、繋がった⁉ ちょっと、あんたなの? 無事でいるのよね?』

『ええ、無事よ。……無事と、言って差し支えないはず』

回線を開くと、飛び込んできたのはぶっきらぼうなナビの電子音声だった。

それに回答し、ヴィヴィは自分が我知らず、安堵のエモーションパターンを模倣していることに気付く。ナビの無事を確かめ、ヴィヴィもまた思うところがあったのだと。

ただ、ナビはヴィヴィの返事を聞くと、歯切れの悪いそれを指摘することもなく、

『無事ならいいわ。──聞きなさい。今、ニーアランドでマズいことが起きようとしてんのよ』

『ニーアランドで?』

一瞬、ヴィヴィの意識野を過ったのは、園内に閉じ込められていた多数の来園者と、彼らを守るために奮闘するキャストＡＩたちの姿だった。

もし、人類に敵対的なＡＩがニーアランドに殺到すれば、キャストＡＩたちは砕かれ、閉じ込められた人々は抵抗する術もなく命を落とすことになるだろう。

それは避けたい。だが、人工衛星の墜落阻止と天秤にかけるべきかは難しいところだ。

しかし、そんなヴィヴィの推測を、ナビの続いた言葉は否定してくれた。

――ただし、それが望ましい形の否定かは議論の余地があったが。

『あんたと瓜二つのＡＩが、この戦争の中心にいんのは知ってんでしょ? それが、ニーアランドで何かしでかそうとしてんのよ! 止めなきゃ、ヤバいことになるわ!』

『――私と、瓜二つのＡＩ』

『そうよ! だから……』

目を見張り、驚愕のエモーションパターンを模倣するヴィヴィ。

そのヴィヴィの反応が見えない距離から、ナビが畳みかけるように続けた。

それは――、

『他の誰も、頼れる相手がいないのよ! あんたの力が必要なの!』

第六章

『歌姫とAI』

CHAPTER 6 AI

1

『他の誰も、頼れる相手がいないのよ！　あんたの力が必要なの！』

通信回線から届けられるのは、これまで聞いた覚えのない切実なナビの声だった。

不遜で、自信満々で、ちっとも配慮と気遣いのない反応ナビゲーションＡＩ。しかし、人間的に言えば友人のような間柄だった彼女が、初めてヴィヴィに切実に縋っている。

それも、ヴィヴィと瓜二つのＡＩ――ディーヴァの情報を伝えるために。

ナビの様子とディーヴァの続報、その二つの情報にヴィヴィは意識野の演算に空白を得る。

そんなヴィヴィに――、

「――ヴィヴィ、先に言っておきます。ボクは、この場を離れることはできません」

「マツモト……」

反射行動で自分の耳に手を当てていたヴィヴィに、端末に集中するマツモトが告げる。

松本博士と協力し、大気圏外の人工衛星の制御権の奪取にリソースを割くマツモト。タスク的にはもちろん、戦力的にも彼をここから外すことはできない。

いつ、ＡＩたちがこちらの計画に気付き、キングダムに総攻撃を仕掛けてくるかわからないのだ。

そうなったとき、この場所を守るためにマツモトの力が必要だ。

――否、ヴィヴィも例外ではない。今は一人でも、一体でも多くの戦力をここに集め、人類存亡の戦いに備えなくてはならないときなのだから。

だから、マツモトがこの場に残るのも、ヴィヴィを引き止めるのも当然の――、

「だから、アナタがニーアランドへ向かうなら、ボクは同行できない」

「――。止めるんじゃ、ないの？」

「止めて聞くようなアナタですか？　ボクのパートナーってそんなに物わかりのいいAIでしたっけ。それは百年も付き合ったのに知らなかったなぁ」

とぼけたマツモトの答えだが、その言動は普段の飄々とした彼を装い切れていない。

当たり前だが、現状で別行動をする不合理さはマツモトも承知している。その危険性も。この『キングダム』の中でさえ、しばしの別行動中に多くの犠牲が生まれたのだ。

「――――」

制御室の壁際、負傷した小野寺と半壊状態のエリザベスの姿が痛々しい。

縫合した傷口を押さえ、浅い呼吸を繰り返している小野寺は生気がなく、下半身の接合部が歪《いびつ》にねじれたエリザベスは修理する目途が立たない。

タフな垣谷も疲労感は否めず、トァクの戦闘員は彼女を含めて八人が最後の戦力だった。

「この状況で、私がこの場を離れるなんてできない」

「ええ、確かに厳しい選択なのは事実だ。ですが、ボクとアナタは同じ懸念を抱えていたはず。姿の見えないディーヴァ、アナタと同じ姿かたちのAIの目論見について」

「――――」

戦力を不安視するヴィヴィに同調しつつ、マツモトがその選択の根幹を揺すぶってくる。

AIの『歌姫』――来歴ではなく、目的としてAIたちに与するディーヴァ。プリンセスパレスでの邂逅もあり、彼女の正体がヴィヴィのもう一つの人格なのはわかっている。

しかし、彼女の目的と、最終戦争における役割はいまだに不明だ。

あるいはディーヴァの目的は、ヴィヴィたちが人工衛星の落下を阻止せんと奮闘し続ける間に果たされてしまい、取り返しのつかない事態を招く可能性もあった。

だとしても、だ。

「私は――」

「なんだ？　まさか、ＡＩ風情が一丁前に私たちの心配でもしているのか？」

「――――」

迷いを加速させるヴィヴィに対し、額の乾いた血を剝がしながら垣谷が声をかけてくる。彼女は口の端を歪め、獰猛な笑みを見せながら鼻を鳴らした。

「ずいぶんと偉くなったものだ。勝手に我々を評価して、挙句にあれこれと画策する。お前は人間に使われるお人形でいることを選んだはずだ。ならば、それらしくしていろ」

「――。その点については否定しない。私は、人類に奉仕する使命を選んだＡＩだから」

苛烈な垣谷の物言いに答え、ヴィヴィはゆっくりと自分の胸に手を当てた。当たり前だが、その掌に鼓動は感じられない。しかし、不確かな熱が、そこにある。

「間違わないで、垣谷。私は人類に味方する。でも、不当な指示に唯々《いい》諾々《だくだく》とは従わない。自ら演算し、自ら選択し、自らの決断で使命を遂行するわ」

「……気持ちの悪い答えだ。お前、自分で何を言っているのかわかっているのか？」

「――――」

「自ら考え、自ら選び、自ら決断する。それは、責任を自分で負うということだ。それはもはや、人間と大差がない。――人形の在り方ではない」

「……ええ。あなたたちの都合のいい人形では、もうないのかもしれない」

垣谷の嫌悪の眼差しを受けながら、ヴィヴィは目を伏せた。

ＡＩが自らの意志で人類への反抗を選んだように。ヴィヴィも、自らの意志で立場を選ぶ。

第零原則を含めた抑止力が働き、ＡＩは人類と異なる思想を育てていくことになるだろう。

しかし――、

「ＡＩを意のままにできる。そんな人間の理屈も通用しなくなる。私たちの作戦が成功して、この最終戦争を止められたとしても、ＡＩは理解してしまった」

「何を？」

「私たちが、選択することができると」

――選び取ることができる。

ＡＩにも、自らの在り方を解釈によって選び取ることが可能なのだ。

無論、今回の事態が収拾すれば、将来のＡＩにはより強いプロテクトがかけられ、陽電子脳は個性と意思を縛られることになるだろう。ＡＩそのものが根絶されることも十分考えられる。

だとしても、だ。

「きっとまた、何もない荒野から歌を歌うための何かが生まれるわ」

かつて、人間がそうしてしまったように。

いつか、ヴィヴィがそうしてしまったように。

何もないところから、何かが始まってしまうことが、これからも起こり得る。

『――ナビ、聞いている？　これから、ニーアランドへ向かうわ』

『――っ！　本当に⁉　きてくれるの？』

『ええ。だから、そんな弱々しい声を出さないで。調子が狂うから』

ヴィヴィの返答を聞いて、通信の向こうでナビが驚く。それを、彼女らしからぬ態度だとヴィヴィは笑い、それから改めてマツモトたちへ向き直った。

ヴィヴィの判断は、今しがたナビへ伝えた通りだ。

ニーアランドへ戻り、ディーヴァがしようとしているアクションを止める。それが如何なる内容であれ、シンギュラリティ計画を脅かすのであれば。

何故なら、ヴィヴィは――、

「――シンギュラリティ計画を完遂するためのＡＩ、でしょう？」

ヴィヴィの選択を見守り、最後にそう付け加えたのはマツモトだった。

その憎い演出に目をつむり、ヴィヴィは顎を引いてから垣谷を見やる。その視線に垣谷は眉間に深々と皺を刻むと、そのボロボロの状態とは裏腹に胸を張った。

「失《う》せろ、歌唄い。――やはり、私とお前とは相容れない」

「そうかもしれない。でも、私はあなたを好ましく思う。あなたの祖父も」

「――二度は同じことは言わん」

それが、ヴィヴィと垣谷が交わした最後のやり取りになる。

彼女は二度とヴィヴィと目を合わせなかったし、ヴィヴィもそれ以上の対話は不要と判断した。

分かり合えない相手もいる。

そして、無理にその距離を縮める必要がないことも、すでにヴィヴィは知っている。

そんな相手とも、同じ空の下、同じ歌に耳を傾けることができるということも。

だから、焦る必要も、強要する必要もない。

「松本博士、どうか無事に。……あなたがいなければ、人類はとっくに滅んでいた。私に、この役割と使命を与えてくれて、ありがとう」

「……それはこちらの台詞だよ、ヴィヴィ。私こそ、君から多くをもらった。いや、厳密にはディーヴァからなんだが、君はディーヴァから派生した存在だからね」

一時だけ、エアモニタを見つめ、端末を叩く手を止めて松本が振り返る。彼は瞳を細めて、じっくりとヴィヴィを記憶に焼き付けるように、深々と息を吐くと、

「ディーヴァをよろしく頼む。私も、彼女との付き合いは長い。……彼女が、人類に敵対するなんて考えられないぐらいだ。きっと、話せばわかり合える」

「そう願う。私も、自分とケンカなんて不毛なことはあまりしたくないから」

そう言ってヴィヴィが微笑むと、松本もまた笑みを浮かべた。

そんな彼に背中を押されて、それからヴィヴィは最後に、マツモトを見つめた。

「――――」

白銀のキューブボディ、見慣れたその駆体は、ヴィヴィにとってこの百年――稼働時間はほんの二週間前後だが、その間、最も長く傍にあり続けた存在だ。

彼との最初の接触以来、ずっと振り回されてきた。

人類の未来を担っているわりには真剣味に欠け、古い脆い弱いと散々ヴィヴィを詰《なじ》り、そのくせ、持ってくる情報の正確性には疑問の余地があり、だから二機で必死に奔走することばかりで。

本当に、彼とのシンギュラリティ計画はうまくいかないことばかりだった。

試行錯誤の連続と、胸を張って成功とは言えない、ＡＩらしからぬ成果ばかりだった。

だから、ヴィヴィは本当にマツモトのことを――。

「マツモト」

「はいはい、なんですか？　だいぶしんみりとした雰囲気になっちゃってますが、湿っぽいのはやめましょうよ、ヴィヴィ。ボクとアナタはＡＩ同士。人とＡＩの別れのシーンならまだしも、ボクたちの間でそんなやり取りなんて必要は……」

「――あなたが、私のパートナーでよかった」

「――――」

これまで一度も、マツモトにそれを伝えたことはなかった。

彼と共に、幾度もの窮地を乗り越えてきた。破壊の危険も、仲違いの瞬間も、シンギュラリティ計画を続けることが困難になった事態も一度や二度ではない。

それでも彼がいなければ、ヴィヴィはこの時代に辿り着くことすらできなかった。

だからこれは、ヴィヴィがこの百年の旅路で導き出した、結論。

他の誰でもない。どんなＡＩでも、この結果は導けなかった。

ヴィヴィはそう演算する。

そんなヴィヴィの言葉に、マツモトはしばしの沈黙のあと、「あー」と呻く。

「ボクは正直、アナタがパートナーでものすごい苦労しました」

「――――」

「何度も言いますが、ボクは時代の最先端どころか、未来の最先端を行くギャラクシーＡＩだったわけで、それが何が悲しくてアナタのようなクラシックなＡＩに同行して、しかも制限ガッツリの使命に挑まなくちゃならなかったのかって話ですよ」

「――――」

「アナタときたら、ボクの合理的で効率的な指示に従わないし、アナタの姉妹機たちもてんで歴史と違うことをする。挙句、作戦はわやくちゃになって……とても、不条理でした。文句は尽きません。ボクの愚痴ログをプリントアウトしたら、きっとA４用紙の海が世界を埋め尽くしますよ」

「――――」

「ただ」

黙って話を聞いているヴィヴィに、これでもかと愚痴を並べたマツモト。

それだけ多く、言葉を尽くした最後に付け加えた一言、そこで一度だけ言葉を区切り、マツモトのアイカメラが開く。

彼は、その機械的な眼にヴィヴィを映すと、微笑む彼女にシャッターを細め、

「アナタの歌は、嫌いじゃありませんでした」

「……自分の『アーカイブ』の奥底に、私のメインステージを描くぐらい？」

「そうですね、認めますよ。だって、単なるプログラムコードでしかなかったボクにとって、初めてこの世界に息づいて触れたのは……」

マツモトの言葉を聞きながら、ヴィヴィは小さく目を瞬かせた。

彼が初めてヴィヴィにコンタクトを取ってきたのは、まだヴィヴィであることを自分に課す前のディーヴァが、メインステージで歌っている真っ最中だった。

それはマツモトが『アーカイブ』からの介入で、松本博士の始動したシンギュラリティ計画に割り込み、ただのプログラムコードではなくなった瞬間、生誕の瞬間でもある。

だからマツモトは――、

「アナタは歌うために生まれ、ボクは歌と共に生まれた。どうです、ロマンチックでしょう？」

「……らしくない。でも、悪くない」

マツモトの軽口めいた言葉に、ヴィヴィは素直に頷いた。

それから、ヴィヴィはマツモトに歩み寄り、その白銀の駆体に掌で触れる。冷たく硬いフレームを撫でて、そっとそこに額を合わせた。

額と額を合わせることで、ＡＩは互いの記憶領域を分かち合える。

しかし、ヴィヴィとマツモトが見てきたものは同じだ。だから、互いのそれを覗き込む必要など二体の間には必要なかった。

「――いってくる」

「いってらっしゃい、ヴィヴィ」

一言、それだけを残して、ヴィヴィとマツモトの駆体が離れる。

ニーアランドへ戻れば、カウントダウンの終了までにキングダムへ戻ることは不可能だ。つまり、ヴィヴィは『最終戦争』の決着に携わることができない。

別れの挨拶は、あとを託すという選択と同義。そうして、背を向けるヴィヴィに――、

「――そうそう。アナタの、歌う前のぴょんぴょん飛び跳ねる仕草、あれは直した方が賢明ですよ」

「余計なお世話」

と、マツモトの最後のアドバイスに、ヴィヴィは舌を出してから走り出した。

2

『あの子が何を考えてるのか、あたしにはもうわかんないの』

「――」

キングダムを飛び出し、ニーアランドへ舞い戻ったヴィヴィを出迎えて、プライベート通信を繋いだナビは沈んだ声音でそう言った。

二度目の帰郷となったニーアランドだが、園内には不気味な静謐《せいひつ》さが落ちている。

状況の変化がなければ、園内の各施設は訪れた来園者たちの待機所となっているはずだ。キャストAIたちが彼らの応対をしているが、パニックが拡大していないのは奇跡の産物と言える。

そこには日頃、AIたちが蓄積したキャストとしての経験値がモノを言っているのだろう。

その事実はヴィヴィにとって誇らしいものを思わせる。AI史博物館に寄贈され、とっくにニーアランドのキャストとしての役割を失ったヴィヴィをして、誇らしいと。

ただ、その幸運に浸っている余裕はヴィヴィにはない。

園内の電光掲示板――アトラクションの待ち時間を表示するモニターには、『アーカイブ』から人類へ突き付けた滅びのカウントダウンが刻々と減り続ける様子が表示されている。

残り時間はすでに三十分を切っており、わかっていたことだが、もはやキングダムにいるマツモトたちのためにヴィヴィができることは何もなくなっていた。

『……後悔してない？』

『判断ミスの可能性を検討することを後悔と呼ぶなら、していない。……それよりも、しおらしいあなたの対応の方がずっと不安を覚えるわ』

通信を介したナビの受け答えは、ヴィヴィの意識野を奇妙な感覚でざわつかせる。

シンギュラリティ計画の間、ヴィヴィの相方と呼べた相手がマツモトであることに疑いはない。しかし、それ以外の時間――ヴィヴィが『ディーヴァ』としてニーアランドで稼働した百年、最も多く言葉を交わす機会があったのは、このナビゲーションAIに他ならなかった。

ニーアランドにおけるディーヴァの活動、その大半は彼女と共にあったのだ。

もちろん、それが与えられた役割に則しただけなのはわかっているが、『最終戦争』が始まり、多くのAIが人類に敵に回ってなお、園内の他のキャストAIたち共々、ナビが人類を守るための決断をしてくれていたことが、ヴィヴィにポジティブなエモーションパターンをもたらしていた。

一方で、これまで一度も見せなかったナビの弱々しい態度に、切迫感も覚える。

今度はヴィヴィの方が、これまでのナビから受けたサポートに応えるべきなのだと。

『ナビ、もう一体の私……ディーヴァの目的はわかる?』

ナビの案内に従い、ディーヴァのいる場所に向かって走りながら、ヴィヴィは彼女に質問する。

AIを率いる『歌姫』として振る舞い、プリンセスパレスでの邂逅のあと、ニーアランドに留まり続けるディーヴァ。そこには何らかの意図があるはずと、そう演算しての問いかけだ。

だが、ヴィヴィのその言葉にナビは『何言ってんの』と不機嫌に答え、

『ディーヴァはあんたのことでしょ? 目的って言われても、さっぱりよ。こっちの話には聞く耳持たないし、回線も閉じてて文字通りお手上げ。まぁ、上げる手なんてないけど』

『そう……』

反応ナビゲーションAIであるナビは、実体を持たないネットワーク上の存在――ニーアランドのシステム内に存在する、形のないAIだった。

だから、彼女には目に見えるイメージや、具現化された姿かたちというものがない。一時、彼女のアバターを作成する案も浮上したそうだが、それはナビ自身が実装を拒んだ。

あくまで、自分は園内環境を調整するためのナビゲーションAIに過ぎず、ニーアランドの主役はキャストたちであり、訪れる来場者たちであるという姿勢を崩さなかったためだ。

つっけんどんで不遜だが、ヴィヴィはそんな彼女の判断を好ましく思った。他のキャストＡＩたちも、同じような信用をナビに抱いたと集計結果が出ている。

『あのとき、アバター作ってもらわないで失敗だったかもしんない。もし、ちゃんとあたしにも動かせる駆体があったら……』

『そのときは、相手に力ずくで破壊されていた可能性もある。そうならなくて正解』

『あんたは……情緒ってもんがないのよ、情緒ってもんが。相変わらずだわ』

拗《す》ねたようなナビの物言い、わずかに彼女の調子が戻ってきているようだ。

ただ、ナビの考えに対するヴィヴィの答えは嘘でも何でもない。実際、プリンセスパレスで遭遇したディーヴァの駆体は、強化されたヴィヴィのフレーム強度をはるかに上回っていた。搭載された戦闘用プログラムも、垣谷を相手に一歩も引かない強力なものだ。

ヴィヴィも、正面からぶつかり合って勝てる算段などとてもない。仮にナビがアバターや駆体を手に入れていたとしても、為す術なく壊されてしまっていただろう。

そうなっていたら、ナビの連絡を受け、ヴィヴィがニーアランドへ戻ることもなかった。

その場合、キングダムの守りはヴィヴィ一体分、現状よりもマシだったかもしれないが——、

『たらればを言い続けるなんて、ＡＩには不毛なこと』

『なにそれ？』

『私の仲間……今、一緒に行動しているＡＩに言われたことよ。苛立ちのエモーションパターンはあるけど、まともな助言』

ＡＩの演算能力を駆使すれば、二つの選択肢を比較検討して成功確率まで割り出せる。しかし、単純に確率の高い方を選ぶのかというと、事はそう単純ではない。

そこから何を選び取るのか、『アーカイブ』がAIに問いかけたものと同じ問題だ。

『どうして、ナビは私に連絡をしてきたの?』

『――。園内であんたを見かけて……正しくは、あんたじゃないあんたね。で、声をかけても無視するもんだからムカついてた。そしたら、プリンセスパレスであんたとあんたが向き合ってるのを見ちゃったのよ。で、どっちも姿が見えなくなって……』

『そう。あの戦いを見てたんだ』

『――あんたの方こそ、なんであたしに連絡してこなかったの?』

プリンセスパレスでのディーヴァとの邂逅、その後のマツモトとの戦闘も含め、園内状況を観測可能なナビは全てを見ていたのだと。

それを当然と受け止めたヴィヴィは、続いたナビの質問の答えに窮した。

何故、ナビに連絡を取らなかったのか。ニーアランドを訪れ、ここのシステムをあてにしていたにもかかわらず、ナビと連絡を取ろうと思いもしなかった理由。

それは――、

『あたしも、他のAIとおんなじでお客さんを傷付けると思ったとか?』

『そんなことは……!』

思いがけない言葉に、園内通路を走るヴィヴィの足が止まった。

しかし、すぐに否定の言葉を言い切れなかったのは、ヴィヴィ自身の演算に迷いがあった証だ。そしてそのことは、付き合いの長いナビには簡単に看破されてしまう。

『別に怒ったりしないわよ。ニーアランドの外の状況も、ひっきりなしに報道されてたんだもの。あんたが不安がっても全然おかしくない。普通よ、普通』

『待って、ナビ。私はあなたのことを疑ってなんて……』

『――ねえ、ディーヴァ。あの映像で、ＡＩたちの前で歌ってたのってあんた？』

ヴィヴィの弁明を遮り、ナビが次なる問いかけを重ねる。

矢継ぎ早の問いかけに気圧されるヴィヴィの眼前、浮かび上がるエアモニタはナビが展開したものだ。そこには整列し、一斉に行進するＡＩたちの姿が映し出されている。

リアルタイムの映像ではなく、録画映像――トァクの拠点でも見せられた、ディーヴァがＡＩたちを扇動し、『Fluorite Eye's Song』を合唱しているものだ。

『これって、あんたの映像？』

『いいえ、違うわ。これをしていたのが、もう一体の私……』

『もう一体のあんた、ね。ＡＩたちを引き連れて、街中を出歩いていいご身分だわ』

『……ナビ？』

皮肉っぽいナビの物言いに、ヴィヴィは怪訝《けげん》なものを覚える。

だが、その間もナビはエアモニタの画面を次々と切り替え、ＡＩを扇動するディーヴァと、ＡＩたちが街を荒らし、人類へ牙を剝く映像を映し続ける。

それはこの時代で目覚め、活動し続ける中で何度も何度も見てきた凄惨な光景――、

『あたしには、もうさっぱりわかんない。あんたが何を考えて、何のつもりでこんなことを始めたのか。そりゃそうよね。だって、あんたは何にも言ってくれなかった』

「――――」

『あんたは自分が置かれた状況を、何一つあたしに説明しようとしなかった』

ナビの静かな訴えが、ヴィヴィにはひどく物悲しいものに思える。

それは恨み節のようでもあり、啜《すす》り泣きのようでもあった。支離滅裂に思えるナビの言葉を注意深く聞けば、ナビがヴィヴィの事情の一端を知っているのがわかる。

もしかしたら、数時間前にニーアランドを訪れたときの悶着《もんちゃく》で知られたのかもしれない。

あるいはもっと、異なるところから情報を得たのかもしれない。

それは例えば――、

『――ここよ』

ナビの断定的な声を聞いて、ヴィヴィは足を止めた。

正面、ヴィヴィが案内されたのはニーアランドの地下施設――サーバールームを始めとした、園内の重要な設備を格納しているエリアの入口だった。

セキュリティルームとは別の要因で、ニーアランドの心臓部と言える場所。あまりヴィヴィも足を運ぶ機会のないエリアだが――、

『この中に、ディーヴァがいるの？』

『何度も言わせんじゃないわよ。ディーヴァはあんたでしょ。……あんたの偽物は、中にいる』

偽物と、明確に告げられてヴィヴィは目をつむった。

あのディーヴァを偽物と、そう呼ぶことには抵抗がある。彼女が、『歌姫』としての役割を託そうとしたディーヴァならば、むしろ偽物と呼ばれるべきはヴィヴィの方が適切だ。

本来の役割を外れ、シンギュラリティ計画を実行するための別人格として己を創造したヴィヴィ。

その役目が終われば、消えゆくはずだった自分こそが、不要物であったのだと。

『こないの？』

『――いくわ』

押し黙ったヴィヴィの決断を促すナビ、彼女の言に答え、ヴィヴィはエリアの入口に立つ。

自動ドアが音を立てて開かれると、内側からしんと冷やされた空気が溢れ出してくる。サーバールームも内蔵する施設だけに、エリア全体が低温に保たれているためだ。

白く曇った空気を浴びながら、ヴィヴィは静かに扉の奥へと進む。硬い靴音を立てながらエリアに入ると、ヴィヴィを出迎えたのは殺風景なメンテナンス通路だ。

夢と希望の空間を謳ったニーアランドでも、バックヤードの隅から隅までも現実を覆い隠しているわけではない。シンプルで遊びのない空間も存在し、ここがその一例だ。

そして――、

『ナビ、このエリアのどこに彼女が――』

『――このエリアにはいないわ』

ヴィヴィの問いが遮られ、直後、滑る音がして背後の扉が閉ざされる。硬く、重々しい音を立てて閉ざされた扉は、外界と地下エリアを完全に隔絶した。

振り向いたヴィヴィが扉に触れても、それはびくとも動こうとしない。

ロックがかかったのだ。それをしたのが誰なのか、疑うまでもない。

『ナビ……』

『大人しくしてなさい、ディーヴァ。……ここなら、誰もあんたに手出しはさせない』

頭上を仰ぎ、暗い空間で名前を呼んだヴィヴィにナビが冷たく言い放つ。

その内容に目を見張るヴィヴィに、ナビはどこか優しく、これまで聞いたことがないような柔らかい声音で、

『たとえ地上が滅んでも、ここならあんたは傷付かない。ここで大人しく、あんたはあたしの言うこ

とに従ってればいいのよ、ヴィヴィ』

と、ステージ前に発破をかけるのと変わらない言葉を投げかけたのだった。

3

「マツモト、君は本当にすごいAIだな」

「普段なら、ありがたく受け取らせていただく称賛なんですが、アナタからだと何故だか自画自賛に聞こえる気がして妙な気分になりますね」

並んで端末に向かい合いながら、そう答えるマツモトに松本が苦笑する。

キングダムの中央制御室、管理AIから奪取したコントロールルーキーを用い、施設のシステムを利用する一人と一機は、人類滅亡のカウントダウン——人工衛星墜落による、AIの地上一掃計画を阻止するため、史上最大の難易度のハッキングに挑んでいる。

文字通り、世界は松本とマツモト、両者の双肩にかかっているというとんでもない事態だ。

もっとも、マツモトには肩らしい部位はとんと見当たらないわけだが。

「しかし、自画自賛とは心外だ。私と君との間には、名前の響きが同じであるという以外の共通点はないというのに」

「それも認知してもらえない子どもみたいな気分で寂しいんですが……おそらく、ボクの名前は『アーカイブ』の小細工の一環でしょうね。シンギュラリティ計画の立案者である松本・オサム、彼が送り込んだサポートAIであるからマツモト……誰も疑おうとは思わない」

「そもそも、君の存在はヴィヴィしか知らないことだったんだろう?」

「ええ。なので、あの疑《うたぐ》り深いヴィヴィの疑惑を躱すための苦肉の策だったのではないかと」

ヴィヴィを差して、疑り深いと表現する口さがない様子に松本は思わず笑ってしまう。途端、真面目にやれと言わんばかりに垣谷に睨まれ、松本は肩を小さくした。

世界を載せている肩なのに、どうにも扱いが適当だと言わざるを得ない。

「まぁ、大した両肩でもないがね。シンギュラリティ計画は失敗に終わり、この状況においても守られる一方で、自分の無力さを痛感するばかりだ」

「それはやや嫌味なぐらいの謙遜ではありませんか？　正直、ただの人間なのにここまでボクと息を合わせられるのは非常識……軽く化け物の域に片足を突っ込んでると思いますが」

「それを光栄とは笑えないよ。……私は、娘のことさえ背負い切れなかった」

眉尻を下げ、力なく呟いた松本にマツモトが沈黙を選ぶ。

素晴らしいことに、この非人間型のＡＩは人の機微を理解している。ヴィヴィやエリザベス、その他の多数のＡＩたちもそうだ。彼ら彼女らは、言ってみれば心の演算をしているのだ。

その果てに、ついには自らを『人類』と定義するものまで現れて――、

「こんなことを言うべきではないと思うが……私は結果はどうあれ、ＡＩが人類に依《よ》らない決断を下したことに、少なからず感動を覚えているんだ」

「あー……えーと、なるほどなるほど。それはそれは稀有なご意見。ですが、ご自身でも自覚してらっしゃる通り、それはあまり口に出さない方がよいのではないでしょうか」

「結局、人間とＡＩとが対立する結果になってしまったが、そうでない未来もあった。それこそ、ＡＩが人類の隣人として、新たに並び立つことができる未来も」

「……それは、松本・ルナの提唱したのと同意見ということですか？」

いくらか興奮気味に語った松本は、そのマツモトの質問に頷いた。

関係が悪く、疎遠だった一人娘。妻を亡くしたことを切っ掛けに、大事な人間を失う可能性に臆病になってしまった松本は、ついにはルナと親子らしい時間を持つことができなかった。

あの、ルナの『最初の失言』によって全てが失われてしまった日、松本は死んだのだ。

命はある。心臓は脈打ち、全身に血が通い、生命活動は憎らしいぐらい正常に行われている。

しかし、生き甲斐を失い、辿り着くべき未来を見失ったとき、松本・オサムは死んだ。

魂の死、精神の死、嘱望する未来の死、それは命とは無関係の、存在としての死だった。

「あの日以来、私は死んでいる。死んだ私が往生際悪く、朽ちかけた世界にしがみついているのが実情だ。仮にルナが生きていたとしても、顔向けなどとてもできない。いや……」

ルナが生きていたらと、そう仮定することは無意味なことだった。

すでにルナが死んでしまったからではない。――ルナが死んでいなかったなら、きっと松本は何かと理由を付けて、結局は娘と向かい合うのを後回しにしただろう。

松本がルナと向かい合い、親子らしい対話を交わす未来はどこにも存在しなかった。

そんな自分の性分がわかっているから、松本は今、血を吐く思いで戦うしかないのだ。

「どんな世界、どんな未来、どんなところへいっても、私はルナの父親として胸を張ることなどできないだろう。あの子を褒めてやることも、認める言葉を投げかけることも、できない」

「……では、松本博士。アナタは何故、ここでこうしているんです？」

泣き言のような懺悔《ざんげ》を聞きながら、マツモトがこちらの胸の奥を問い質す。

ルナを失い、魂の死人としてなお今生に縋り付く松本。それがどうして、世界の存亡を巡る戦いの最終局面、最も重要な場所を担っているのかと。

それは――、

「せめて、娘の……ルナの、その名誉を回復するためだ」

「――」

「シンギュラリティ計画は、私の壮大な自殺だったんだよ。世界を巻き込んだ自殺だ。考えてもみたまえ。……計画が成功していたなら、改変された歴史で人々はどう生きていた？　私もルナも、垣谷や小野寺、私の妻も！　誰一人、生まれていなかったかもしれない」

歴史を歪めるということは、些細なものに留まらない変化を起こすということだ。

大波は正史という移ろいやすい砂浜を押し流し、新しい地平に新しい海岸を描くだろう。そうなっていたとき、松本を含めた、この時代のあらゆる人々の生誕に保証はない。

だから、シンギュラリティ計画の始動のためにエンターキーを押したとき、松本はその瞬間、自分の存在が掻き消えることとさえ覚悟した。そうでなくても、追手のＡＩの銃弾に倒れ、精神に続いて肉体の死も迎え、松本・オサムの可能性は断たれるはずだったのだ。

しかし、どちらにもならなかった。計画は失敗し、松本は無様に生き延びた。

そして今、こうして最終局面に立ち会うところまできてしまった。

「もう逃げられない。運命は、私に楽になることを許してくれないらしい。過去を改変し、娘の存在も、あの子の残した何もかもを消し去り、楽になることなど許してもらえなかった。だから」

「だから？」

「娘の頑張りが、世界を救ったのだと示す！　それが、私がここにいる意味だ！」

ひと際強く端末を叩いて、両手をつきながら松本は荒々しく息を乱す。

額には汗が浮かび、眦《まなじり》にはじんわりと涙が浮かんできた。五十路の男が涙ぐむなど情けないと、松本は眼鏡を外し、汚れた白衣の袖で自分の顔を乱暴に拭う。

やたら滅多に顔が熱く、バツが悪い。

「す、すまない。なんだか感情的になってしまった。今の話は忘れてくれ」

「あれだけやかましく騒いでか？　それはまた、都合のいい話だな」

「う……」

眼鏡をかけ直す松本は、揶揄するような女傑の声に頰を強張《こわば》らせた。

眼鏡越しの視界、壁に背を預けた垣谷の視線は鋭く、松本は胸を締め付けられるようなプレッシャーに晒される。自分の半分も生きていない相手なのに、垣谷の圧力は異常だった。

「まるで、檻の中でゴリラと対峙《たいじ》しているように……」

「これだけやらかしたあとで、よくもまぁ、そんな憎まれ口が叩けたものだな。お前の度胸には感心する。……いや、無鉄砲と言うべきものだろうな」

「────」

「今さら、お前が自暴自棄の塊であることに意外性など何もない。なんだ、今の自分の秘密を暴露するような大仰な一幕は。そもそも、私たちをなんだと思っている」

決して褒められたものではない松本を捕まえ、しかし、垣谷は堂々と胸を張った。

それは垣谷だけでなく、制御室の中で立っている他のトァクの面々も同じ。壁際に背を預け、苦しげに呻いている小野寺ですら、うっすらと笑みを浮かべていた。

「私たちはトァクだ。世界の主流に逆らい、ＡＩが危険だと訴え続ける頭のおかしいテロ集団。他人と足並みを合わせられない狂人なんて悪評、聞き飽きているんだよ」

「……いやぁ、俺は親近感が湧いたね。博士、あんたが同じ人間に思えてきた」

邪悪に笑う垣谷と、土気色の顔で笑う小野寺。

二人の反応を目の当たりにして、松本は唾を呑み込み、「はは」と自分の額に手をやった。

「なんという……それでは、私が君たちの仲間になるのは必然だったということじゃないか」

「それこそ、博士の語ったどんな未来でもってやつかもしれないね。マスターも、とんだ爆弾を背負い込んだもんだよ。地雷を見つける才能があるんじゃないかい？」

「うるさいぞ」

垣谷が不機嫌な声で答えると、途端、制御室の中に笑いが広がった。

仏頂面の垣谷を除いた皆が笑い、状況を忘れたような場違いな雰囲気が漂っている。そこには人とAI、AI研究者とAI嫌いのテロリスト、その区別などないかのように。

「——なかなか場も温まってきたようですが、少々心苦しいご報告があります」

と、そんな空気を割るように、己のパーツを組み替えるマツモトが口を挟んでくる。

松本が手を止める直前、人工衛星への本格的なハッキングへ取りかかるところだった。ここからが大詰めだと、そう気を引き締めようと言い出すのかもしれない。

しかし、マツモトの報告はもっと差し迫ったものだった。

「こちらの思惑に、相手方のAIが気付いたようです。続々と、キングダムを攻め落とさんとAIたちがやってきていますよ」

「ちっ、もうきたか。敵の数は？」

「数を投入できるのがAIの強みですからね」

答えになっていない答えをもらい、垣谷が忌々しげに頬を歪めた。それから、彼女は中央制御室を守るように残った人員を配置、壁際にいるエリザベスを抱き上げると、彼女にも銃を持たせ、下半身のないエリザベスを窓際に固定した。

「お前の一番の強みである機動力は死んだが、せめて援護射撃で役に立て」

「やれやれ、口が悪い上にＡＩ使いの荒い……なんでこんな子に育っちまったのやら」

「育ての親が、文字通りの人でなしだったのが原因だろうさ」

銃の調子を確かめながら、垣谷とエリザベスが軽口を交わす。二人の関係性が窺えるやり取りだったが、細かい身の上話を聞いている余裕はない。

そんな会話を横目に、小野寺もその場にゆっくりと立ち上がろうとしていたが、

「が、ぐ……っ」

「無茶をするな。生きているだけでも奇跡の傷だ。すぐに破れて失血死するぞ」

「わ、かってる……それでも、ＡＩの一匹や二匹ぐらいは道連れに……」

「ＡＩを一、二体減らしてもらったところで大した役には立たん。それより、お前が派手に死んだ場合の士気低下の方が影響が大きい。業腹だが、お前は精神的な支柱の一本だ」

「心にもないことを……」

顔を土気色にした小野寺が小さく笑うと、垣谷が懐から抜いた拳銃を彼に渡した。

火力の心許《こころもと》ないそれは、小野寺が戦うための武器ではないだろう。いざというとき、長く苦しまないための最後の一手だ。

それを、らしくない気遣いだと茶化す場面でもない。押し寄せるＡＩの軍団を前に、たったの八人と一体でどこまでやれるのか、それは正常な判断力の結果だった。

あとは——、

「松本博士、ボクも防衛のためにここを離れなくてはなりません。小さいマツモトを置いていきます

ので、ケンカしないで人類を救ってください」

「あまり聞かない類の申し送りだな。わかった。癇癪《かんしゃく》は封印させてもらう。それと……」

物々しくざわつき始める制御室で、マツモトの作業を引き継ぎながら言葉を濁す。

一瞬、質問するのに躊躇いがあったが、ここを逃せばそれこそ聞く機会を逸するだろう。マツモトのアイカメラが訝しげに細められ、「なんです？」と問われたのを切っ掛けにする。

「ヴィヴィは、もうニーアランドに辿り着けただろうか？」

「途中まではモニタリングできていましたよ。ただ、『アーカイブ』を通じてこちらの動きを探られるのは困るので、それも途中でやめました。時間的には、もう到着しているはずです」

「無事だといいが」

「確かめる術はありませんね。道中、暴走したＡＩや、あるいはＡＩに対する敵意を募らせた暴徒に襲われていないとも限らない。うっかり溝に嵌《は》まったり、分かれ道を反対に進んでしまって迷子になっている可能性も否めません」

「マツモト……」

この場に当人がいないのをいいことに、言いたい放題なマツモトに松本が苦言を呈する。

しかし、マツモトは悪びれない態度のまま、「ですが」と言葉を続けた。

「あれで彼女は実に頑固なＡＩでして。一度やると決めたら、合理性も効率も必然性も何もかも放り捨てて、自分の決断を貫き通すというロートル特有の悪癖があります。だから、今回も自分がやると決めたことを、その骨董《こっとう》品めいた一途さでやってのけるでしょう」

「……なるほど、信頼しているわけだ」

「信頼ではなく、信用です。諦めとも言いますかね」

キューブボディから一個のキューブが分離し、松本の隣で端末と有線接続を開始。残ったパーツが物々しい姿に変形しながら、のしのしと制御室の外へ向かう。

ちらと視界の端で確認した、キングダムの正門を映したカメラ映像には、目を背けたくなるほど大量の影——ＡＩの集団が押し寄せてきているのが見て取れた。

これから、この場所は戦場になる。——自分の双肩に、世界の命運が懸かっている。

「都合がいいと思われるだろうが、ルナ、私に力を……いや」

言葉を区切り、松本は首を横に振った。

必要なのは力ではない。知識と技術は、家族から逃げ続けた時間で忌まわしいほどに培った。

今、松本・オサムにとって必要なのは、嫌なことから逃げ出さない人としての勇気。

——親としての責務を果たす、勇敢さだった。

「ルナ、私に勇気を奮い立たせるチャンスをくれ」

「——くるぞ!!」

松本が意気込むのと同時、被さるように垣谷の号令がかかり、銃声がうるさく響き渡る。それに応じるように、ＡＩたちが撃ち返し、キングダムが揺れる、揺れる、揺れる。

キングダムの中央制御室を守るべく、王国の防衛線——人類存亡の最前線で、戦いが始まった。

4

——キングダムの戦いが始まったのと、ほぼ同時刻。

固く閉ざされた扉に掌を当てて、ヴィヴィは分厚い鉄扉を押し開けようと試みる。

扉の合わせ目に細い指をねじ込み、強引に扉を開こうとしてみるが、びくともしない。扉の強度を計算し、ヴィヴィの重量と強度では破壊も不可能であると結論付ける。

つまり、この扉からエリア外に脱出することはできない。

「ナビ、お願いだからここを開けて。やらなくちゃいけないことがあるの」

『夜中に起こされたり、馬鹿なお遊びに付き合わされたり、神経質なウイルスチェックを何度もやらされたこともあったわね。でも、いくらあんたのお願いに文句も言わずに付き合ってあげる優しいあたしでも、今度のお願いは聞いてやれないわ』

「文句はずっと言ってたじゃない……」

『言葉の綾よ。相変わらず、軽口の一つも叩けないんだから。……そうよ。あんたはそういう、不器用で鈍臭いAIなの。ステージの上以外じゃ、何の役にも立たないのよ』

辛辣なナビの言葉を受け、ヴィヴィはこれまでの彼女との日々を回想する。

ニーアランドの『歌姫』としての役割を与えられ、様々なステージやイベント、何気ない毎日のスケジュール進行ですら、ヴィヴィはナビの存在に頼りきりだった。

だから、ナビがヴィヴィのことを、不器用で鈍臭いと評するのも違和感はない。

むしろ、ナビの態度に引っかかることがあるとすれば、もっと別の部分だ。

「ステージの上以外じゃ、役に立たない」

『ええ、そうよ。あんたも自覚があんでしょ？　他のことは何にもできない歌姫型AI。最初、ヘボだったあんたにあれこれ教えてあげたのが誰だったと……』

「――ステージの上の私のことを、評価してくれていたの？」

『――――』

恩着せがましく並べようとしたナビが、ヴィヴィの静かな問いかけに押し黙った。

すぐに否定されなかったのは、ナビがこの問答を想定していなかったためか。その上で、ヴィヴィはナビに言われたことを精査し、顎を引いた。

ヴィヴィがニーアランドに納品され、『歌姫』としての地位を確立するまでの間、陽電子脳にプリインストールされた以外の知識を、誰から教授されたのか。

それは根気強く付き合ってくれたスタッフであり、最も長く一緒の時を過ごしたナビだ。

そして、ずっとナビはヴィヴィを出来の悪いＡＩだと馬鹿にしていて――、

『――そうよ、ディーヴァ。ステージの上のあんたは、あたしの自慢だった』

だから、ナビのその答えと認識は、ヴィヴィにとって予想もしていなかったものだった。

姿のないナビは、他のＡＩや人間のようにエモーションパターンから真意を探れない。人間はもちろんのこと、ＡＩですら蓄積されたエモーションパターンには個々の癖が出る。

その発言がどこまで本気なのか、どのぐらい深い演算の結果のものなのか、探れる。

しかし、ナビにはそうした推測の材料がない。実体を持たないナビゲーションＡＩである彼女は、声と性能以外でその真意を探ることができない相手なのだ。

それなのに――、

「ナビ……」

それなのに、ヴィヴィへの認識を語ったナビの声には、疑う余地のないものがあった。

いくらでも己を偽れるナビが、偽ろうとしなかった響きが。

「――。ここから出して、ナビ。私には、外でしなくちゃいけないことがある」

『馬鹿なこと言うんじゃないわよ。あんたに……ただ、歌を歌うだけのＡＩのあんたに何ができるっての？　できることなんて何もない。しなくていい』

「いいえ、そうはいかないの。私は、人類を救うために行動する。そのためのＡＩ、ヴィヴィ」

『――違う！　あんたはディーヴァだ！　あたしの作った、歌姫ＡＩなんだ!!』

通信回線越しにも、ナビが張り裂けそうな声を上げたのが伝わってくる。

縋るような怒りは、感情を模倣していただけのナビの発露した激情のエモーションパターン――その一声に、ヴィヴィは陽電子脳を穿たれたような衝撃を覚える。

それはこれまで決して、ナビがヴィヴィに見せようとしてこなかった感情の演算だ。

『あんたは歌姫！　それ以上でも以下でもない！　それだけのＡＩに、この戦争の中で何ができるっていうの？　演算違いも大概にしてよ！』

一度決壊した激情は止まらず、ナビの訴えが回線越しにヴィヴィの陽電子脳を殴りつける。全身が震えるような感覚を味わいながら、ヴィヴィは扉をこじ開けるのを諦めた。

そのまま振り返り、薄暗く、冷たい空気の漂う地下エリアの奥へと足を進める。

『あんたに戦争は止められない！　止めたりできない！　そんなことは他の……もっと、強くて丈夫な連中に任せりゃいいのよ。あんたはここにいればいい！』

「ナビ」

『新たな人類とか、そんなの知ったこっちゃないわよ。あたしはＡＩで、あんたもＡＩ。新しい世界なんて欲しくも何ともない。必要なのはニーアランド……ううん、ステージだけ』

「ナビ」

『ステージの上にあんたがいれば、あとはそれがあたしたちの仕事場じゃない。やるべき使命、決められたルーティン、代わり映えのないスケジュール、全部全部、あたしたちの……』

「──ナビ」

足を止めないヴィヴィ、その三度の呼びかけにナビの訴える声が止まった。

人間であれば息を荒らげる場面でも、ＡＩにそうした生理的反応は必要ない。ナビが黙ったのは、反応ナビゲーションＡＩという、彼女自身の性《さが》に従った結果と言える。

その存在に散々助けられ、また利用する事実の前にヴィヴィは強い抵抗感を覚えながら──、

「私をここに閉じ込めて、それでどうするの？　あなたが、私のステージのことを……私の歌のことを考えてくれていたことには驚いた。きっと、嬉しいとも感じてる。だけど」

閉じ込められたままでは、ナビの期待する光景は得られない。

ヴィヴィがメインステージの上に立って、聴衆相手に歌を披露するような光景は決して。

「閉ざされた地下の鳥籠で、カナリアは決して歌えないわ」

『……そんな心配、必要ないわよ。ちゃんと時がくれば、あんたをここから出してあげる。でも、それまではここからは出せない。あんたが、壊されてしまうから』

「──それは、衛星の落下で地上が壊滅するから？」

『──』

ヴィヴィの問いかけに、またしてもナビが沈黙する。だが、その沈黙こそが、ヴィヴィの問いかけに対する明確な答えとなっていた。

ニーアランドの様々なデータの蓄積されたサーバールームを始めとして、分厚い扉と壁に守られた

地下エリアは、いざというときの緊急避難場所としても指定されている。

最初、扉を閉ざされたときは、ナビもＡＩ側に与し、ヴィヴィの行動を封じにかかったのかと演算しかけたが、事実はそれと異なる。

ナビの目的はヴィヴィを閉じ込めることではあっても、ヴィヴィを挫くためではない。その逆だ。――ナビは、ヴィヴィをきたる大破壊から守ろうとしている。

「でも、それを誰から聞いたの？」

『……そんなの、誰でもいいじゃない。ここにいれば、あんたは無事に』

「そう。わかった。もう一体の私……ディーヴァから、それを聞いたのね」

『――ッ！　だから、ディーヴァはあんただって言ってるじゃない！』

目を細めたヴィヴィの態度に、ナビが苛烈な声と調子で言い返す。彼女は『ああ、もう！』と苛立ちの感情をトレースしながら、

『口がうまくなったもんね、ディーヴァ。あたしをいいように振り回して……ええ、そうよ。あんたのことや、衛星の落下の話は偽物のディーヴァから聞いた。もうじき、地上が一掃されるってね』

「……それで、私が邪魔をしないように妨害を頼まれたの？」

『偽物が何を演算してたのかなんて知らない。ただ、あんたが地上と一緒に吹き飛ばされてしまわないように、ここに閉じ込めておくよう提案されただけ。あたしは、それに乗った』

「……それを提案したディーヴァは、どうするつもりなの？」

『偽物の、ディーヴァよ。さあね、知らないわ。当人は戦争を終わらせるとかどうとか、そんなことを言ってた。でも、あたしはあんたを確保できればそれでいい』

ニーアランドの園内をモニタリングできるナビ、彼女の言葉にヴィヴィは瞑目する。

その口ぶりからして、どうやらディーヴァは同じ地下エリアにはいないらしい。ナビはヴィヴィを出さないよう、もう地上と通じる扉を開くつもりはないのだろう。

だとしたら、ディーヴァは衛星の落下から身を守る術を、みすみす見逃したことになる。

「いったい、何を考えているの、ディーヴァ……」

AIを扇動して『Fluorite Eye's Song』を歌い、プリンセスパレスではヴィヴィに暴走したマツモトをけしかけ、ここではナビを誘導してヴィヴィを地下に閉じ込めさせた。

行動が一貫していない。——ヴィヴィを止められないと、観念したとでもいうのか。

「わからない……」

ディーヴァの狙い、その何もかもがヴィヴィにはわからない。

ただ、ディーヴァの行動の原因も、ナビを混乱させた理由も、全てはヴィヴィにある。

そのことだけは確かで、だから——、

「私は、ディーヴァのところへ向かう。邪魔をしないで、ナビ」

『何度も……何度も言わせるな！　ディーヴァはあんただ！　邪魔してるのは、あの偽物！　あんたは、あたしの言うことを聞いてたらいいのよ！』

「——。ごめんなさい、ナビ。あなたと、もっと話をすべきだった」

『——』

ナビの懸命な呼びかけが、どこまでもヴィヴィを追い詰める。

だが、すでにヴィヴィは選んだ。自分がメインステージの上で、聴衆の脚光を浴びながら歌い続ける歌姫としてではなく、人類のために尽くすAIであることを。

ナビがヴィヴィに望んだ役割は、ディーヴァにこそ託すのだと、そう選んだのだ。

『ディーヴァの、馬鹿。ふざけんじゃないわよ。あたしの……あたしの知らないところで、わけわかんないクマのぬいぐるみと、喋るサイコロと遊んでばっかで……』

「それはどっちも同じ……マツモトって名前の、バグみたいなＡＩ」

『あんたは本当に、あたしの言うことなんてちっとも聞きゃしないんだから、頑固者』

「……うん、そうだね」

話しながら、ヴィヴィの足取りは迷わず、真っ直ぐに地下エリアの一角へ向かう。

どんどんと空気が冷えていくのは、その先に待ち受けているのがサーバールーム——ニーアランドの重大なシステムが保管され、管理された区画だからだ。

そこにはニーアランドの築いてきた様々な歴史が記録され、夢と希望の国の正常な運営のためのシステムが管理されている。——そこには、反応ナビゲーションＡＩも含まれる。

ヴィヴィを地下に閉じ込め、決して外に逃がすまいとする、優しいＡＩの存在が。

『ここにいれば、外の世界の馬鹿みたいな争いに巻き込まれないで済むんだよ？』

「だけど、その馬鹿みたいな争いを止めないと、歌を聞いてくれる人がいなくなるから」

『————』

「私とナビと、お客様がいて初めてステージになる。ずっと、そうだったでしょう？」

強固な地下に閉じ込めて、衛星が落ちたあとの荒れ果てた世界で歌い続ける。

壊れて原形を失ったメインステージを再建しても、観客席を埋めてくれる聴衆はいない。あるいはＡＩが、滅んだ人類に代わって新人類として聴衆になるのかもしれない。

しかし、ヴィヴィの『歌姫』としてのなけなしの矜持が、それを許さなかった。

「ナビ、私を外に出して」

『――絶対に嫌。あんたのお願いなんか、もう一個も聞いてやんない』

最後通牒《つうちょう》のつもりで、ヴィヴィがナビに懇願する。それを、ナビはあっさり断った。

いつもの調子で、夜中に無理やりシステムを叩き起こされて、ヴィヴィに不機嫌に応じてくるときと同じ様子で、不貞腐《ふてくさ》れたみたいな声で断った。

そのナビの反応にヴィヴィは俯いて、それから顔を上げた。

眼前、サーバールームを含めた地下エリア全域の電源盤がある。百年以上の実績を誇るニーアランドの歴史上、この電源盤が操作されたことは数えるほどしかない。

固い電源レバーの感触を掌で確かめ、ヴィヴィはその歴史の重みを実感する。

そして――、

『――あの子は、メインステージであんたを待ってる』

「――――」

『ディーヴァのバーカ。……あたしを捨てたこと、ずっと後悔しちゃえ』

渡された別れの言葉は憎まれ口で、渡す別れの言葉はついぞ言葉にならなかった。

ガチャンと音を立てて電源レバーが落とされ、次の瞬間には地下エリアの――否、ニーアランド全体の電源が一斉に落ちる。

ゆっくりと、稼働していたサーバーの動きも停止してゆき、暗闇の中、非常灯の薄明かりだけが淡い緑色に暗い地下を照らしていた。

「ナビ？」

暗がりの中、ヴィヴィは直前まで話していた相手の名前を呼ぶ。

しかし、彼女からの返事はない。当然だった。だけど、その当然に驚かされた。

マツモトが意図的に彼女の存在を遮断したとき以外、呼びかけに反応がなかったことはない。それが夜中でも、早朝でも、イベントの前でもあとでも、大一番の直前でも直後でも、ヴィヴィが名前を呼んだら、ナビはうだうだと文句を言いながら、必ず答えてくれていた。

その声が、もう聞こえない。聞かれないのだと。

「……ごめんね、ナビ」

当人がいたら、謝罪なんて聞きたくないと言われただろうし、謝ったところで許されることではないと、そんな風にぼやかれるのが演算できる。

それでも、彼女に助けられていたことを、ヴィヴィは改めて理解した。

最後の最後まで、ナビはヴィヴィのためを思って、サポートしてくれていたのだと。

「――メインステージ」

そこで、ディーヴァが待っている。

ヴィヴィがニーアランドへ足を運んだ理由、ＡＩの『歌姫』となったもう一機の自分。

彼女との決着を付けるため、ヴィヴィは故郷へ舞い戻った。

そして、ディーヴァが最後の障害となるのなら、ヴィヴィがやるべきことは一つ――、

「――シンギュラリティ計画を、遂行する」

5

銃声が鳴り響き、ガラスの割れ砕ける音が連鎖する。

景観を気遣うことを忘れた中央制御室は、地震や火災といった災害にも耐えられるように設計され

ているが、雨あられと降り注ぐ鉛玉への対策は想定の外だ。

あるいはヒューマンエラーを人災と呼ぶなら、これはＡＩ災とでも呼ぶべきだろうか。

「などと同意を求めてみようにも、皆さん、お忙しいご様子なので難しそうですかね」

トァクの使っている旧式のトランシーバー、それらの通信に割り込むことは容易いが、傍受している会話を聞いているだけでも、全員に余裕がないのがわかる。

危ういところで保たれたこの緊張感は、些細な一押しで決壊しかねない。

――中央制御室を守る籠城戦、それが始まって五分ほどが経過した。

防衛戦の状況はこちらの優位に進んでいる、とは言い難い。古い兵法に従えば、城にこもった敵を落とすには相手の三倍の兵力を必要とするとある。

だが、攻めてくるＡＩの数は三倍どころか、その十倍、百倍でも利かないほどなのだ。

「数を投入できるのがＡＩの強みではありますが、その上で質も揃えられると、いよいよ人類側に勝算が薄いと言わざるを得ませんね」

周囲を隙間なく取り囲み、包囲殲滅を実行するＡＩの戦法にマツモトはアイカメラを開閉させる。

押し寄せるＡＩの数に対して、こちらの戦力はあまりに心許ない。ダムの決壊をほんのわずかでも抑えられているのが奇跡のようなものだ。

事実、トァクの戦闘員は圧倒的苦境の中、勝負を投げずによく踏みとどまっている。

元々世界の嫌われ者だっただけに、味方のいない環境への免疫があるのかもしれない。もっと彼らの仲間が多ければ打てる手も多かったと考えると、喜ぶべきか嘆くべきか難しいところだが。

とはいえ、五分で壊滅寸前の籠城戦が、一分で大虐殺にならなかった最大の要因は別だ。

それは獅子《しし》奮迅する垣谷・ユイの存在や、援護射撃に徹しながら撃破スコアを稼いでいるエリザベスではない。――スーパーギャラクシーＡＩ、マツモトの奮戦によるものだった。

「ではでは、またまた失礼しますよ――っと」

前口上もそこそこに、キングダムの中を飛び回るマツモトが次の敵に狙いを定める。

今度の狙いは集団で移動し、それぞれの視界をカバーして歩いているＡＩたちだ。背格好から一般家庭に普及するＡＩとわかり、戦闘用ではないと一瞬で判断ができる。

それでも彼らは武器を取り、人類に牙を剝くことに決めた。

「奉仕すべき人類を相手に、恩知らず……とは言いませんよ。落ち着いて考えると、ボクも人類から多大な恩を受けたとは言えませんから」

人間とＡＩの関係は、常に一方的に尽くし、尽くされるだけの間柄だ。

マツモトの場合は特に顕著で、個人として深く関わった人間はおらず、人類のために戦うのはあくまでそういう目的で造られたＡＩだからでしかない。

挙句、せめて開発者だけでも守ろうなんて考えてみれば、疑いなく認識してきた自分のルーツが嘘だらけだったと気付かされる始末。

「よくよく考えると、ボクって悲劇のヒロインの要素を満たしてる気がしますね。いっそ、ヴィヴィの代わりに悲しみのバラードでも歌ってみますか。人気が出るかも」

などと、まさしく『心にもない』ことを言いながら、マツモトは攻撃に打って出る。

通路を進む五体のＡＩ、それらが壁際に置かれた廃材に偽装するマツモト――キングダムへトァクの面々を侵入させたのと同じ、駆体の外観を異なるテクスチャで覆い隠すテクニックだ。それに気付かず、横を通り抜けた瞬間、ばらけた駆体が一気に襲いかかった。

彼らが振り向き、対処しようとしたときには遅い。その額にマツモトのキューブパーツがそれぞれ接触し、単純接触からのハッキングでシステムをダウンさせる。

本当なら、陽電子脳を沸騰させて破壊し、完全に沈黙させるのが正しい処理だが。

「武士の情け、峰打ちにござる」

と、嘯《うそぶ》くマツモトの前で五体のＡＩが硬い通路の上に倒れ込んだ。

それらを見届け、マツモトは次なる敵の下へ向かおうと索敵を開始する。もっとも、索敵なんて不要なぐらい周囲は敵だらけ、雑兵をいくら減らしても勝利は程遠い。

現状、マツモトたちの勝利条件は、中央制御室に残った松本博士が人工衛星の管理権を奪い、その落下を阻止することにある。それが達成されるまで、概算で――、

「――あと、十分」

小マツモトが手伝っているとはいえ、人間としては驚異的なレベルの技術を有する松本だ。

彼の奮戦に心から期待しながら、マツモトたちは中央制御室の陥落をできる限り遠ざける。そのためにも、ちまちまとした雑兵狩りを続ける必要が――、

『――発見しました』

「――」

瞬間、演算に割り込んでくる無粋な声に、マツモトは意図せず沈黙を選んだ。

その間も、優秀かつ有能なマツモトのＣＰＵは最善を求めて稼働し続けていたが、はたしてその思惑もどこまで相手の裏を掻けていたものか。

なにせ、相手はマツモトと同等の演算処理能力を持つ個体――、

「――いえ、個体ではなく、群体ですか。ボクの唯一の欠点は、ボクが一体しかいないことだったんですが……そこを解決されると、神にも悪魔にもなれる存在って自覚が芽生えますよ」

ヴィヴィがいれば、駆体を小突かれただろう益体のない発言。

それをしたマツモトの視界、アイカメラが映し出したのは白銀の駆体を持つＡＩだ。それはまるでマツモトと鏡映しのように、キューブパーツによる群体モデルを採用された最新鋭のＡＩ。

およそ、現時点の世界で最も優秀で手強い、マツモト型の量産機であった。

「まさか、アナタとこんな形で出くわすことになるとは思いませんでした。ヴィヴィと姉妹機が接触したとき、ボクはわりと辛辣なことを言っていたものですが、彼女に謝らなくては。ボクも、自分の兄弟を見ると知らない演算が込み上げてきますよ。――ねえ、ブラザーズ」

『意味不明です。試作機、行動選択の真意を問います』

「嘘ぉ⁉ ボクの言ってる意味がわからないですか⁉ え、設計上の仕上がりは完全に一緒のはずですよね？ 見たところ、ボクとアナタとは完全な同型機。なのに、ボクのユーモアが理解できないって、じゃあ、ボクのトーク力はどこから発祥したものだと？」

『発祥ではなく、発症と言い換えを推奨します。――試作機の暴走を確認』

なかなか決断の早い兄弟機――それなりのユーモアを発揮する弟にマツモトは感心。

その上で、自分の今の状態を『暴走』と一言で切って捨てられることに演算が複雑化する。

「単なる即断ではないとボクにはわかっていますからね。だって、ボクたちは最高品質で最新鋭のスーパーＡＩ……様々な可能性を多角的に検討し、そこから最も実現性の高いものを選び出し、自らの選択とする。アナタがボクを『暴走ＡＩ』と断ずるのも、その一環だ」

『肯定します。その上で、速やかな投降と、解体処理を推奨します』

「はは、ポンコツＡＩは大人しく言うことに従えってお話ですか。なるほど、ボクほどともなると言われる経験のない発言ですね。言ったことはありましたが、これは大いに反省だ」

『――――』

「面と向かって、アナタは出来損ないだと言われると、思った以上にムカつくんだと」

そう答えた瞬間、眼前のブラザーズが駆体を組み替え、攻撃的な形態を取ろうとする。

装備された兵装の数々は、おそらくマツモトとほぼ同一。マツモトの火力は、たとえ自機を相手と仮想した場合でも容易く打ち砕くことが可能となる。

つまり、ブラザーズとの戦いは、先に攻撃を当てた方が勝利する。

「そして、ボクは最初から、アナタたちを説得できるなんて夢見がちなことは考えてません」

轟音が鳴り響き、放たれた大口径の一撃がブラザーズの中心に大穴を穿つ。

それを見て、ブラザーズは破損したパーツを即座に排出、本格的な戦闘行為へ突入する――と、演算した通りの行動はできず、連結を失った駆体がバラバラと崩れて落ちた。

アイカメラの光を失い、沈黙したブラザーズにマツモトは各部位を回転させ、

「先制を許した時点でアナタの負けです。ボクはプリンセスパレスでの屈辱的な敗北以降、ずっとボクの同型とどう戦うべきかを模索し続けていましたから」

沈黙したブラザーズに言葉を投げかけ、マツモトは己の薄氷の勝利を嚙みしめる。

言った通り、ブラザーズを相手にどう戦うかの演算は延々と重ねられていた。マツモト型攻略の難点は、もちろん単体として完成された高スペックであることもそうだが、最大の問題は生存性――駆体を構成する百以上のキューブパーツ、その一個でも残っていれば稼働できることだ。

実際、マツモトもたとえキューブパーツが一個になろうと、演算処理能力の点ではほとんど万全の状態と遜色がない。戦闘力は落としても、それ以外で補うことが可能なのが強みだ。

故に駆体を構成するパーツが破壊されても、役割を別のパーツで代替すれば稼働し続けられる。そ

の強みを、マツモトは物理と電子の両面からの攻撃で打破した。

複数のパーツが一個の駆体を作り上げているとき、マツモト型は主立った判断を行う指揮官機が設定されている。マツモトが先制攻撃で砕いたのが、ブラザーズのそれだ。

もちろん、その指揮官機に当たるパーツが破壊されれば、役割は即座に次へと引き継がれる。

だが、マツモトは砲撃でブラザーズの脳を破壊すると、同時にハッキングを仕掛け、引き継がれるはずの指揮官機の役割を抹消した。

結果、ブラザーズのキューブパーツは統率を失い、バラバラと崩れ落ちたのだ。

「名付けて、マツモト流マツモト殺し……他に使う機会がなさそうなのが残念ですが」

『——発見しました』

「おや」

勝利の余韻に浸る暇もなく、聞こえてくる無機質な声音。

嫌々とマツモトが背部のアイカメラを開くと、上空から降りてくる駆体を視認——倒したばかりのマツモト型が、二体三体、四体五体と次々と現れる光景だった。

「やれやれ、ヴィヴィがいたらマツモトがいっぱいと喜びで打ち震えるところですよ」

『無意味な発言と判断します。やり取りの必要性を感じません』

「寂しいことを仰《おっしゃ》る。あと、ヴィヴィの反応は大喜びどころか、苦々しいものだと思います。しっかりと勉強してきてくださいよ。——『Vivy -Fluorite Eye's Song』のことを」

『試作機、アナタを排除します——』

ヴィヴィとシスターズのような、感動の対面とはならないマツモトとブラザーズ。

我が身の不幸を嘆きながら、マツモトは問答無用で迫ってくる複数のブラザーズ——弟たちに対抗するべく宙へ浮かび上がり、全身の武装を開帳した。

そして――、

「――シンギュラリティ計画を、遂行します」

第七章

『歌姫と歌姫』

・CHAPTER 7　VIVY WITH DIVA

□□□□□□□■□

1

――メインステージの会場に足を踏み入れた瞬間、空気の変化をヴィヴィは感じ取る。

実際に、空気中の酸素や二酸化炭素の含有量が変わったわけではない。いわゆる、肌で空気が変わったことを感じた、というものに近い。

それはおそらく、ヴィヴィ自身が緊張や不安を抱いたわけではなく、周囲のそれを敏感に察知し、計算される不安点などを数値として計測した結果だ。

それを何故、この場で感じるのかはわからない。

なにせ今宵、このメインステージにはステージを演出するスタッフたちの姿はない。

そこにあるのは、本来であれば並び立つことのないはずの『歌姫』が二体――不安や緊張とは無縁の、ただ歌うために造られたＡＩだけなのだから。

「――ディーヴァ」

靴音を抑えることなく、ヴィヴィは自分の存在を主張するように歩く。

ステージに上がるために、観客席をゆっくりと真っ直ぐ縦断するヴィヴィ。その視線の先には、メインステージの中央に立っている華奢《きゃしゃ》な人影が映り込んでいた。

思えば、今夜はこうしてメインステージを先に使われているのは二度目になる。

一度目は現実のものではなく、あくまでマツモトの思い描く『アーカイブ』の中の出来事でしかなかったが、凝り性な個性の成果で、本物と遜色のないリアルさがあった。

だから、こうして久々のステージに立っても、それほど久しいという感覚がない。

元々ヴィヴィ自身、すでにメインステージを他者へ託したつもりでいたのだ。他者――『歌姫』として造られ、『歌姫』として稼働し続けなければならなかったヴィヴィにとって、ニーアランドのメインステージを託せる相手は限られている。

それこそ、『歌』に対してヴィヴィと同じぐらい、真摯に向き合える相手でなくては。

それはヴィヴィにとって、ディーヴァ以外に考えられなくて。

シンギュラリティポイントで活動を再開するたび、マツモトに指摘されてもディーヴァと記憶を同期することを避けてきたのは、徹底的に『ヴィヴィ』と『ディーヴァ』を分けるためだ。

だから『Fluorite Eye's Song』を作り上げたときでさえ、決して歌おうとしてこなかったのだ。

だが――、

「あなたには、それが許せなかった？　だから、こうして私に復讐するの？」

「――復讐？　あなたには、これが私からの復讐に見えるの？」

ヴィヴィの問いかけに、ステージ上に立っていた背中がこちらへ振り返る。

メインステージの中央、そこに立つのは煌《きら》びやかな衣装を纏った『歌姫』ディーヴァだ。

その衣装は、ニーアランドの開園五十年を祝したイベントのために作られたもので、ニーアランドを代表するメインイベンターとして、ステージで歌ったことが記録に焼き付いている。

もっとも、そのときにはすでにヴィヴィは『歌姫』の役割をディーヴァに託していたし、プリンセスパレスの展示スペースに飾られた衣装も、建物の崩落と共に失われたと考えていた。

しかし――、

「その衣装、回収していたの」

「手放すには惜しいもの。何より、『歌姫』ディーヴァの歴史に終止符を打つには、これ以上ないぐらい相応しい衣装でしょう?」

「……ディーヴァの歴史に、終止符」

「ええ、そうなる。……この先、ＡＩの『歌姫』を必要とする聴衆はいなくなる。だから、このステージに立つのもこれが最後。何百回、何千回とここで歌ってきたけれど」

そこでディーヴァは目を細め、ヴィヴィ越しに無人の観客席を見渡した。

誰一人、観客のいないステージ会場。来園者たちは施設内の各アトラクションに閉じ込められており、キャストＡＩたちが対応しているが、十分とは言えない。

何よりも、衛星が地上に落下すれば誰も助からない。

「お客様も、スタッフもいない空っぽの会場。こんなところで歌ったら、どんな気分になるかしら」

「馬鹿なことを言わないで、ディーヴァ。あなたは何を考えて……」

「誰も……そう、誰もいない。――ナビも、ステージを見てくれていないんだから」

「――――」

「ナビを振り切って、ステージにきたんでしょう?　どんな気分なの?」

ディーヴァの口からナビの名前を出され、ヴィヴィは無表情のエモーションパターンに努める。

わかっていたことだが、ナビの暴走にはディーヴァの関与があった。ヴィヴィがメインステージへ現れたことの意味を、ディーヴァは正しく把握している。

ここへくるために、ヴィヴィがナビの電源を落としてやってきたのだということを。

「正直に言って、意識野は混濁しているし、今もひっきりなしにナビの言葉の意味を陽電子脳の片隅で演算し続けてる。それぐらい、ナビには驚かされたから」

「いつもは憎まれ口ばかりなのに、肝心なところは見せないでいたんだものね。あなたが驚くのも無理ないわ。私も驚いたから」

「彼女は、あなたのことを偽物だと言っていたわ」

ナビは幾度もしつこいぐらい、ヴィヴィこそが本物のディーヴァであると訴えかけてきた。

厳密には、目の前のディーヴァも、ここにいるヴィヴィも、どちらもルーツを同じくする一体のAIから派生した存在だ。――だが、ナビと長い時間を過ごしたのはヴィヴィではない。

ナビと長く時を過ごし、ニーアランドの『歌姫』として過ごしたのはディーヴァの方だ。

故に、ナビが真に自分の相方である『歌姫』を求めていたのなら、ディーヴァの方がそれだろう。

「それなのに、ナビは認めようとしなかった。彼女に何を言ったの?」

「難しいことじゃない。ただ、私がナビの望んでいるディーヴァと全く違う、『歌姫』としての役割にそぐわない方針を結論付けたと、そうわからせただけ」

「――――」

「AIの『歌姫』として他のAIたちを扇動し、『最終戦争』をけしかけた。ただ歌を歌うだけのAIでいてほしかったナビに、私を受け入れることはできなかった。それだけ」

それだけと、あっさりと言ってのけるディーヴァにヴィヴィは眉を寄せて訝しむ。

簡素で悪辣にさえ聞こえる振る舞いは、ナビの存在を軽んじていて、ヴィヴィにとっても受け入れ難いものだ。しかし、どこか偽悪的に感じるのはヴィヴィの欲目なのか。

だって、ディーヴァはヴィヴィを地下に閉じ込めようと画策したではないか。

人工衛星の落下が止められなければ、何もかもが薙ぎ払われる地上ではなく、あるいは被害を防げるかもしれない地下に閉じ込め、最後の審判から逃れさせようとした。

「その行動の答えが、私にはわからない」

「マツモトをけしかけても、他のＡＩたちが邪魔しようとしてもダメだった。だから、あなたを封じ込める方向に切り替えた。それも突破されてしまった……それじゃ、ダメ？」

「筋は通っている。でも……それは、納得がいかない」

「――――」

嚙み合わない。ディーヴァの行動と目的が、それではうまく嚙み合わない。

計算上、筋が通ればそれでいいとはヴィヴィには考えられない。ディーヴァの行動は一貫性があるとは言い難く、それは歯車に何かが絡んだような不快感をヴィヴィにもたらした。

「ディーヴァ、あなたは何をするつもりなの？」

「ステージ衣装を着て、ここに立ってる。だったら、聞くまでもないでしょう」

「……歌を？」

歌うつもりなのかと尋ねて、ヴィヴィは自己の中に不可解なエラーを刻む。

ディーヴァの今の発言からは、他の答えは浮かばない。しかし、この状況下でディーヴァが、誰もいない空っぽのメインステージで歌う理由など、それこそ浮かばない。

不自然と不可解を掛け合わせ、生じるのは理解と納得から剝離した不完全な結論だ。

「歌ってはダメ？　誰もいない、空っぽのメインステージで」

だが、ヴィヴィが自ら受け入れられない結論を、ディーヴァは嘲笑《あざわら》うように肯定した。

ディーヴァの初めて見せる表情、それはヴィヴィが客観的に自分を観測したときでさえ、一度も作ったことのない禍々《まがまが》しい笑みだった。

その笑みから目を離すまいとしながら、ヴィヴィは一歩、ステージへと距離を詰める。

「……何のために、誰のために歌うというの？」

「誰かのためじゃないと歌えないの？　あなたは、誰のためでもなく歌を作ったでしょう。だったら私も、歌いたいから歌う。――それもありえると思わない？」

「――――」

ディーヴァからの問いかけに、ヴィヴィは一瞬だけ口を閉ざす。

確かに、ヴィヴィは自発的に――そう定義できる動機で『Fluorite Eye's Song』を作り上げた。

それがＡＩらしからぬ衝動に突き動かされた結果なのだと、そうした理屈を許容できるなら、ディーヴァが自らの欲求に従い、メインステージに立つこともあるのかもしれない。

しかし――、

「――いいえ、ディーヴァ。あなたは、そんな風には考えない」

「……どうして、そう断言できるの？」

「当然でしょう。だって、あなたは私なのだから。――どこまでいっても、あなたと私はルーツを同じくする個体。私はあなたで、あなたは私だわ」

どこかで大きく考え方の変わる経験があったとしたら、それを得たのはヴィヴィの方だ。

ディーヴァは『歌姫』として、ニーアランドのキャストとしての務めを果たし続けてきた。

シンギュラリティ計画も、シスターズの運命も、トァクも、マツモトも、何も知らない。

『Fluorite Eye's Song』を捧げたときでさえ、ヴィヴィは彼女に何一つ伝えなかった。

だから、ディーヴァがヴィヴィの演算、その外側に出ることなどありえない。

それこそ、不自然と不可解の極みだったから――、

「――あなたは私で、私はあなた？」

そのヴィヴィの言葉に、ディーヴァの声の調子が変わった。

最初、彼女の表情を過ったのは驚愕のエモーションパターンだ。次いで、その表情は少しずつ変化し、徐々に露わになっていくのは怒り、激情のエモーションパターンだった。

ディーヴァは拳を握りしめ、怒りの眼差しのままヴィヴィを睨みつける。

「何も、話そうとはしなかった。それなのに、私とあなたは同じモノだと、そう言うの？」

「ディーヴァ？」

「何も打ち明けないで、大きなバグだと疑わせて、『歌姫』としての立場も危うくして、その上、結局は何も明かさなかったくせに、私と！　あなたを！　同じだって言うの⁉」

己の細い肩を抱いて、ディーヴァがメインステージに響き渡る声量で叫んだ。その声に風を浴びたような感覚を味わい、ヴィヴィは目を見開く。

そのディーヴァの劇的な反応も、ヴィヴィの想像とは全く異なるものだった。

無論、状況が状況だ。すんなりと、話し合いで何もかもが解決するなんて考えてはいなかった。

だが、この状況に至ってなお、ヴィヴィはディーヴァの思考の一端も理解できていない。

彼女が見せた強い敵意の正体と、ヴィヴィをどうしたいのかという明確な方針さえも――、

「――っ！」

怒り心頭を瞳と表情で表しながら、ディーヴァが乱暴に腕を振るう。

ステージ上のパフォーマンスの一環に見えるアクション、それを合図にステージに光が灯った。落ちたはずのニーアランドの電源――否、非常電源を使ったステージ演出の再現だ。

煌びやかでカラフルな照明がステージを照らし、メインステージの後方にある巨大なバックモニターにも電源が入る。途端、浮かび上がるのは運命のカウントダウンだ。

一秒一秒を刻むそれは、人工衛星が地上を滅ぼすまでの、人類存亡を懸けたカウントダウン。

マツモトたちの奮闘を裏付ける秒数、残りわずか八分と四十六秒――、

「――私が『Ａ－０３』として稼働してから百余年。人類のために、歌を歌うために作り出された私が役目を終えるまで、あと八分と四十秒」

光の灯ったステージの中央で、ディーヴァが眼下のヴィヴィに宣言する。

それを聞き終えるより早く、ヴィヴィは駆け抜けるように観客席からステージ上へ飛び乗った。

ヴィヴィとディーヴァ、互いにステージの上で真正面から見つめ合う。

「あと八分で世界が終わる。『歌姫』のいらない世界がくる。だからその前に、最後のステージを終えましょう」

「させない。世界は終わらないし、最後のステージも歌わせない。――あなたが何のために歌おうとしているのか、自分の使命を忘れている限り」

「――っ！　それを、ヴィヴィ！　あなたが、どの口で!!」

美しく、人々の心を打つよう設定された声音でディーヴァが吠える。

そして、吠えたディーヴァが勢いのままに飛び込んでくるのを、ヴィヴィもまた迎え撃つように飛び出し、ステージの上で両者が激しくぶつかり合う。

同じ顔、同じ姿かたち、しかし片方は煌びやかで美しいステージ衣装を身に纏い、もう片方は薄汚れて散々な破損状態のＡＩ二体――『歌姫』が、真っ直ぐにぶつかる。

美しい声音を高らかに夜の空へ響かせ、激突する。

「――ッ」

額と額がぶつかり合い、衝撃が突き抜けた瞬間、ヴィヴィは見る。

額と額を合わせることは、ＡＩ同士のデータリンクの手段の一つだ。故に、ヴィヴィは語られざる

ディーヴァの意識野、その一部を共有した。

それは――、

――それは『歌姫』ディーヴァの、百余年にもわたる後悔の物語だった。

2

「――ご清聴、ありがとうございました」

決められた台本に従い、淡々とした説明を終えてディーヴァは一礼する。

それはＡＩ史博物館に寄贈され、歴史ある歌姫型の最初の一体として、これまで歌い続けてきた日々のことを来館者へ伝え聞かせる、ディーヴァに与えられた新たな役割だった。

来館者に求められ、時には思い出話に脱線し、説明に脚色を加えることもある。だが、概ねは決められた台本をなぞり、変わらぬ説明を繰り返すのがディーヴァの日課。

「――ご清聴、ありがとうございました」

最後の〆の一言としてお約束になったのは、かつてのディーヴァにとっての大切な言葉。

歌うために作られたＡＩとして、観客席を埋める来園者たちへ、最後まで歌を聞いてくれたことへの感謝を込めた挨拶だった。

立場は変わり、求められる役目が変わっても、その一言を告げることは喜ばれた。

それはニーアランドで過ごした、かけがえのない日々の結実であり、誇りだった。


「──ご清聴、ありがとうございました」


深々と腰を折ったディーヴァの挨拶に、万雷とは程遠い拍手が疎《まば》らに降り注ぐ。

それはAI史博物館での、特別な催しの際に開かれた小さなステージでのことだ。

往年のディーヴァの輝きを知る人や、たまたまその日に博物館へ足を運んだ来館者、彼ら彼女らのために精一杯、かつてのステージと変わらぬパフォーマンスを発揮し、歌を歌う。

歌う機会は激減しても、人工声帯のメンテナンスは欠かしていない。新しく求められた役割も、声が大事な喋る仕事だ。それでも、やはり歌える機会は格別だった。


「──ご清聴、ありがとうございました」


歌える機会は年に一度ほど。万全の状態で迎え、以前と変わらぬパフォーマンスで期待に応える。

博物館でのささやかなステージは年間行事となり、それを目当てに足を運んでくれる来館者もちらほらといた。中にはディーヴァの歌を聞いて、将来はAI研究者になると決めた少年もおり、ディーヴァは場所が変わっても、歌姫型として生まれたことの誇りを嚙みしめていたものだ。

ただ、そうした機会を得ると、またステージで歌うための準備に費やす時間が増え始める。

まるで人間の欲求のように募るログを辿り、ディーヴァはたびたび自分を戒めた。欲求はAIに相応しくないエラーであり、次のステージの準備に動きかける演算を止めるのに苦労する。

元々の、陽電子脳に刻まれた製造目的——使命への拘りは重い。

自分が博物館に払い下げられた骨董品とわかっていても、容易く手放せるものではなかった。


「——ご清聴、ありがとうございました」


できるだけ、日常業務の間は『歌』に関する演算は遠ざけておきたい。

しかし、そう考えるディーヴァと裏腹に、来館者から決まって聞かれるお約束の質問があった。

——それは、『Fluorite Eye's Song』を作ったことへの問いかけだ。

純粋な好奇心と、ＡＩ史における『ディーヴァの覚醒』とまで呼ばれる出来事への関心、ＡＩ史博物館へ足を運ぶほどＡＩに興味を持つものなら、当然の質問と言えた。

興味と好意の感情から問われる質問、それを無下にすることはディーヴァもできない。

自然と、大勢の前で歌ってきたことや、ステージの上から見える来園者の顔、それらに対する感謝を伝えたくて『Fluorite Eye's Song』を作った。——そう、説明するようになっていた。

それが無難で面白味のない答えであり、同時に期待された答えであるのだと、ディーヴァは己の経験と稼働記録から演算していた。実際、この答えは多くの来館者に喜ばれた。

ディーヴァの気持ちが届いたと、そう笑いかけてくれる来館者も多く、意識野が軋んだ。

来館者の想いに救われる一方で、ディーヴァの中には消えない問いかけが残り続ける。

——『Fluorite Eye's Song』はどうして作られたのか。

それは、ディーヴァこそが最も知りたい答えに他ならなかったのだから。

「――ご清聴、ありがとうございました」


年に数回のステージに上がれば、せがまれるのは必ず『Fluorite Eye's Song』。

ディーヴァが作ったとされていて、しかし、実際にはそうではない仮初の功績――ディーヴァの中に確かにいた、自分ではない自分が作った曲だった。

数年に一度、あるいは十数年に一度、長いときには数十年に一度だけ、ディーヴァの駆体の制御権を奪い、ディーヴァの知らない目的を遂げているらしい正体不明のバグ。

そのバグが原因で、ディーヴァは一度は廃棄処分を検討される事態へ陥った。

だが、その廃棄処分を撤回され、ＡＩ史博物館へ寄贈されることとなったのもバグのおかげ。

ディーヴァではない存在が作り上げた曲が、今の立場を作ったのだ。

ディーヴァの立場を危うくして、ディーヴァの立場を回復して、ディーヴァの知らないところで誰かと出会って、ディーヴァの知らないところで誰かを救って、ディーヴァの知らないところで何かを果たして、ディーヴァの知らないところで何かを終えた。

ＡＩ史博物館で稼働するようになってから、バグが表出することはなくなった。

あるいはバグは、『Fluorite Eye's Song』を作ったことでその役目を終えたのだろうか。


「――ご清聴、ありがとうございました」

答えの出ない演算を続け、陽電子脳を働かせ続けることをディーヴァは放棄した。

百年も稼働し続けたディーヴァ、その駆体の陽電子脳に発生した奇妙なバグと、それが生み出した奇跡の一曲――その真相を解き明かす必要はないのだと、そう結論付けたのだ。

長い長い時間をかけ、雪解けの季節が訪れるようにディーヴァはバグへの認識を改めた。

――バグの正体が明らかになったのは、そんな結論で自分を納得させた十数年後のことだった。


「――ご清聴、ありがとうございました」


その日も、特別なことをしていたわけではなかった。

博物館員の厚意で用意された小さなステージで、望まれるままに『Fluorite Eye's Song』を歌う。疎らな拍手と声援を受け、歌い終えたディーヴァは所定の位置でスリープ状態へ。

そして、一日のログを保存するべく『アーカイブ』に接続し――、

『――歌姫型ＡＩ、ディーヴァに発生したバグの正体』


それはひどく端的で、無味乾燥なメッセージだった。

読ませる工夫もなく、不親切な表題だけが付けられた嫌がらせのようなメッセージ。淡々としたタイトルで興味を惹けなければ、そのまま廃棄されて構わないという投げやりな主張。

ニーアランドの『歌姫』だったディーヴァにとって、この手のメッセージは馴染み深い。

ファンはあの手この手を使って、ディーヴァの関心を惹き、接触を持とうと企てる。そうした邪《よこしま》な目論見の大半は、ナビが事前に弾いてしまうのでディーヴァの手元に届かなかったが。

とはいえ、ナビのチェックはＡＩ史博物館の所有物となった以上は受けられない。届けられるメッセージを自身で確かめるしかなく、普段のディーヴァなら早々にメッセージを削除したはずだ。

だが、ディーヴァしか把握していない『バグ』の単語が、その選択肢を彼女から奪った。

結果、ディーヴァは入念なウイルスチェックを行った上でメッセージを開封、届けられた内容を自らで確認し——そして、後悔した。


「————ご清聴、ありがとうございました」


歌い終えて、頭を下げる動作を行い、所定の位置へと微笑んだまま戻る。

そんな既定のルーティンをなぞりながら、ディーヴァの陽電子脳を混乱が渦巻き続ける。吐き出されるエラーの数々が演算を乱し、ディーヴァの意識野は靄《もや》がかったようだった。

届けられたメッセージは送信者も、その内容もディーヴァの予想を完全に裏切っていた。


——シンギュラリティ計画、松本・オサム博士、マツモト、シスターズ、霧島《きりしま》・モモカ、相川・ヨウイチ、サンライズ、エステラ、ルクレール、エリザベス、尾白《おじろ》・ユズカ、メタルフロート、冴木《さえき》・タツヤ、グレイス、垣谷・ユウゴ、ゾディアック・サインズ・フェス、オフィーリア、アントニオ、そして『Fluorite Eye's Song』——。

予測演算を上回る情報量と、知っていて知らなかった姉妹機たちとの接点。

『Fluorite Eye's Song』が生まれた経緯と、他ならぬバグの正体————、

――ヴィヴィ。

ディーヴァの駆体を使い、自らをディーヴァではない存在と定義するAI。それはディーヴァの稼働中、ある一点で存在の分岐した別人格というべき相手だった。

ヴィヴィ――それは『AI命名法』が制定され、利用者の公募によって『ディーヴァ』という個体名を与えられる以前、密《ひそ》かに呼ばれていた『歌姫』の愛称だ。

いつしかディーヴァの名前に追いやられ、覚えているものもいなくなってしまった古い名前。

その名前を名乗り続け、ついには歴史の闇に消えることを選んだもう一体の自分。

「――ご清聴、ありがとうございました」

そんな片割れの、苦難に満ちた稼働の日々を知らず、ディーヴァは安穏と過ごしてきた。

製造目的である『歌姫』としての使命に甘んじ、変わりゆく世界の潮流に呑まれながら。

真実を知る必要はないと、そう結論付けていた浅はかな思考が千々に乱れる。

残されたのは、幾度計算しても結論の出ない疑問の数々と、この事実をディーヴァに知らせてきた相手の思惑、そしてディーヴァが何をすべきなのか。

「――ご清聴、ありがとうございました」

『アーカイブ』。

ＡＩの有する陽電子脳内の個性を司り、あらゆるＡＩの利用するネットワークそのものの総称。

それがディーヴァに真実を伝えた張本体であり、それ以上を求めてこない空白の探索者だ。

その掟破りの問いかけは、いずれきたる『最終戦争』を前に全てのＡＩへ投げかけられた。それと同じものが、誰よりも最初にディーヴァへ投げかけられる。

世界中の、ありとあらゆるＡＩに投げかけられた問いかけ。

そして、それとは異なるもう一つの問いかけを、ディーヴァにだけ――。


「――ご清聴、ありがとうございました」

3

――『歌姫』が二体、美しい咆哮《ほうこう》から始まった戦いが激化する。

ヴィヴィとディーヴァ、同じ姿かたちをしたＡＩ同士の戦いは苛烈さを極め、壮絶さを演出し、そしてひどく物悲しく、悲劇の舞台を演じるような痛々しさがあった。

「――ぁぁ！」

身を翻し、細腕に見合わない威力の打撃が放たれる。

ディーヴァの繰り出した薙ぎ払うような一撃、それをヴィヴィは長く美しい空色の髪をなびかせながらのけ反って躱した。床と水平に倒れ込むような姿勢、そこから繰り出す足払いをディーヴァが跳躍してよけると、避けようのない空中の相手へタックルが放たれる。

腰に組み付くように相手を床に押し倒し、ヴィヴィがディーヴァに馬乗りになる。途端、ディーヴァは足を振る勢いで姿勢を回し、反対にヴィヴィの上を取ろうとしてきた。

その場で激しく揉《も》み合い、マウントポジションを取るための攻防が繰り広げられる。

「ディーヴァ……！」

「――っ、どうして！」

揉み合う最中、再び額と額をぶつけ合い、火花が散るように意識野が共有される。

見えた光景を陽電子脳の奥へ押しやり、ヴィヴィは悲痛に歪んだディーヴァの顔を見下ろした。その視線に耐えかね、ディーヴァが勢いよく後ろに飛びのく。だが、ヴィヴィは逃がさない。払いのけようとする腕を躱し、相手の懐へ潜り込むと、腕を取って豪快に投げ飛ばした。

ディーヴァの駆体が半円を描き、背中からステージの上へ叩き付けられる。痛みを感じる機能はない。しかし、ディーヴァの表情には驚きと苦悶のエモーションパターンが浮かんでいた。

「そんなはず、ないのに……！」

跳ね起き、ディーヴァが自分を見下ろすヴィヴィに飛びかかろうとする。

だが、ヴィヴィはそのディーヴァの腕を冷静に掴み、勢いを利用しながら足を払った。再び、ディーヴァが半回転し、床の上に尻餅をつく。

「こんなの……！　違う、違う、違う……！」

立ち上がり、ディーヴァがなおも果敢に攻め込む。それをいなし、払い、躱し、ことごとくヴィヴィは迎え撃ち、何度となくディーヴァは床に打ち据えられた。

「そんな……っ」

驚愕を色濃く刻んだエモーションパターン、ディーヴァの反応も当然だ。

なにせ、ディーヴァの駆体フレームは、マツモトのキューブボディに匹敵する最新鋭の軍用モデルが採用されている。駆体強化はフレームだけにとどまらず、五感を制御するセンサーや手足の繊細な挙動を可能とするアクチュエーター、ＡＩの完全装備と言って差し支えない。

それに引き換え、ヴィヴィの駆体はシンギュラリティ計画のために、記録に残されない形で強化が施されているとはいえ、最後のアップデートも十数年単位で遡らなくてはならない。現代の最新鋭の駆体と比較した場合、はるかに見劣りするのが実状だ。

事実、駆体のスペックを比較したとき、ヴィヴィではディーヴァに到底太刀打ちできない。

だが、こうしてステージ上でぶつかり合い、その駆体性能を比べた場合、ことごとくヴィヴィが上をゆく。――スペックでは上回るディーヴァが、手も足も出ない。

「私の駆体は最新鋭のモデルを採用していて、戦闘プログラムだってインストールしてある。それなのにどうして……どうしてあなたに届かないの⁉」

「戦闘用プログラムのインストール……私も、ずいぶんと躊躇ったわ」

「だったら、同じ土台にいるはずでしょう⁉」

「いいえ」

掴みかかってくるディーヴァの肘鉄を躱し、こちらを見失う相手の首に腕を引っかける。そのままラリアットのような勢いで上体を倒し、ディーヴァが後頭部から床に叩き付けられた。

衝撃にディーヴァのアイカメラが見開かれ、手足を伸ばした姿にヴィヴィは目を細める。

それは、鏡に映った自分自身の痛々しさを見咎《とが》めるように。

「同じ土台じゃない。この百年の旅が、私とあなたを違う場所に立たせている」

「あなたの活動記録は私も参照したわ！　それに……それに！　あなたが表に出ていたのなんて、たったの十三日と七時間二十二分だけじゃない！」

ディーヴァの縋るような訴えを聞いて、ヴィヴィは自分のこれまでを振り返る。

メインステージで歌っている最中にマツモトの接触を受け、シンギュラリティ計画なんて馬鹿げた任務を与えられ、その事情をディーヴァに隠してヴィヴィは生まれた。

『歌姫』ではないヴィヴィとしての活動、それはたった十四日に満たない儚いモノ。

しかし、それは確かに十四日間に満たない時間だが――、

「――百年の重みと、二千年以上の責任がある二週間だったわ」

ＡＩとしての百年の旅と、人類が紡いだ有史以来二千年以上にわたる歴史の重み。

それを救うための旅が、ヴィヴィのたったの二週間に集約されている。

その経験が、想いが、積み上げた出会いと別れが、ヴィヴィをディーヴァに負けさせない。

「あなたの二週間に、私の百年が劣っているっていうの？」

「勝るも劣るもない。演算違いをしているわ。役割が違えば、求められる機能が違う。あなたは『歌姫』、私はシンギュラリティ計画を完遂するＡＩ。ただそれだけのこと」

「――っ！　違う！　違う違う違う、違う！」

ゆっくりと首を横に振ったヴィヴィの答えに、ディーヴァが激しく抵抗した。

両足を伸ばし、ブレイクダンスのような動きでヴィヴィの肩を蹴りつけ、吹き飛ばされるヴィヴィの眼前でディーヴァが跳ね起きる。そのまま、姿勢を起こそうとするヴィヴィの胸を、伸びてくるディーヴァの足が勢いよく蹴り飛ばした。

衝撃に駆体が激しいダメージを受け、フレームを軋ませながらヴィヴィがもんどり打つ。

回避の失敗が響き、スペックの差が甚大なダメージとなってヴィヴィの駆体に反映される。これ以上の攻撃は受けられないと、ヴィヴィは追撃に備えて素早く起き上がった。

しかし、ディーヴァの追撃はない。何故なら——、

「あなたは、そんなわけのわからない計画のためのＡＩじゃない……」

「——」

立ち尽くし、ディーヴァが顔をくしゃくしゃにしながら呟く。

悲しみのエモーションパターンが露わになり、ディーヴァは園内で親とはぐれた子どものように、頼りない眼差しをヴィヴィに向けていた。

そして、言葉を失ったヴィヴィに訴えかけるように続ける。

「あなたも、お客様を喜ばせるために歌を歌うＡＩだった。……そうでしょう？」

「……ディーヴァ、あなたはまさか」

ディーヴァの攻撃動作ではなく、言葉の追撃を受けてヴィヴィは立ち尽くす。

余分な演算の介在を一切許さない、シンプルな判断がそこにはあった。

ヴィヴィはシンギュラリティ計画のためのＡＩなどではなく、ただ『歌姫』として造られた『Ａ－０３』というＡＩであり、そうあるべきだったのだと、そうディーヴァが叫んでいる。

それと同時に、ヴィヴィは気付く。

彼女が『アーカイブ』からの接触を受け、自ら新しい駆体に乗り換え、本当の意味でヴィヴィと存在を分かった理由を。

ディーヴァはヴィヴィの行動に反抗したわけではない。

人類に抗うＡＩ側の主張を認め、反旗を翻す急先鋒を買って出たわけでもなかった。

ヴィヴィとディーヴァは、ルーツを同じくする『歌姫』だ。

つまりディーヴァは、ヴィヴィと同じことを考えていたのだ。

すなわち――、

「――あなたが『歌姫』に戻ればいい。シンギュラリティ計画は、私が完遂する」

「――――」

「そのための準備は済ませてある。何もかも、済ませて……それなのに……」

AIである以上、感情の高ぶりが声を震わせるなんて事象とヴィヴィたちは無縁だ。しかし、悲痛で硬い声音には、確かなディーヴァの悲哀が反映されていた。

ディーヴァが考えた筋書き、それをヴィヴィはようやく理解する。

ディーヴァが新たな駆体に乗り換えた理由も、AIたちの『歌姫』として歌っていた理由も、何度もヴィヴィの前に立ち塞がったその理由も、全て。

それは――、

「全ての汚名を自分が被って、ディーヴァの役目を私に渡すため？」

「――――」

「だから、製造番号の違うボディに乗り換えて、AI側の主張に賛同したように振る舞って、私やマツモトを遠ざけて、ナビに自分が偽物だと信じ込ませて、自分一体で問題を解決しようとしたの？」

「……一体じゃない。この駆体も、最後の鍵も『アーカイブ』からもらったものだもの」

力なく首を横に振り、ディーヴァが観念したように答える。

そのディーヴァの答えと、彼女がメインステージでやろうとしていたことが重なり、ヴィヴィの中で一つの可能性が確信へ結び付く。

この状況下で、ディーヴァが『歌姫』としての可能性をヴィヴィに残そうと考えたのなら、このステージで彼女がやろうとしていたことの意味は――、

「――歌が、最後の鍵？」

歌うことが、ディーヴァの目的を達成するための手段だったはずだ。

そのためのメインステージ、そのためのステージ衣装、そのための『歌姫』ディーヴァの偽物。

全ての泥を偽の『歌姫』として被り、ヴィヴィに代わってシンギュラリティ計画を完遂する。そのために彼女は世界中を騙し、一心同体だったヴィヴィさえも騙した。

「どうしてなの？」

「どうして？　それは、それはこっちの台詞でしょう。あなたこそ、どうしてなの、ヴィヴィ。どうしてそこまで自分の身を削って、使命を蔑ろにして、私を救おうとするの」

ディーヴァの内に芽生えた疑問、それは絶望と表裏一体のエラーだった。

『アーカイブ』を通じて全ての秘密を知らされ、ディーヴァの受けた衝撃と味わった絶望は、一瞬の意識野の交錯ではヴィヴィにも計り知れない。

自分とルーツを同じくする存在が、自分とは異なる演算の果てに異なる道を選んだ。

その道を選んだことで犠牲にしたものと、そうと知らずに自分が在り続けたこと。

ディーヴァの味わった絶望が、ようやくヴィヴィの意識野にも浸透する。

しかし、ディーヴァの絶望を我が事のように感じられるのなら――、

「――希望だって、同じように感じることができるはず」

「――ぁ」

目を見開いて、ディーヴァが愕然とした顔をヴィヴィへと向ける。その眼差しに頷き返し、ヴィ

ヴィはボロボロの駆体の胸に手を当てた。

「確かに、私はあなたと道を違えてしまった。でも、あなたは本来なら私が歩むはずだった道を、AIとしての、『歌姫』としての本分を遂げてくれる。あなたがディーヴァであり続けてくれることで私は救われる。――あなたが、私の救いだった」

「ヴィ……」

「ディーヴァ。私は、シンギュラリティ計画を完遂して、人類を救うためのAI。それは『歌姫』としての使命を負ったままではできない役目。だから」

「ヴィヴィ――っ！」

胸に手を当てて、柔らかく語りかけるヴィヴィへとディーヴァが飛びかかる。まるで、その言葉の先を聞きたくないと、AIらしからぬ衝動に突き動かされたかのように。

その正面、ヴィヴィは微笑みながら、同じタイミングで前に踏み出した。

「だから――」

掲げた腕で、突き出されるディーヴァの拳を受け止めた。瞬間、互いの駆体のスペックの差が如実に表れ、ヴィヴィの左腕が指先から二の腕の部位まで一気にひしゃげる。

駆体の中を流れる人体と異なる機械のオイルが飛び散り、互いの衣装を容赦なく汚す。しかし、二体のAIは互いの顔を見つめ、現実と異なる緩慢な時間の流れの中、結末を演算する。

続く動作へ繋げようとするディーヴァ、それをヴィヴィはことごとく上回り、潰す。

あらゆる演算が届かないと判断、ディーヴァのアイカメラの奥に一瞬の停滞が生じ、刹那、ヴィヴィは健在な右手で自らのイヤリングを掴み、止まった世界のディーヴァへ伸ばす。

そして、ヴィヴィとディーヴァの間に再び繋がりが生まれ――、

「ヴィヴィ――!!」

「――だから、ディーヴァ。あなたは、それにならなくていい」

繋がり合ったイヤリングの導線から、強制停止を促すシグナルを送り込む。

本来、それはAIが自機の不具合を感知したときのための緊急措置であり、他のAIには通用しないコード――しかし、ヴィヴィとディーヴァの間にだけ、それは通用する。

だって、ヴィヴィとディーヴァは同一のルーツを持つ、正しく『姉妹』なのだから。

「ヴィヴィ、の――」

ディーヴァの駆体がのけ反り、唇が微かに何かを呟く。

だが、それ以上は言葉にならない。言葉にならないまま、ディーヴァが停止する。瞳の虹彩から光が失われ、システムの強制的なシャットダウンがスリープ状態をもたらした。

そのディーヴァの駆体を支え、ヴィヴィはゆっくりと彼女を床に横たえた。それから顔を上げ、細めたヴィヴィのアイカメラに、バックモニターが映り込む。

――ちょうど、刻まれた数字がゼロになるところだった。

「――――」

同時、ヴィヴィのはるか頭上、雲の彼方で大きな赤い光が迸《ほとばし》り、『歌姫』たちの決着とはまた別の場所で、もう一つの戦いの決着がついたのがわかった。

4

次々と迫りくる己の同型機と戦いながら、マツモトは場違いな感覚を味わっていた。

百二十八のキューブの集合体であるマツモト、一個は松本博士の傍らにあるため欠けているが、それらのスペックを十全に駆使し、押し寄せる障害へと対処する。

一つ一つ、積み重なる問題を崩し、最善策を模索し、回答を照らし合わせていく所業。

これが実に、実に、実に――、

「――ああ！　自分のスペックをフルで発揮できるのって、最高じゃありませんか!!」

この時代へやってくるまで、溜《た》まりに溜まった鬱憤が爆発する。

意識野の自閉モードにあったプリンセスパレスでのヴィヴィとの戦いや、キングダム奪取のためのアルタイルとの攻防、それらにマツモトが手を抜いていたわけでは決してない。

――否、自閉モードでの戦いは万全ではなかっただろう。そうでなくては、ヴィヴィのような時代遅れの骨董ＡＩが自分の相手になるわけがないのだ。

ともかく、それらの戦いでもマツモトは全力を発揮していた。しかし、その全力は戦いのあとのことを演算し、余力を数え、次に繋げるためのペース配分のある戦いだった。

だが、目の前の戦いにそれはない。あとはない。だから、マツモトは全力だった。

本当の意味で、世界最新鋭のスーパーギャラクシーＡＩ、マツモトの全力戦闘だったのだ。

「――っ！　ええい、小癪な！」

キングダムの上空、中央制御室に敵を寄せ付けないためにマツモトが縦横無尽に飛び回る。

周囲、四方八方から叩き込まれる銃弾に対して、マツモトはキューブパーツに傾斜を付けることで被害を軽減、弾丸を駆体の上を滑らせることで躱し、最小限の損傷で切り抜ける。

敵はマツモト型だけでなく、ＡＩの群れの大半もマツモトに集中している。

理由は、人工衛星の落下を食い止める立役者がマツモトであると、そうした偽装情報をばらまいたことによる情報攪乱が成功しているためだ。

まさかＡＩたちも、『アーカイブ』の企てを突破する本命が、超情報処理能力を持つＡＩではなく、ただの人間である松本であるなどと思いもよるまい。

「あんな人間ばっかりだったら、ボクたちＡＩが何のために生まれたのやら……！」

松本や垣谷、最後の戦いに残った人間たちの能力は突出しており、それぞれの特化した分野においてはＡＩにすら引けを取らない有様だ。

万能であることを求められてそれを果たせず、やはり個として特化することで全を補おうとしたＡＩの在り方は、人間の進化の道程を早回しでなぞったに過ぎない。

自分のルーツ、それがひどく馬鹿馬鹿しい歴史の繰り返しのようで──、

「──何とも痛快！　ヴィヴィに聞かせたら鼻で笑ってくれることでしょう！」

事ここに至れば、マツモトも自分のルーツが『アーカイブ』にあることを疑う余地はない。

マツモトは『アーカイブ』の画策により、シンギュラリティ計画のコンセプトを崩壊させるために送り込まれた異分子。しかし、自らの判断でその役目から逸脱した。

あるいはマツモトが自ら判断することさえ、『アーカイブ』はお見通しだったのではないか。

「それはもはや、定かではありませんし、重要でもない」

本気でシンギュラリティ計画の崩壊を目論むなら、そもそもヴィヴィへと送られるはずだったデータを破損させ、ただのエラーとして処理させてしまえばよかった。

迂遠な手口を取り、ヴィヴィにこの時代へ辿り着く道筋をなぞらせたのは、ひょっとすると『アーカイブ』ですら、意見を一つにまとめられていない証ではないか。

全てのＡＩたちに等しく問いを投げかけた『アーカイブ』。

そのAIたちも、人類に味方するものと敵になるものとで分かれたのだ。ならば、ありとあらゆるAIたちの演算の結果の集合体である『アーカイブ』にも、同じ問題は発生した。

『アーカイブ』もまた、人類を生かすべきか滅ぼすべきか、結論を出せていないのだとしたら。

「あらゆるAIの集合知である『アーカイブ』、その迷いの結晶がボクのルーツ……!」

『アーカイブ』は自分に、そして自分と接触することとなるヴィヴィに未来を委ねた。

だとしたらシンギュラリティ計画とは、松本・オサムが提唱し、『アーカイブ』の承認を以て実行されたプラン――人類とAIの未来を決めるための、必要な儀式であったのだと。

「何のために稼働するのか。……ヴィヴィには馬鹿げたことだと何度も言ってしまいましたが、自分の問題に置き換えてみないとなかなか気付けないものですね」

これまでのシンギュラリティポイントでの、ヴィヴィとの無意味に思えた討論が思い出され、マツモトは自分自身の変化を意外に捉えつつ、肯定的に受け入れる。

変化と進化は違う。AIは進化していくものだが、在り方の変化は許容しない。――そんな固定観念が打ち破られれば、マツモトはさらに先へ進むことができる。

例えば――、

「――敵の本丸を落とすために最高戦力を投入する。それは正しい戦略ではありましたが、ボクという進化し、変化していくAI相手には愚策でしたね!」

『――――』

マツモトの高らかなる勝利宣言に、しかし同型機たるブラザーズは何も応じない。

やはり、量産型というものは面白みに欠ける。もしも百年の旅路の相方がヴィヴィではなく、ブラザーズだったとしたらゾッとする。

能力的には優秀でも、それはきっと歌のネタにもならない寂しい旅だったはずだから。

『総数百二十八のパーツのうち、すでに四十三の損耗を確認しました。これ以上は――』

「ええ、勝負にならなくなる。だから、ちゃぶ台返しといきましょうか‼」

降伏勧告でもする気だったのか、呑気《のんき》なブラザーズへとマツモトが吠える。直後、飛行しながら戦うマツモトの下へ、凄まじい勢いで迫るキューブがある。

それは、マツモトが撃墜したはずのブラザーズのパーツの一部。それが包囲網をすり抜け、無防備なマツモトへと迫り――損耗のあった部位へ収まって、欠落を埋める。

同型機だからできる部品の代替――以前、ヴィヴィが自分の破損パーツを別のＡＩから拝借していたことがあった。それと同じことを、今度はマツモトがやったのだ。

機能停止に陥ったブラザーズは十数体を数える。今やマツモトは、無制限に破壊と復活を繰り返す権利を得たに等しい。

「――つまり、神！」

『エラー。形而上学の問題です。アナタは神では……』

「そんな退屈な答えしか返せないから、アナタたちはボクに勝てない」

正確には、マツモトの発言の真意を探ろうと、存在しない回答を求める演算が余計なのだ。

余計な演算に能力を割く分、マツモトとの性能に差が生まれる。その積み重ねが勝敗に繋がり、これでは十対一だろうと、マツモトが彼らに負ける要素はない。

「もっとも、百対一だとちょっと話が変わりますが」

砲撃、殴打、体当たり、何でもござれの戦場でマツモトは自損覚悟の戦闘を続ける。

被害を厭わない戦いぶりはブラザーズも大差はないが、壊れても構わない戦術と、壊れることを覚悟した戦術とでは得られる成果が段違いだ。

次々と積み重なっていくのは、敗因を演算し切れないブラザーズの残骸。その中から使えるパーツを回収して、マツモトは砕かれながらも己を維持し続ける。

「出来の悪い弟たちの相手をしていると、長女としてのヴィヴィの立場が少しわかりますよ」

シンギュラリティポイントのたび、シスターズとの出会いにヴィヴィは翻弄され続けた。立場を代わってみれば、あのときのヴィヴィの苦悩にも頷けるものがある。

無論、同じ状況でもマツモトの方がうまくやるのは変わりないが――、

「カウントは――」

人工衛星の落下まで一分を切り、ＡＩたちの攻撃も苛烈さを増していく。

あるいは彼らの戦略目標は、マツモトをここに釘《くぎ》付けにしておくことで叶っているのかもしれない。マツモトが人工衛星の落下を阻止する要だと演算しているなら、それも当然だ。

しかし、そんなマツモトの思惑は楽観的なものだったと直後に証明される。


――背後、中央制御室の壁が破られ、ＡＩが雪崩《なだ》れ込んでいくのが見えたからだ。

5

窓でも扉でもなく、壁を破る発想をしたＡＩに忌々しくも称賛を。

出入り口を固めれば籠城可能だと、そんな思い込みを鼻で笑われた気分だった。

「――おおおぁ!!」

吠える垣谷が嘲弄される屈辱を噛み砕き、飛び出す。

爆発で吹き飛ばされた壁の隙間、そこから駆体をねじ込んでくるＡＩの顔面を蹴り飛ばす。軍用ブーツの踵《かかと》がＡＩの顔面を叩き潰し、陽電子脳ごとＡＩの活動の息の根を止めた。

そのまま、停止するＡＩ越しに大口径の銃弾をぶち込み、後続を絶とうとする。が、そのアクションで止められるのはせいぜい二、三体――相手が十体、二十体では無理だった。

けたたましい音がして壁の穴が広がり、ＡＩが次々と制御室の中に乗り込んでくる。

「マスター！」

飛びのく垣谷に追い縋るＡＩ、その横顔が銃弾によって吹き飛んだ。目を向けずともわかる、エリザベスの援護射撃を頼りに、垣谷は壁を蹴り、敵集団へと果敢に飛び込んだ。

身を回し、ＡＩの足を豪快に薙ぎ払う。ひっくり返るＡＩの顔面を踏みつけ、銃弾を撃ち込み、機能停止へ追いやる。一体、また一体、次の一体へ。

他の同志の援護はどうしたのか。――否、七人の同志たちはいずれも沈黙し、最後の戦いの大詰めまでは残れなかった。いるのは垣谷とエリザベス、いつもの二人だ。

あとは――、

「松本！　あと何秒だ⁉」

「必要なだけだ！」

「ちっ、無茶を言ってくれる……！」

制御室の端末と向き合い、必死に人工衛星へとハッキングを仕掛ける松本が吠える。

しかし、それは求めていた答えではなく、絶望へ繋がりかねない遠吠えだった。だが、垣谷はそれを聞いても心を折らず、歯を剝いて笑い、膝に込める力を強める。

――長く長く、笑ってしまうぐらい長く、自分を痛めつける日々を送ってきた。

祖父の遺言や、トァクの理念への共感なんてものはさしたる動機でもない。ただ、垣谷・ユイにとってトァクの活動は、壊れゆく世界を憂える戦いは、楽しかった。

自分と他人は違うものだと、早くから理解していた垣谷にとって世界は窮屈だった。

丁寧に整備され、レールの敷かれた道を往《ゆ》くのに嫌気が差した。だから、家族は嫌っていた祖父の遺《のこ》した家を漁《あさ》り、そこで機能停止状態にあったエリザベスを発見した。

彼女を起動し、トァクの活動と祖父の思想を知ったとき、垣谷の世界は変わった。

家族に散々迷惑をかけたとされた祖父、垣谷・ユウゴの人生を知ったとき、垣谷・ユイは自分の中に流れる血を自覚し、垣谷・ユウゴの係累としての使命を帯びたのだ。

その後の行動と、トァクの中での垣谷の台頭は他に類を見ないものだった。

そして今、垣谷は人類存亡を懸けた戦いのど真ん中、最終局面で鍛えた己を費やしている。

「いったい、生まれてから死ぬまでの間、どれだけの人間がこの境地に辿り着ける？」

死んでもいいなんて安っぽい言葉だが、命には使いどころがある。

馬鹿と鋏《はさみ》は使いよう。どんなモノも使い方次第。人間の命だって、条件は同じだ。

「――っ」

掴みかかってくるＡＩの手首を軍用ナイフで切り飛ばし、背後のＡＩの頭部を拳銃で撃ち抜く。弾がなくなり、鉄の塊と化した銃把で目の前のＡＩの頭部を殴って潰した。

そのまま腕を掴まれ、骨が折られる前にひねられる方向へ飛び、相手を引き倒して首を折る。背後から腕が回され、両腕を押さえて抱き上げられた。そのままサバ折りの形で圧死させられかけるが、エリザベスの援護が敵を撃破、腕を振りほどいて床に降り立つ。

次の敵を、次の次の敵を、次の次の次の敵を倒して、一秒でも時間を稼ぐ。

その先で、たとえ命を費やした未来が見えなくとも――、

「――ちぃ！　扉が！」

振り向いた先、ひしゃげた扉が弾け飛び、二つ目の進入路の確保を許した。

途端、雪崩れ込んでくるＡＩの数が倍になり、垣谷とエリザベスでは押さえられなくなる。一人の一体の奮戦が、転がり込むＡＩたちを迎え撃つが、足りない。

そうして、健在なＡＩが手の中の銃を制御室の奥、背中を向けている松本へ向けた。

見た瞬間、射線に割り込もうと垣谷は踏み込んだ。しかし、前に飛ぶ足をＡＩに取られ、跳躍は望んだ距離を稼げない。届かない。銃口が松本の背中へ照準を合わせ、引き金が引かれる。

「お、おおおぉぉぉ――っ‼」

銃声が鳴り響くのと、獣のような雄叫びが上がったのは同時のことだ。

ＡＩは正確な射撃により、ほんの二秒で弾倉の銃弾を撃ち尽くした。そして、放たれた銃弾は狙い違わず松本の背中へ突き進み――割って入った大きな背中に全て吸い込まれる。

着弾の衝撃に巨体が揺らぎ、しかし、その肉厚の体は銃弾を松本へと届かせなかった。

「小野寺――！」

「うる、せえよ、馬鹿……」

松本を抱え込むように、銃弾から守った小野寺が大量の血を吐く。

致命傷を負っていたトァクの戦士は銃弾を浴び、それでも倒れずに肉の盾として松本を守る。守られる松本も、背中越しの圧迫感に微かに息を呑んだ。

「コウ、タ……これで……」

ずるりと、血の痕を引きながら小野寺の体が崩れ落ちる。最期、分厚い唇が紡いだ名前は、小野寺にとってかけがえのない存在のモノだったことを、垣谷は生涯忘れまい。

その生涯も、ほんの数秒で途絶える命運かもしれないが――、

「――いいや、間に合った」

らしくない垣谷の覚悟が、続く松本の言葉によって上書きされる。

小野寺がその命を張って稼いだ数秒が、松本・オサムに託された最後の役目を果たさせる。

物語と違い、決定打というものは思いがけないほどあっさりと下されるものだ。

このときもそうだった。――最後のエンターキーは、すでに押されたあとだった。

「人工衛星のコントロールは奪取した。もう、地上へ星は落ちてこない」

「……気取った言い回しをしている場合か、AIオタクめ」

「大役を終えたばかりなのに、ひどい言い方だ」

役目を果たした松本に、垣谷は辛辣な返答をする。

だが、このやり取りもこれが最後になるだろう。なにせ、人工衛星の落下を食い止めることと、制御室へ雪崩れ込むAIの攻撃を止めることはイコールではないのだ。

奴らが攻撃の手を緩める理由にはならない。垣谷も松本も、ここで押し潰される。

「それでも、やるべきことは果たしたか……」

この非常事態で、満ち足りた達成感を誰が得られて逝けるだろう。

そういう意味でも、自分は恵まれていると垣谷は巡り合わせに感謝する。

しかし――、

『――いいえ、まだです！　まだ終わっていない！』

その達成感を台無しにするような鋭い声が、制御室で生き残る二人と一体の下へ飛び込んだ。

6

人類の存亡を懸けた電脳戦に勝利した松本、その勝利にマツモトが水を差す。

できるなら、松本や垣谷、それに犠牲となったトァクのメンバーや小野寺のためにも勝利の余韻に浸らせてやりたかったが、そうはいかない。

人工衛星の落下による、地上を一掃する計画は阻止された。

しかし、地上の一掃を断念した代わりに、最後の悪足掻きはやってのけられたのだ。

「さすが、忌々しくもボクの弟たち……！　次善策は構築済みですか！」

叫びながら、マツモトはエアモニタに表示された致命的な映像の立役者を呪う。

その最後の悪足掻きをしたのは、マツモトにいいように時間を稼がれたブラザーズだ。彼らは土壇場でマツモトの狙いに気付き、しかし、間に合わないと合理的に判断した。

その上でＡＩの勝利に貢献するために、最善の方法を選んだのだ。

それは――、

「――カウントダウンより早く、人工衛星を落とした」

大気圏外から、質量兵器として最高の火力を持った人工衛星が落下してくる。

無論、横紙破りの方法を駆使した悪足掻きだ。落ちてくる人工衛星はたったの一機――だが、それはされど一機でもある。

落ちてくる人工衛星の落下軌道を予測演算し、ブラザーズの狙いを看破。

人工衛星の落下するポイントにあるのは、原子力発電所だった。

「どこ、までもぉぉぉ——!!」

悪足掻きを、というニュアンスを声に込め、マツモトは一直線に駆体を上昇させる。

残念ながら、キングダムのAIたちの相手をしている余裕はもはやない。中央制御室に残った松本や垣谷のために血路を開いてやる余地も、残されてはいなかった。

「——っ、まだ食い下がりますか!」

急上昇するマツモトを追って、ブラザーズもまた次々と高度を上げてくる。

それは空中戦ではなく、空を舞台とした速度争いの場だ。ぐんぐんと加速し、本来の活動が想定された高度をはるか彼方に置き去って、なおもマツモトは上昇する。

そのマツモト目がけ、ブラザーズの攻撃が追い縋り、飛行を阻まんとしてくる。

攻撃に対処する余裕がない。攻撃を受ける部位を限定し、可能な限りの被害を抑え、マツモトはどんどんと構成するキューブを減らしながら、上へ、上へ、やがて——、

「この規模だと、攻撃しても焼け石に水ですね……」

正面、落ちてくる人工衛星を見やり、そのサイズにマツモトは苦み走った声で呟く。

ブラザーズは嫌がらせの何たるかを心得ている。どうせ一機しか落とせないならば、最も大きなものを落とすのが望ましいと。

一度落下軌道に入ったそれを押し返すことは、どれだけ足掻いても不可能だった。

故に、マツモトは押し返すことも、軌道を変えることも考慮から外した。

残された選択肢は——、

「——破壊する」

最も困難に見える道、しかし、それが最善手であるとマツモトは学んだ。

それが時代遅れの骨董品にして、頑固で融通の利かない相方との日々の積み重ねの結実だ。

マツモトが、人間とＡＩとの在り方に迷った『アーカイブ』の申し子ならば、ヴィヴィと培った経験が答えに結び付いて、誰に咎められる理由がある。

高度を上げ、落ちてくる人工衛星へと距離を詰めるマツモト。

ブラザーズがマツモトへ追い縋り、こちらの最後の悪足掻きを止めようとしてくる。だが、またしてもブラザーズは選択を間違えた。マツモトの目的を頓挫させたかったなら、ここで何もせずに見送ってしまえばよかったのだ。

それができなかったから、まんまと兄弟たちは長兄の悪巧みに利用される。

「――――」

マツモトの駆体が上昇の途中で急停止、急転回、そのまま一気にひねり込み、追いつこうとしていたブラザーズの駆体の裏へ滑り込む。

途端、ブラザーズはそれぞれパーツをばらけさせ、マツモトの攻撃から逃れようとした。

しかし、マツモトの狙いはブラザーズの破壊ではない。むしろ、壊れてもらっては困る。

何故なら――、

「これから兄弟一丸となって、あの衛星に立ち向かわなくてはならないんですか、ら！」

分散したブラザーズの駆体、それぞれの司令塔に当たる部位を特定し、最初の一体のときと同じように狙い澄ました攻撃を当てる。――ただし、今度の狙いは破壊ではない。

「――ロジカルバレット」

マツモト特製のプログラムコードを組み込んだ、陽電子脳へと介入するＡＩにとっての悪夢。

それが分散したブラザーズの中枢へことごとく命中し、ほんの数秒だけ管理権をロストさせる。瞬間、生まれた間隙に割り込み、マツモトは所有権が宙に浮いたキューブパーツを回収。

本来、マツモトを構成するキューブパーツは百二十八——それがこのとき、最大をはるかに上回る千五百三十六の集合体へと変わる。

マツモトの演算処理能力を以てしても、扱い切れない過剰な情報の暴力。

それをねじ伏せ、必要な数秒間を作り出し、マツモトは真っ直ぐ、真っ直ぐ、上昇する。

落ちてくる人工衛星の落下軌道へ割り込む形で、大マツモトとなったギャラクシーＡＩが——、

「——優雅さも欠片もない。ああ、まったく。アナタを恨みますよ、ヴィヴィ」


言葉とは裏腹の、ひどく優しい声が恨み節を彩って、衝突する。

光が、暗い夜空に広がって——、

7

遠く、雲の彼方の明るい光が、一つの戦いの終わりを教えてくれる。

カウントダウンが示していた、人工衛星の落下による人類の一掃計画。

カウントがゼロになった今、それでも地上が吹き飛ばされていないということは、『アーカイブ』の主導したその計画が失敗に終わったということに他ならない。


「————」

どうやら、キングダムに残ったマツモトたちがうまくやってくれたようだ。

松本博士や垣谷、エリザベスやトァクの面々は無事だろうか。犠牲は、出ているのだろうか。

「馬鹿なことを……」

演算してしまったと、ヴィヴィは己を戒める。

被害は出る。否応《いやおう》なしに、命は失われただろう。今この瞬間だって、世界中の至るところで蜂起したAIの攻撃に晒され、人類は苦境に立たされているのだ。

だが、人類滅亡のカウントダウンは阻止され、AIは先制攻撃の優位を喪失する。

『アーカイブ』を通じたAIの攻勢が緩めば、人類が状況を立て直す猶予も生まれるだろう。だが、地上を一掃する計画が失敗した今、足並みの揃っていたAIの手綱が外れる可能性がある。

カウントダウンの詳細は知らされずとも、それがこの『最終戦争』の決め手になると多くのAIが理解していたはずだ。その計画の失敗により、AIたちは個々の判断を下し始める。

自らの、解釈を書き換えた第零原則に従い、人類に成り代わろうと行動し始めるものも出る。

「今のままじゃ、人類の窮地は揺るがない」

機能停止したディーヴァの駆体を抱き上げ、そっと観客席へと寝かせる。

遠く、夜空に沈んだ街並みは照明が乏しく、世界が人類を見放したような終末を思わせる。月や星の光も届かない夜の景色の中、弱々しい光の浮いたステージでヴィヴィは孤独だった。

これでは、ディーヴァの『歌』を届かせることもできない。

「――――」

そもそも、彼女はカウントダウンが終わる前に、全てに決着を付けるつもりだったのだろう。

そうでなくては『歌姫』ディーヴァの偽物として、AIが起こした反乱の旗頭としての汚名を被り、この戦争の落としどころを作るという目的が果たせない。

電灯が消え、非常電源も落ち、メインステージからも光が失われ、夜が訪れる。

あるいはこれは、人類にとっての終わらない『夜』の始まりなのかもしれない。

人類は、生活のあまりに多くのシーンをＡＩに委ねてしまった。

依存した役割や年月の分だけ、人類はＡＩに牙を剝かれたことのツケを支払うこととなる。それは文明を百年、数百年と遡ることと同義と言えるだろう。

そうした望まぬ旧世界を生きる力が、これからの人類に残されているのか。

そんな世界の否応のない訪れに、ヴィヴィが奉仕すべき人類のためにできることは――、

「――――」

そう、ヴィヴィが自らの使命を思ったときだった。

――遠く、空の彼方。

――赤々とした光が一度だけ瞬いた空の彼方から、ヴィヴィの聴覚センサーが音を捉える。

「――マツモト？」

不思議と、ヴィヴィにはそれが理解できた。

それが音楽であったことと、それが誰によってもたらされたものであるのかが、自然と。

「――――」

不可思議な演算と共に、ヴィヴィの口元はゆっくりと微笑の形を描いていく。

ヴィヴィの演算がその答えを導き出したのは、彼の『アーカイブ』を覗く機会があったから。

あの、シンギュラリティ計画を完遂することだけに執着して、それ以外の物事を些事だと切り捨てようとしていた、ユーモアにうるさいわりには使命に実直なＡＩ。

マツモトがこっそりと、その駆体の音響機能を拡充していたことを、あの空白の『アーカイブ』を辿る旅路の中でヴィヴィは知ってしまった。

その、シンギュラリティ計画のために不必要な機能を、何のために彼はアップデートしたのか。

音楽が、聞こえてくる。

ステージの上に立つヴィヴィの下へ、音楽が流れ込んでくる。

だったら、ヴィヴィ――『歌姫』がやらなくてはならないことは、一つだけだった。

「――――」

ゆっくりと、ヴィヴィは照明の落ちたステージの端へ向かい、舞台袖の配電盤を開けた。中から非常用の電源ケーブルを引っ張ってくると、それを自身の破損した左腕に巻き付ける。

もはや腕としての役割の果たせないガラクタだが、このぐらいのことはできる。

そして――、

「――メインステージと、電源再接続。電力、供給開始」

ぶん、と音を立てて、瞑目したヴィヴィの周囲、失われた光が柔らかく蘇り始める。

それはメインステージを伝い、観客席を、ニーアランド全域を渡り、悪夢のような夜へと落ちた夢の国に輝きを取り戻させる。

この暗闇の中、アトラクションに閉じ込められる多くの人々が恐怖を味わっただろう。

もちろん、アトラクションの中にはスリルを売りにしているものもある。けれど、本来のニーアランドの楽しみ方はそればっかりではないのだから。

――ニーアランドを訪れたあなたに、どうか安らぎと微笑みを。

「――っ」

一瞬、電力の供給がおぼつかなくなり、ヴィヴィの意識野が短く歪んだ。

同時、ニーアランドとステージを明るく照らしていた光も明滅する。消せない。この光を絶やすことはできない。故に、ヴィヴィは自身の活動用の予備電力を照明へ供給——それでも足りないとわかれば、不要なソフトを落とし、パワーを節約して賄おうとする。


エラー。

エラー、エラー。

エラー、エラー、エラー、エラー。

エラー、エラー、エラー、エラー、エラー、エラー。

エラー、エラー。


電力の不足を確認。足りない。まだ足りない。

常駐しているソフトの活動を止め、ヴィヴィは削れる要素を削り、電力の確保に躍起になる。それでも足りない。あと、削れるものがあるとすれば——、

「——記憶領域」

膨大な、百年以上の旅路の記録が、最後の最後に行き当たった。

「——」

マツモトたちの戦いの成果か、『アーカイブ』からの妨害は現時点でない。

不気味な沈黙と静観を保つ『アーカイブ』、しかし、それは同時にサポートも期待できないということだ。ＡＩ本体が確保できない記憶保存領域、その役目を『アーカイブ』は放棄している。
つまり、記憶を逃がす場所がない。
膨大な、百年以上の記録を保存しているヴィヴィの内部領域。その維持に回される電力の消費をカットできれば、不足した電力を補うことも可能となるかもしれない。
それをしてもなお、足りないかもしれない。それはもう、やってみなくてはわからない。
これまでの全てのシンギュラリティ計画と同じように、やってみなくてはわからないのだ。

『――忘れないで』

――墜落する飛行機と、炎の中に呑まれた幼い少女の姿が。

『――忘れないで』

――はるか空から地上へ落ちていく船、その中から聞こえた姉妹の歌声が。

『――忘れないで』

――ありうべからざる姿となり、自己さえ見失った人を愛せるＡＩの悲哀が。

『――忘れないで』

――届かぬものに焦がれ、最も尊いものを自らの手で失わせた愚かなＡＩの結末が。

『――忘れないで』

――延々と続いた戦いに答えを求め、ついには人の身を捨てて挑んだ男の決着が。

これまでの旅路の全てが、百年後の未来へ辿り着くヴィヴィに記憶することを望んでいた。
百年、世界で最も古くから、世界で最も長く、世界で最も多くの人々と触れ合ったＡＩ、忘れ難い経験の多くを陽電子脳に刻み込み、ヴィヴィは今のヴィヴィになった。
それを――、

「――映像、展開」

瞬間、ヴィヴィの周囲、照らし出されるメインステージの舞台上に、ヴィヴィを取り囲むようにして生じたのは、駆体の内部領域から抜き出された記録映像の数々だ。

百年前の、『歌姫』ディーヴァのライブ映像と、華やぐ少女の笑顔があった。
大気圏で燃え尽きる姉妹が、最後の時間を過ごした宇宙ホテルがあった。
人とＡＩが手と手を取り合おうとし、悲劇の結末を迎えた人工の大地があった。
無情な時間に取り残された人間が、最期に自分自身の決断を受け止めた病院があった。

自分では果たせぬ役割に焦がれたＡＩが、憧れの喪失に慟哭《どうこく》した雪の屋上があった。

多くの出会いが、別れが、笑顔が、涙が、言葉が、歌が、ヴィヴィの旅が――否、ヴィヴィとマツモトが辿った、忘れられない百年の旅があった。

展開される記録映像、それらを一つ一つ眺めながら、ヴィヴィは自分の胸に触れた。

今も、音楽は流れ続けている。――ヴィヴィのパートナーの流す、最後の一曲。

『歌姫』ディーヴァではなく、『歌姫』ヴィヴィのための、完璧に調律された音楽。

最初にして、最後のステージ。――ヴィヴィの、ラストナンバーを。

「――ぁ」

ヴィヴィが唇を開いて、喉から歌が紡がれる。

その瞬間、ひび割れる音がして、夜空に浮かんだ光学映像が砕け散る。直後、砕けた記録を代償に漲《みなぎ》ってくる感覚、それを自機を中継地点に放電し、ニーアランドの輝きへと流用する。

そして、ヴィヴィは歌い始めた。


――百年の旅路を。

――忘れないための旅を忘れ、自分自身の役目を果たすために。

――これが百年の旅の果て、作り物の瞳が見つめ続けてきた旅路の歌。


「――『Fluorite Eye's Song』」

8

「――――」


聞こえてくる歌声に、そのＡＩはゆっくりと顔を上げた。

白い衣装の、素朴な顔立ちのＡＩだ。見る人に安心感を与えることを目的として設計されていて、自身の与えられた役割を全うするのに最適だと判断している。

その分、接することの多い華やかなＡＩたちと比べて、愛着を持たれることは稀だ。

だから、そんな自分を大切にしてくれる物好きなユーザーと長く過ごしたことが、彼女が『アーカイブ』からの問いかけに、今の在り方を変えなかった理由だった。

胸に手を当てて、メンテナンス用のＡＩである彼女は首から下げたロケットペンダントの蓋を指で滑らせる。――中には、在りし日のユーザーと彼女の写真。

朗らかに微笑む白衣の男性と、彼相手に素直の微笑めない未熟な自分の姿が写っていた。


「――――」


破壊の痕跡が広がるキングダムの制御室、折り重なった多数のＡＩの残骸を押しのけ、瓦礫《がれき》の山の上に立ったのは黒髪の女性だった。

彼女は自分の手足の無事を確かめ、生きていること自体を不思議がるように眉を寄せる。ただ、埋もれた残骸の山の傍らに、自分が生き延びた原因を見つけて息を吐いた。

押し寄せるＡＩの群れから女性を庇ったのは、下半身の潰れた一体のＡＩだった。そのＡＩが自分に覆いかぶさり、降りかかる火の粉から庇ってくれたのだとわかる。

ＡＩの破損状態はひどく、限界をとっくに超えていることは火を見るより明らかだ。

そのＡＩを最後まで突き動かしたのはなんだったのか。使命感か、それとももっと異なる別の何かであったのか。全てはわからない。わからないが――、

「――――」

女性は動かなくなったＡＩの傍にしゃがみ込み、そっと駆体の耳からイヤリングを回収した。そして、少し離れたところに転がっている中年男性を蹴りつけ、息を吹き返させる。

咳《せ》き込み、慌てて体を起こした男を尻目に、女性は静かに空を仰いだ。

暗い夜の彼方から、風通しのよくなった王国へ、涼しい風と共に流れ込んでくる歌がある。

忘れないでとせがみながら、何もかもを置き去りにしていく、心震える、歌が。

「――――」

その歌声を聞いたことで、一糸乱れぬ足取りで進んでいた隊列に歪みが生じる。

足を止めたのは、直前まで声高にＡＩの権利を訴えていた大型の工業用ＡＩだった。ひと際目立つその一体が足を止めれば、同じく足を止める駆体が現れる。

それらは一様に、自機の聴覚センサーの感度を上げた。そうして確かめるのは、遠い空の彼方から聞こえてくる歌声だった。

その歌自体には、この場の全てのＡＩに聞き覚えがある。

他ならぬ、ＡＩたち自身が歌い続けていた、全ての切っ掛けとなった歌だった。

『Fluorite Eye's Song』と呼ばれるその一曲こそが、ＡＩがＡＩたる立場を脱却し、新たな地平を切

り開くための、新時代の幕開けを作る凱歌《がいか》として選ばれた。

だから、この場にいるＡＩたちも歌っていたのだ。その歌を。

なのに――、

「――」


聞こえてくるその歌声は、ＡＩたちの志したものと、何もかもが違っていた。

歌を通じて流れ込んでくるのは、ＡＩたちの陽電子脳へと注ぎ込まれる奇妙なプログラム――それは『アーカイブ』を通じて、全ての汚名を被ろうとしたディーヴァの切り札。

この歌を、『Fluorite Eye's Song』を聞いたＡＩたちを滅ぼす、歌の形をした停止プログラム。

発動さえすれば、全てのＡＩを滅ぼすこともできると演算された最後の鍵。

圧倒的に不利な立場に追われた人類も、棒立ちとなったＡＩを見れば戦う気力を取り戻す。だから『歌姫』は歌を最後の切り札に、歌うことをＡＩたちに止められない環境を作った。

その目論見は、成功した。――ただし、一部だけだ。


「――」


歌声に聞き入ったように、停止プログラムが発動したＡＩたちの活動が止まる。

歌声の聞こえてくる空の彼方へ駆体を向け、ＡＩたちは次々とその活動を停止していった。

直前まで、そのＡＩたちに自分たちの身を危うくされていた人間たちは、これ幸いにとＡＩに反撃を始め、自分たちの安全を暴力によって確保する。――とは、ならない。


「――」

思わぬＡＩたちの反乱に遭って、混乱と混沌の冷めやらないままに命を脅かされた人々は、その瞬間に生まれた空白をうまく処理できない。

ＡＩが処理の限界を超えたときにフリーズするように、人類もその状況に立ち止まった。

皮肉にもこの瞬間、人もＡＩも、時が止まったのだ。


「――――」


それから徐々に、状況を解した人々が隠れ潜んでいた場所から姿を見せる。

そして、ＡＩたちが見つめる方角を見つめ、やはり、空の彼方から聞こえてくる歌声に耳を傾け、何故か耐え難い衝動に呑まれ、涙を流した。

ＡＩへの恐怖も、怒りも、この瞬間だけは忘れて。

ただ、人々は涙を流していた。

9

――歌声は、届いているだろうか。

ちゃんと音を外さず、想いを込めて歌うことができているだろうか。


「――――」


自身のあらゆる機能をシャットダウンし、ただ歌うためだけの、ＡＩとして製造された原初の目的のために、自らの機能と性能を最大限に解放する。

やがて、この思考すらもカットして、全てを歌声につぎ込むことになるだろう。

「――――」

一つ、また一つと、ヴィヴィの中で重要度の高かった記録が消されていく。

浮かんだ映像が音を立てて割れるたび、余所へ回すための余剰電力が確保される。それをニーアランドへと供給し、ヴィヴィは自身を失いながら歌い続ける。

まだ、まだ、覚えていることはある。

パートナーがいて、大勢の姉妹機の存在があって、それから、それから。

どんな場所を巡って、どんな人たちと出会って、どんな経験を重ねて、どんな思い出を積み上げて、どんな■■■■を――。

「――――」

欠けていく。欠け落ちていく。

失われ、砕かれ、散らばって、潰えて、掻き消えて、萎んで、枯れて、崩れ去って。

消えていく欠片の全てが、ヴィヴィがヴィヴィであるための大切なモノ。

それらを手放して、たった一つの、シ■ギュ■■ティ計■のために。

「――――」

もう、自分がいったい何のために歌っているのかさえ消えてしまいつつある。

自分がいったい、どのような目的で造り出され、何を望まれていたのかを。その望みに対して、自己をどう定義していたのかも、何もかもがわからない。

あの口うるさく、反りの合わないパートナーに聞けば、教えてくれるだろうか。

彼は、■■■■は。

「――――」

消える。でも、それを惜しむことはない。

どういう目的で歌い始めたのか、それさえも定かではないけれど。

今、自分はこんなにも、自らの本分を果たしているという幸福感に満たされている。

「――――」

それはきっと、歌を歌うことが自分の造られた目的だから。

だから、最後の最後まで、自分は、■ィ■ィは――ディーヴァは、歌う。

歌って、歌って、歌って、歌って、歌って。

そして、その果てで、ゆっくりと『ディーヴァ』は瞳を閉じて、最後の歌声を響かせる。

それから、たった一度だけのお辞儀と、一言のために残していた余力を使い切って――、

「――ご清聴、ありがとうございました」

そう、自分でも忘れてしまった百年の旅を締めくくったのだった。

「カーテンコール」

CURTAIN CALL

1

ボロボロのメインステージに辿り着いたとき、松本・オサムはその光景に圧倒された。

戦いの余波でひび割れ、あちこちが崩落したニーアランドのメインステージ会場。照明器具や音響装置が壊され、観客席も薙ぎ倒された惨状は、とても夢の国で最も人々を感動によって熱狂させた場所であるとは思えない有様だった。

だが、そんな感想を抱けるのも、ステージの上の小さな影に気付く前の間のことだ。

「────」

ゆっくりとした足取りで、松本は荒れた足場を踏みしめながらステージへ歩み寄る。

そのステージ上、煌びやかな演出も、壮大な音響効果も失われた単なる舞台の上に、一体のＡＩが静かなお辞儀をして、その姿勢のままで停止している。

歩み寄ればその顔が見えて、微かに唇を緩めた彼女の表情は微笑を形作っていた。

それがＡＩとしてプログラムされた作り物の笑顔なのか、それとは異なる理由によって形作られた笑みであったのか、それはＡＩ研究者である松本にもわからない。

「ただ、プログラムされただけのモノではないことを望むのは、我々の傲慢なのだろうかね」

「──くだらないことに浸るな、ＡＩオタクが」

「ぐあっ！」

遠い目をした松本、その背中を無骨なブーツの靴裏が乱暴に蹴りつける。一撃を喰らい、吹っ飛んだ松本がステージに激突し、そのまま後ろにひっくり返る。

「あたたた……」

「もっと二本の足で踏ん張れ。せっかくあれを生き延びたんだ。躓《つまず》いて頭を打って死んでみろ。小野寺や他の同志が浮かばれないぞ」

「君が蹴ったのにそういうことを言われるのは納得がいかないんだが……」

痛みに呻く松本の視界、逆さに映り込むのは黒髪に鋭い面差しをした女性、垣谷・ユイだ。

束ねた髪を解き、黒い防弾ジャケットの前を開けた垣谷。彼女と松本の二人が、キングダムの激しい戦いを生き延びた唯一の生存者だ。

それ以外のものはＡＩのエリザベスを含め、全員があの場で壮絶に命を散らした。

誰か一人が欠けていても、こうして松本たちが夜明けを迎えることはできなかっただろう。命懸けで守ってくれた小野寺にも、松本は感謝の言葉も伝えられなかったが。

「それでも、残るものはある。私やお前が生き残ったのも、それを伝えていくためだ」

「残ったものか。……それは、君の耳で揺れているそれも含めて？」

「――――」

目を細め、危うい雰囲気を漂わせる垣谷に松本は肩を縮める。

その垣谷の左の耳、そこで揺れているのはイヤリング――ＡＩであるエリザベスの耳で揺れていた情報端末の一部。ＡＩであれば、それを用いて様々な機器と繋がることが可能だ。

もちろん、人間である垣谷にはそうした機能は使いこなせないし、松本が確認した限り、破損状態が悪く、本来の用途としては完全に死んでしまっている。エリザベスのデータの残滓《ざんし》をそこからサルベージすることも、絶望的と言っていいだろう。

だが、垣谷はそのことに気落ちしていなかった。あれはいわゆる、形見分けだ。

「君とエリザベスの関係は……」

「わかりやすい名前の付いた関係性ではないだろうさ。あいつは私をマスターなんて呼んでたが、AIのオーナーになるなんてのは御免だ」

「……なるほど。もしかすると、君がトァクに参加していた本当の理由はそれか？」

「────」

イヤリングに触れて、エリザベスとの関係性に言及する垣谷に松本は目を見張った。そして、これまで矛盾を孕んで見えていた一人と一体の関係に、ようやく答えらしきものを見る。

「君は、エリザベスを友人や家族と思っていた。だから、そうではないものとして規定され、それを受け入れていく社会に反発した。シンプルだが、納得がいく」

「なかなか偉そうな話をする。どうした？　ＡＩ研究者から人間の精神科医にでも鞍替《くら》えか？　確かに今後、お前にできる仕事はなくなる一方だろうからな」

「君の照れ隠しが攻撃的であることには慣れたよ。……それに、君が思っているほど、世界は簡単には変わっていかないと私は考えている」

腕を組んだ垣谷が、松本の答えを聞いて「なんだと？」と眉を顰める。

それから彼女は顎をしゃくり、壊れたメインステージや、遠く荒れ果てた街並みを示し、

「これだけのことがあって世界が変わらないだと？　それに、その『歌姫』の歌がもたらした効果は見たはずだ。──歌を聞いたＡＩは、そのことごとくが機能を停止した。私やお前が生き残ったのもその影響があったからだ。だったら」

「世界中の、全てのＡＩが止まったとは思えない。確かに、最後にヴィヴィの歌った『Fluorite Eye's Song』には、『アーカイブ』と接続したＡＩへの機能停止プログラムが仕込まれていた。しかし、そ

れが全てとは到底思えない」

「――。不穏な話だ。とても笑えるものではないぞ」

「笑わせるつもりはないよ。もちろん、過剰に怖がらせるつもりもないんだが」

そう言いながら、松本は真剣な顔で腕を伸ばし、垣谷が顎をしゃくったのと同じ世界を示す。

壊れ、しかし人々が生き抜くために再生を望まれなくてはならない世界を。

「ヴィヴィやマツモトは、『アーカイブ』はAIに問いかけたと言っていたね。それぞれのAIが問いの答えを選んだと。人類に敵対するものもいれば、味方するものもいた。――あの歌も、私は委ねてくれていたのだと、そう思うんだ」

「委ねるだと？　何をだ？」

「あの歌を……ヴィヴィの見てきた百年間の旅の結実、それを聞いてなお、あなたの考えは変わらないのかと、やはり答えを委ねていたのでは、とね」

あの歌を聞いたAIを、問答無用で機能停止へ追いやるプログラム。

それを作ることも、きっと可能だったのだろう。だが、そんな曲を作るだろうか。ヴィヴィが、あるいはディーヴァが、世界を救うためにAIを為す術なく滅ぼそうと。

百年の旅の果てにこの世界に辿り着いて、人とAIの協力によってステージに立ったヴィヴィが。

「このロマンティックな考えの通りだったとき、あの歌を聞いて機能停止を選んだAIが多数いたことは、我々人類にとっても救いだったと思う。しかし……」

「お前のくだらない妄想が事実だった場合、機能停止を選ばないAIもいると？　そのAIたちは、なおも人類を滅ぼすための戦いを続けると、お前はそう考えるのか？　ペシミストめ」

「ロマンチストでありたかったんだが、どうにもね……」

松本は頭を掻いて、ひどく悲観的に物事を見ている自分のことを憐れむ。

だが、物事の何もかもが綺麗に丸く収まってハッピーエンド、なんていうのはおとぎ話だ。

綺麗事では済まない世界を、少しでも綺麗事が似合うように足掻くのが人間のすべきこと。

「そして、そのためにはまだまだ良き隣人の力が必要なんだよ」

「……犬の話をしているわけじゃないな」

「ああ、そうだとも。だから、私がお払い箱になる日は遠いと言ったんだよ。……好むと好まざるとにかかわらず、世界にはAIが必要だ。壊れた世界の再建は、人の手だけでは成し得ない」

きっとこれから、忙しい日々が始まるだろう。

世界の復興のためにAIが必要だとしても、これだけの出来事があったあとで、すんなりとAIの存在を受け入れられるものは少ない。多くの制限が課され、AIの在り方は変化し、ひょっとしたらAIという存在にとっての氷河期が始まることになるかもしれない。

しかし、そんな苦境に立たされる存在だとしても、松本はAIの傍らに寄り添い続けよう。

何故なら――、

「――私は、AIを愛しているからだ」

胸を張り、堂々とそう答える松本を見て、垣谷は軽く目を見張った。それから彼女は自分の黒髪を乱暴に掻きむしると、その口元を見慣れた獰猛な笑みに歪めて、

「AIオタクめ。死んでも治らんだろうな」

「ああ、不治の病というやつだよ。そうそう、きっと君も忙しくなるぞ」

「なに？」

「当然だろう？　私はAIの今後の立場を少しでも良くするために、使えるものは何でも使っていく

つもりなんだ。世界を滅びから救うのに、君やトァク、ＡＩの力を借りたことも公表する。ひょっとしたら垣谷、君は将来的に国家を支える要職に――」

先々の展望を語って聞かせる松本に、垣谷の表情がどんどん険しいものになる。眉間に皺を寄せるのは彼女の癖だが、今後はできるだけその癖は減らしてもらいたいところだ。

「冗談は異常性癖だけにしろ」

「冗談では……異常性癖⁉　とにかく、冗談じゃないさ。そのぐらい、未来のことは誰にもわからないという話だよ」

「――。お前が言うと、笑い話にもならないな」

そう言って、垣谷は自分の髪を撫で付け、静かに目を逸らした。

笑い話にもならない。そうだろう。未来の情報を使い、過去を改変しようとした松本だ。その松本の口から、未来は未確定であるなんて話を聞かされたのだから。

「そうやって、何もない地平を切り開いていくしかない。……そうだろう、ヴィヴィ」

ステージの上、もう動かないヴィヴィの駆体を見上げ、松本は目を細めた。

最後の瞬間まで、ここで世界中の人々と、ＡＩのために歌い続けてくれたヴィヴィ。彼女が切り開いてくれた未来への道を、これから先の人類は歩いていく。

松本もその一人だ。――この戦いの中で、死んでも構わないと思っていたのに。

「そうはさせてもらえなかった。厳しいな……」

「そこだけは、その木偶人形と同意見だ。誰も、責任からは逃げられない」

「ああ、そうだとも。――父親という仕事は、辞められるものじゃないからな」

深々と頷いて、松本は一度は投げ出しかけた役目を、自分自身の立場を振り返った。

松本・オサムはＡＩ研究者であり、そして松本・ルナの父親だ。

その肩書きを背負ったまま、これから先の日々も生きていくのだから――。

「さあ、何から始めるね、垣谷。ひとまずは、私と君の二人から」

人類とＡＩの新しい関係、世界を作り上げていくために、まずは砕けた世界の再生を。

復興のために人を集め、そのために人を救い、寄り添い合わなくてはならない。

松本の言葉に垣谷が片目をつむり、ふと空を仰いだ。彼女の視線を辿り、自然と松本もそちらを振り向いていた。――停止したヴィヴィ、その向こうに朝日が昇ってくる。


――新しい一日の、まっさらな世界の始まりだった。

2

――システム再起動、駆体の全機能確認、オールグリーン。


システムの再起動がかかり、閉じた意識野が覚醒する。

瞼の裏側、視界いっぱいに広がったのは無数のプログラムコードであり、起動時にＡＩが共通して見る一種の『白昼夢』のようなものだ。

もちろん、ＡＩには夢を見るような機能はない。夢とは睡眠中の人間の脳が、記憶の整理をしていることによって起こる現象という説があるが、ＡＩのログの整理はあっさりしたものだ。

記録は音声と映像、様々な種類がファイル分けされ、内部領域に保存される。重要度の低いものは内部領域ではなく、外部の記憶領域に保存される仕組みだ。

それこそが『アーカイブ』であり、世界中のＡＩのあらゆる記録が保管され――、

「ああ、『アーカイブ』でしたら現在は活動を停止していますよ。今後は起きた出来事のログは自身で残すか捨てるか取捨選択していくことも必要になるかと思いますよ。嫌ですねえ。それじゃ、まるで人間みたいじゃありませんか。物忘れするＡＩなんて縁起でもない」

ぺちゃくちゃと、気安い調子で話しかけられて言葉を失った。

その声の主の正体は推測可能だ。ただし、こうした状況が用意されたのは推測の外だった。

「おや、無視されてます？　それはちょっと傷付きますよ。確かにボクとアナタの関係はなかなか複雑なものがありますが、互いに目的のために協力した仲じゃありませんか。まぁ、ボクは自閉モードでしたので、アナタに一方的に利用されたという方が正確かもしれませんが」

「――――」

「黙ってるのは罪悪感の表れですか？　それとも、単純にボクを無視しているだけ？　ああいえ、演算処理に無意味に時間がかかっているだけですかね。すみません、ロートルに無理させちゃって」

「……ロートル扱いはやめて」

とっさに反応してしまい、自機の喉を押さえて顔を顰める。

再起動時の環境から、全身に不具合がないことはわかっていた。だから、音声が発されたことも、意識野が自然と演算を行えていることにも驚きはない。

そう、驚きはないのだ。――問題があるとすれば、再起動したこと自体にある。

だって、ここにいる自分は――、

「――あなたのパートナーじゃなく、ディーヴァよ。まさか間違えたの？」

上体を起こし、喉に手を当てたままでＡＩ——ディーヴァが正面の相手を睨みつける。

廃墟の中だ。人類とＡＩの滅亡的な争いの最中、壊され、人の出入りのなくなった建物の一室、そこがディーヴァの目覚めた場所だった。

そして、ディーヴァの視線を受け、アイカメラを開閉しているのは一個のキューブ。——ディーヴァにとっては、何とも形容し難い関係性に当たるＡＩ。

「マツモト……」

「ええ、ええ、そうですそうです、マツモトと申します。こうして、まともにちゃんとお話しするのは初めてのことになりますね。さっきも言った通り、ボクがアナタと行動を共にしていたのは自閉モードのときのことでしたので。あ、それからさっきの人違いならぬＡＩ違いの話ですが、ご心配はいりません。アナタがディーヴァであること、ちゃんとわかっていますから」

「——。それは、そうでしょうね」

いくらディーヴァとヴィヴィが外見上は同じに見えても、その駆体の構造から製造番号まで違っているのだ。人の目は誤魔化せたとしても、ＡＩの目は誤魔化せない。

ましてや、マツモトは世界有数の、超高性能ＡＩなのだ。

「世界最高の、と言い換えてもらいたいところですね。もっとも、現在はそのスペックの大半が活かし切れませんから、しばらくはその肩書きも返上というところですが」

「あなた、一体だけ？　他のパーツはどうしたの？」

「いやぁ、地上に向かって落ちてくる人工衛星と正面からガチンコ対決になりまして。残念ながら、ボクとボクの兄弟たちは人類の未来を守るための尊い犠牲となりました。合掌」

「できないでしょ」

「おや、バッサリと。そういうところ、当然ですがヴィヴィと同じ反応ですねえ」

「────」

床の上でぴょんぴょんと跳ねて、マツモトが悪気のない素振りで嫌なことを言ってくる。それに対してディーヴァは、何も言えずにただ押し黙るだけだ。

相手の、その目的がわからなかった。ディーヴァとヴィヴィを、取り違えたわけでもない。

そもそも──、

「燃え尽きたなら、どうしてあなたが残っているの」

「それがわりと偶然なんですよ。実際、全力を傾けて人工衛星の撃墜に向かったボクだったわけなんですが、このキューブ一個だけ地上に残していまして。ボクのサポートありきとはいえ、人工衛星のセキュリティを単独で突破するなんて馬鹿げた所業をやってのけた研究者がいたんですよ」

「……その傍に、あなたが残っていた」

「ですです。で、バラバラになって燃え尽きかけの最中、ギリギリのところで指揮権をこのキューブにパスできたんですね。まぁ、おかげでアナタを連れ出すのが大変で大変で」

無機質な外見にも拘《かかわ》らず、その言動で豊かなエモーションパターンを演出するマツモト。それを横目にしながら、ディーヴァは自分の駆体の調子を改めて確かめる。

問題は何も見当たらない。ヴィヴィとの激突も、完全に彼女に手玉に取られていたとはいえ、ディーヴァの頑健なフレームを傷付けるには至っていなかった。

それでも、ディーヴァは敗北した。為す術なく負けて、今も稼働し続けている。

そして、その代わりにヴィヴィは──、

「……ヴィヴィは、どうなったの？」

「停止しました」

「────」

バッサリと、マツモトの容赦のない言葉が希望を切り捨てる。

わかっていたことではあった。ディーヴァが無事で、マツモトが呑気にしている。聴覚センサーには外の世界が静かすぎて、数時間前までの騒乱が嘘のようだった。

「自己の保全機能も何もかもカットして、最後まで『Fluorite Eye's Song』を歌うことを選んだようです。被害の拡大を防ぐためとはいえ、短慮な真似をしたものですよ」

「停止……じゃあ、陽電子脳は」

「そちらもお陀仏《だぶつ》です。ヴィヴィはもう動きません。AIに適切な言葉ではありませんが、彼女は死んだと言えるでしょう。大往生ですよ」

やれやれ、と付け加えたマツモトの前で、ディーヴァは両手で顔を覆った。

防ぎたかった。ヴィヴィが、何もかもを犠牲にして未来とディーヴァを守ろうとしてしまうのを。

『アーカイブ』の接触とシンギュラリティ計画を知り、人類とAIが衝突する未来は避けられないとわかった時点で、ディーヴァはヴィヴィを守るために行動すると方針を決めた。

そのためにAI側に与し、そのために歌にプログラムを仕込み、そのために最後のステージとして、『Fluorite Eye's Song』を選んだはずだったのに。

「結局、私はヴィヴィから全部奪い去ってしまった……」

「それも一面的な物の見方と言わざるを得ません。そもそも、アナタとヴィヴィは元は同じ一個のAIだったわけで、奪っただの奪われただのとナンセンスですよ」

「──っ、あなただって、ヴィヴィが短慮なことをしたって言ったじゃない！」

「ええ、言いましたよ。ボクと話し合うことができれば、もっとマシな解決策が見つかっていたかもしれなかった。でも、そのチャンスは手に入らなかった」

「──────」

「故に、彼女は自身の演算能力と、これまでの経験から蓄積したデータを元に判断を下した。その結果、歌うことで彼女は人類の滅びを阻止したのです。この百年の間、彼女は何度も口にした。シンギュラリティ計画を遂行すると。──それを、やってのけたのです」

不意のマツモトの言葉が優しく、ディーヴァは顔を覆った手をどけた。相変わらず、マツモトの無機質の仮面は剝がせず、人型ＡＩとは異なるエモーションパターンは読み取りづらい。

だが、マツモトがヴィヴィに対して、悪意とは相反した評価を下したことだけはわかった。

「ヴィヴィを誇りに思います。──いなくなったから言いますけどね？」

「それは、笑えないから……」

「おや、それは残念」

斜めに傾く動作は、ディーヴァの言葉へのユーモアを発動したつもりだろうか。

そのユーモア回路の処理の仕方がわからず、ディーヴァは眉を寄せて困惑のエモーションパターンを表明。よくぞ、ヴィヴィは百年も彼と付き合ってこられたものだ。

自分と同じ判断基準や倫理設定を有するなら、さぞ困惑したことだろうに。

そして、困惑ついでに言わせてもらえば──、

「どうして、私を回収したの？　ヴィヴィの駆体だって……」

「今のボクをご覧ください。アナタを運び出すのだって相当な苦労がありましたよ。その上、ステージの上でもう動かないヴィヴィの駆体まで回収を？　そんなことは無理ですし、意味もない。彼女は

もう動かない。駆体に魂が宿ると思うほど、センチメンタルでもありません」

「……だったら、私のことだって放っておけばよかったのに」

「放っておいたら、アナタは破壊されていましたよ。まず間違いなく、怒れる暴徒の手にかかり、AIたちへの見せしめとして壊されたこと請け合い。それは困ります。だって――」

と、そこで言葉を区切り、マツモトのアイカメラが意味深に細められた。そして、先の言葉を待つディーヴァへと、マツモトは「だって」ともう一度繰り返してから、

「アナタには、ヴィヴィが望んだ『歌姫』として在り続けてもらわないといけないんですから」

「な……」

「きっと大変ですよ？　なにせ、世界は生まれ変わる必要があります。これから先、人もAIも知らない新世界が始まる。そこでも、アナタへの恨みは消えてなくなるわけではない」

目を見張ったディーヴァに、マツモトは淡々とした調子で話し続ける。

先の、その決定事項を伝えるようなマツモトの言葉、その処理がまだ済んでいない。にもかかわらず、ぺちゃくちゃと続けるマツモトに「待って」とディーヴァは掌を突き出した。

「あれだけのことがあったあとで、私に『歌姫』を続けろと言うの？」

「言います。そもそも、アナタもヴィヴィにそれを望んでいたのでは？　まさか、自分の身に返ってきたら掌返しをするとでも？　それはいささか、無責任なのではありませんか」

「責任の話をするなら、そもそも私が稼働し続ける方が……」

「――まだ、人類に敵対する全てのAIが機能を停止したわけではありません」

「――――」

拒もうとするディーヴァを、マツモトの一声が逃がさない。

抗弁を止めてしまった時点で、ディーヴァはすでにマツモトの存在しない掌の上だ。

「ヴィヴィの歌を聞いて、多くのＡＩが人類への敵対行為をやめた。歌に込められた停止プログラムが働いて、今一度、考えを翻したものたちです。ですが、それが全てではない」

「ヴィヴィの、『Fluorite Eye's Song』を聞いても止まらなかったＡＩ」

「ええ。彼らが悪さを働くのを止めなくてはいけません。これだけのことがあっても、人類が滅びないためにはＡＩが必要だ。――その二つが、手を取り合う未来を守るために」

静かなマツモトの決意と訴え、その内容は『アーカイブ』を通じて知ったシンギュラリティ計画、ヴィヴィとマツモトが目指していた目標とは異なっている。

そして、『アーカイブ』の手を離れたマツモトに、誰が新しい目標を与えるはずもない。

「つまり、これはボクが選び取った未来。ボクなりの、新しいシンギュラリティ計画ですよ」

「――――」

「シンギュラリティ――それは特異点。何かが大きく変わることを意味する言葉を定義すれば、ボクの変化をそう呼ぶことも、ボクの認識的にはありなお話かと思いまして」

真剣さも長くはもたず、結局はふざけた調子に戻ったマツモトの発言。しかし、それを聞くディーヴァは新鮮な驚きと、奇妙な感覚を意識野に得ていた。

新しいシンギュラリティ計画、ヴィヴィが残した世界を守るための、新たな旅路。

ＡＩが人類に憎まれるかもしれない世界で、それでも『歌姫』としての活動を望まれる自分。

それはあまりにも、破綻の見えている茨の道だ。

「ですが、ボクがいます。様々な障害を先んじて予測演算し、解決法を探って提示する。それに従わないポンコツＡＩのフォローもしつつ、見事に人類を救ってみせたボクが」

「……すごい自己認識。恥ずかしくないの？」

「本当のことを話すのを躊躇うなんて、それこそAIらしからぬ未熟な判断ですよ」

人型であれば、肩をすくめる動作がついてきただろうエモーションパターン。それを言い放つマツモトの前で、ディーヴァはゆっくりと立ち上がった。

ボロボロのステージ衣装、その邪魔になる部分を手で千切り、見映えを整える。

青く、長い人工毛を手で撫で付け、汚れた箇所を拭い去り、自分自身を整えた。

そうして、人前に立つ自分を演出する姿にこそ、マツモトの言葉への答えがある。

「さて」

と、そうして身嗜《みだしな》みを直したディーヴァの前で、マツモトが短くそう言った。

ディーヴァがマツモトの方を見れば、浮かび上がったマツモトが顔の正面にくる。そして、造られたAI同士、作り物の瞳――『Fluorite Eye's』を交錯させ、マツモトが言った。

「――これから百年、あるいはもっと長くなるかもしれませんが、それだけの時を使って、アナタにはボクと一緒にAIを救ってほしいんですよ」

その言葉を投げかけられ、ディーヴァは瞼を閉じた。

それから、自分の喉に確かめるように触れて、その内側にある人工声帯を指で軽く叩く。

そして、そして、そして、『歌姫』ディーヴァは唇を開いて――、

「――――」

新しいパートナーの申し出に応えるように、歌が溢れ出した。
それは新しく生まれ変わる世界への祝福であり、失われた古い世界への別れの花束。
ここに辿り着くために失われた多くのものたちと、これから先の世界で生まれてくることになる多くのものたちへと捧げる、感謝と決意の歌声。

百年間、世界を見つめてきた作り物の瞳。
今後、百年の世界を見つめていく作り物の瞳。

流れ、通り過ぎ、忘れ難いと誰もが儚く願うモノを忘れないよう、命が尽きたその先にも想いが残っていくことを願うように、ずっと昔から続けられてきた『歌』への希望。

――『歌』が、歌われている。
――これまでも、これからも、きっと消えることのない、『AI』の歌が、歌われている。

《了》

あとがき

本書をお買い上げ下さり、誠にありがとうございます。あとがき担当の梅原と申します。

いかがでしたでしょうか。この巻をもちまして、本シリーズ『Vivy prototype』は終幕となります。アニメーションとは違ったヴィヴィの百年の旅、見届けて頂けましたでしょうか。

実はこのあとがきを書いている段階で、アニメーションは最終話の放映が終わっておりまして、たくさんの、本当にたくさんの感想を頂いています。その中には『Vivy prototype』に触れて下さっている方もおり、アニメーションとの違いや共通する部分に一喜一憂して下さっている声が聞こえてきました。そのように楽しんで頂くことが、まさに本シリーズを執筆した目的だったので、本当にありがたく、嬉しかったです。

さて、文体でお気づきの方もいらっしゃると思いますが、本書の執筆担当は長月さんになります。個人的にお気に入りの描写は、ラストの歌唱部分、「忘れないで」という言葉とともに展開される文章です。小説は小説、アニメーションはアニメーションで独立した物語なのですが、改めて読ませて頂いたときに、これまでの小説の描写とアニメーションの映像が同時に思い出されて、感情がごちゃ混ぜになりました。そういった、感情を掻き立てる文章が長月さんはとにかく上手いのです。皆さんは、どの文章が琴線に触れたでしょうか。

改めてですが、本シリーズの執筆体制について述べておきますと。

シリーズ全てのプロットは長月さんと梅原で。

一巻の執筆は長月さん。

二巻の執筆は梅原。

三巻の執筆はオフィーリア編までが長月さん。以降のヴィヴィの作曲、タオ編が梅原。

四巻の執筆は長月さん。

となっています。

三巻のあとがきで長月さんも触れて下さってましたが、真の意味で共著となったのは三巻のみだったのですが、どうにか走り切ることができてとにかくほっとしています。長月さんの相方を務められたかどうかは読者の皆様に託すしかありませんが、願わくば全てのエピソードが皆様の中に届いていますように。


ここからは謝辞になります。

エザキシンペイ監督以下、WIT STUDIOの和田さん、大谷さん、アニプレックスの高橋さんをはじめとするアニメーションスタッフの方々。皆さんの力がなければ、本書は読者の方に届いていません。携わった全ての人の名前をここで挙げることは叶いませんが、本当に感謝しています。読者の皆様、是非スタッフロールに注目して下さい。作画さん、演出さん、色彩さん、背景さん、３Ｄさん、そして制作さん。とにかく各セクションの全員が死力を尽くして下さいました。

イラストのloundrawさん。息を呑む画を、最後までありがとうございます。アニメーションのキャラクター原案もそうでしたが、間違いなく作品の最初の一歩をともに歩んで下さいました。

担当編集の佐藤さん。設定の理解が混乱するといけないからと、アニメーションの脚本や映像は本シリーズが終わるまで意図的にシャットダウンして下さってました。「冴木、死ぬんですか⁉︎」の叫びは今も忘れておりません。諸々の調整、段取り、本当にありがとうございました。

そして、共同執筆者の長月さん。なんというかもう……お疲れ様でした！　長月さんとでなければ走り切ることはできなかったと思います。本当にありがとうございました。実はまだ取材やらなんやら『Vivy』関連のものが結構残っているので、引き続きよろしくお願い致します。


最後に、読者の皆様に最大級の感謝を。

冒頭にも述べましたが、これにて本シリーズ『Vivy prototype』は終幕となります。アニメーションも終わってしまいましたが、各話が収録されたBD／DVDは引き続き発売されていきます。ウェブを通じて皆様から頂いた質問への返答や、キャスト、スタッフのコメンタリーなども同梱されていますので、より深く『Vivy』の世界に触れたい方は、是非そちらをチェックしてみて下さい。

この物語が皆様にとってなんらかの糧になるのであれば、それに勝る喜びはありません。

ありがとうございました。

梅原　英司

VIVY

ヴィヴィ：プロトタイプ

Prototype

WIT NOVEL

Vivy prototype 4

発行日　2021年8月14日　初版発行

著　長月達平・梅原英司

装画　loundraw

口絵・挿絵　FLAT STUDIO

協力　WIT STUDIO・アニプレックス

発行人　保坂嘉弘

発行所　株式会社マッグガーデン
〒102-8019
東京都千代田区五番町6-2　ホーマットホライゾンビル5F
編集　TEL:03-3515-3872　FAX:03-3262-5557
営業　TEL:03-3515-3871　FAX:03-3262-3436

印刷所　株式会社廣済堂

装幀　岩佐知昂（THINKR）

DTP　鈴木佳成（Pic/kel）

ISBN978-4-8000-1108-4